냥이

"잘 쉬었느냐."

구름사다리 위에 앉아있는 소녀가 있었다.
어제 처음 봤지만 너무나 눈에 익은
그 소녀의 이름은 냥이였다.

가희

뒤를 돌아보니 싱글벙글한 미소를
짓고 있는 여자가 있었다. 냥이의 창귀다.

랑이

성훈

"성훈아~! 나 보고 싶었느니라!"

'나를 보고 싶었느냐?' 와 '나는 네가 보고 싶었느니라!'
라는 말이 하나로 합쳐진 것 같다.
나는 높이 뛰어오르는 랑이를 두 팔로 받아주었다.
랑이는 마치 코알라같이 두 다리로 내 허리를 감아
딱 달라붙어 목을 감싸 안고 볼을 비볐다.
하지 마라. 아직 안 씻어서 땀 냄새난다.
그런 생각을 하면서도 나는 랑이의 등을 토닥여줬다.

나와 호랑이님 5

언니는 너를 사랑한단다 ♡

카넬 지음
영인 일러스트

목차

시작하는 이야기

그렇게 해서 우리들은 남태평양의 무인도로 놀러 가게 되었다. 시작하자마자 무슨 헛소리냐고 생각하겠지. 하지만 지금 중요한 것은 그게 아니라 오두막에 들어갔던 아이들이 수영복을 입고 밖으로 나왔다는 것이다. 수능을 볼 때 3점짜리 문제를 내버려 두고 1점짜리 문제에 집중하는 것 같은 바보 같은 짓은 하지 말자. 지금은 모든 신경을 그쪽으로 돌려야 할 때다.

먼저 오두막에서 튀어나온 건 랑이와 치이였다. 그중에서 랑이는 댕기를 풀어 남국의 태양 아래에서 그 어느 때보다 반짝이는 은빛에 가까운 흰색 머리카락을 자랑하며 내 쪽으로 달려왔다. 그런 랑이가 입고 있는 수영복은 호박색의 투피스. 어린아이의 귀여움이 한껏 돋보이는 제대로 된 수영복이라 나는 랑이를 똑바로 바라볼 수도 없었다. 그만큼 랑이는 귀여

웠으니까. 그렇다고 평소에 안 귀엽다는 말은 아니다. 안 그
래도 귀여운 랑이에게 한복 비스무레한 이상한 옷이 아니라,
비록 수영복이지만 제대로 된 옷을 입으니 그 귀여움이 내 심
장을 쥐어짤 정도라는 말이지. 포동포동하고 말랑말랑거리는
팔이 그대로 드러나 있는 것도 시선을 끈다. 손을 들어 머리
에 있는 귀를 만지자 살짝 솟아나는 자그마한 알통조차 사랑
스럽기 그지없다.

"헤헤헤. 어떠느냐?"

"정말, 정말 귀엽다."

"헤헤헤헤."

랑이의 사랑스러움은 이제 시작일 뿐이다. 시선을 팔을 따
라 올라가면 수영복 상의를 지탱하고 있는 가느다란 끈이 보
인다. 평소 나래가 입고 다니는 탱크톱같이 수영복을 지탱해
주고 있어 뭔가 마음이 음흉한 사람이라면 그 끈을 부드러운
어깨 쪽으로 슬쩍 내려 보고 싶은 욕구가 들 것이다. 그리고
랑이가 부끄러워하면서 슬쩍 한쪽 어깨를 내리고 다른 한쪽
손을 들어 끈을 원래대로 올리는 모습을 보고 싶어 할 것이
다. 하지만 더욱 무서운 것은 그 끈과 이어진 투피스의 상의
였다. 수영복 앞뒤로 너무나 작은, 스포츠형 브라도 아직 필
요 없을 정도로 작은 가슴은 수영복 상의로 감싸져 있고 거기
에 달려 있는 겹으로 이루어진 프릴이 살며시 가려 주고 있
다. 하지만 프릴의 용도는 그것뿐만이 아니다. 원래는 찾아볼
수 없는 볼륨감까지 랑이에게 선물해 주고 있는 것이다. 아직

어린애지만 주위에 가슴이 큰 애들이 너무나 많은 랑이로서는 작은 가슴이라도 펴고 다니라는 디자이너의 배려가 느껴진다고나 할까. 충으로 이루어진 프릴은, 랑이가 움직이거나 바람이 불 때마다 하늘하늘 움직여서 자연스럽게 내 시선이 가슴 쪽으로 향하게 되는 효과가 있었다. 자연스러운 일이다. 사람은 뭔가 움직이는 것이 시야에 들어오면 관심이 가는 것이 자연스러운 일이다. 만약 디자이너가 그런 것까지 신경 썼다면 그 사람은 천재다. ⋯⋯그럴 리는 없겠지만.

그 사랑스런 가슴 아래로 이어지는 건 어린아이다우면서도 이상하게 여성적인 라인이 돋보이는 허리였다. 평소에 먹던 건 어디로 가는지 모를 잘록한 허리와 조금 전의 답이 배라고 말할 것같이 볼록하게 솟아오른 배와 앙증맞아 콕 눌러 보고 싶은 배꼽. 랑이의 볼록 솟아오른 배의 매력은 누구나 다 알 것이다. 이대로 뒤에서 끌어안고 뱃살을 만지작거리며 장난치고 싶을 정도다. 생각해 봐라. 투피스의 특성상 평소에는 보일락 말락 하던 배가 공공연히 드러나 있는 것이다. 만지고 싶다, 장난치고 싶다, 간질이고 싶다. 마음의 소리가 점점 커져 가기에 나는 시선을 아래로 내렸다. 수영복 하의 역시 프릴이 가득 달려 있는, 짧은 치마 형태였다. 그 때문에 수영복 팬티가 겉으로 드러나지 않는데 이게 또 랑이와 어울린다. 그래. 랑이에게는 아직 이런 게 어울려. 귀엽잖아! 랑이가 살짝살짝 뛰어오를 때마다 팔랑팔랑거려서 슬쩍슬쩍 보이는 게 두근두근거린다고. 또한 그 밑에 이어지는 살이 통통한, 세희의 변태적인 내레이션에 따르면 핥아 보고 싶다는 말이 나오는 허벅지는 눈이 부실 정도다. 그건 랑이의 피부가 아기 피부이기 때문만은 아닐 것이다.

"아우우우, 오라버니. 지금 눈이 음흉한 거예요."

"으, 음흉하긴 누가 음흉해?!"

나는 지금 귀여운 봉제인형에 정신이 팔린 것 같은 상황일 뿐이다! 하지만 치이는 나를 이해하지 못했다.

"완전히 랑이님을 핥듯이 위에서 아래로 훑어본 거예요."

이해하지 못한 게 아니라 오해하는 수준이군.

"응? 그러면 마음껏 핥아도 되느니라!"

너는 사람을 위험인물로 만들지 마라. 나는 주저앉아 랑이의 허벅지 안쪽을 핥는 대신 머리를 쓰다듬으며 치이에게 말했다.

"그럼 얼굴만 보고 있으리?"

"변태, 로리콘, 에로 중년인 거예요!"

치이가 머리카락을 파닥이며 삿대질을 했다. 어쭈? 네가 그렇게 말하면 나도 생각이 있다. 나는 보란 듯이 턱을 괴고 치이를 위에서 아래로 찬찬히 훑어보았다. 덤으로 숨을 가쁘게 쉬면서 침까지 흘리며.

"하악하악하악하악. 쓰읍."

변태가 따로 없다.

"꺄우우우우?!"

치이의 부끄러움 섞인 비명 소리는 무시하고 말하겠다. 치이가 입은 수영복은 상하의가 모두 파란색에 하얀색 줄무늬가 있는 투피스, 아니, 비키니였다. 랑이가 입은 수영복이 어린아이의 귀여움을 돋보이게 하는 수영복이라면 치이가 입은 수영복은 어린아이에서 여자로 성장 중인, 과도기를 거치고 있는 소녀가 귀여움과 여성적인 매력을 동시에 뽐낼 수 있는 수영복이다. 그건 먼저 상의에서부터 티가 난다. 삼각형 모양으로 나누어진 상의는 한 개의 끈으로 이어져 있고 그 위쪽에는 가느다란 푸른 끈을 목 뒤쪽으로 돌려 매듭지어 치이의 어린아이 같지 않은 풍만한 가슴을 감싸 안고 있는데 내가 보기에는 저 얇은 끈으로 지탱이 될까 의심이 갈 정도다. 물놀이를 하다가 조금만 격하게 움직이면 그 끈이 풀어지거나 찢어져 버릴 것 같은 생각이 든다. 또한 수영복의 면적이 좁아서 그 옆으로 보이는 치이의 가슴은 비록 본 적 없지만 보지 않아도 알 수 있을 만큼 많은 정보를 주고 있다. 치이의 가슴의 전체적인 라인을! 그 크기를!

내가 변태가 아니야! 나는 그냥 보이는 대로 말하고 상상할 뿐이다! 그런 괘씸한 디자인인데도 그 밑에는 귀여움을 강조하는 프릴이 달려 있다는 게 놀라운 거다! 젠장! 섹시하면서도 귀엽잖아!

"꺄우우!!"

치이는 내 시선이 자신의 가슴에 못 박혀 있다는 사실에 부끄러워서 두 팔과 손으로 가려 보지만, 너는 모를 거다. 그건 자신의 가슴을 모으는 효과가 있다는 것을. 물론 보이는 면적

은 좁아졌다. 하지만! 그것을 뛰어넘는 현상이 눈앞에 벌어졌
다. 치이가 가슴이 크다 하나 어디까지나 어린애들을 기준으
로 삼았을 때의 이야기다. 원래 가슴이 큰 나래와 정미누나와
비교하면 호랑이 앞에 고양이 꼴이라 할 수 있지. 하지만 두
팔로 가슴을 가리기 위해 자기도 모르게 바깥쪽에서 안쪽으
로 힘을 주었을 때는 생긴다. 무엇이 생기느냐? 그렇다! 가슴
계곡이 생긴다! 있다 해도 그렇게 눈에 띄지 않던 가슴골이
생긴다 이 말이다! 치이는 자기 손으로 자폭 버튼을 눌러 버
린 것이다!

"그만, 그만 보는 거예요오~!"

치이의 말대로 나는 가슴은 그만 보기로 했다. 나는 시선을
천천히 아래로 내렸다. 치이는 랑이보다 성숙한 느낌이 강하
다. 성인 여성 같은 이미지가 강하다고 할까. 그건 허리부터
엉덩이까지 이어지는 라인도 한몫한다. 그리고 그 골반에 손
으로 잡아당기면 그대로 풀어질 것 같은 매듭이 양쪽에 있다.
그 끈을 타고 내려가면 하얀 프릴로 아주 살짝 가려져 있는
수영복 팬티가 있다. 이래도 되는 거냐. 이래도 되는 거냐고!
팬티를 잡아 주고 있는 게 저런 풀리기 쉬운 매듭뿐이라니!
만약에 누가 실수로 저 끈을 잡아당겨 버린다면 치이는 이 밝
은 태양 아래에서 엄청나게 부끄러운 꼴을 당하게 될 것이다.
내 사랑하는 여동생을 위한 오빠의 마음으로 저 매듭을 꽁꽁
묶어 주든가 그 위에 옅은 푸른색 스커트라도 구해 줘야겠다.

아니면 내가 잡아 주든가.

"아우우우!!"

결국 치이는 내 시선을 버틸 수 없었는지 귀 위 머리카락을 파닥이면서 몸을 최대한 가리며 그 자리에 주저앉았다. 그 덕분이라고 할까. 치이의 기다란 다리가 허벅지를 눌러 없던 것 같던 살이 삐죽 옆으로 나온 것이 내 시선을 끈다. 정말로 무인도에 온 것이 다행이라는 생각이 들었다. 평범한 취향의 남자라도 지금의 치이를 보면 자신도 모르게 마음속에서 뭔가 불끈하고 솟아오를 테니까!

[치이, 괴롭히지 마!]

몸을 웅크리고 어떻게든 내 시선을 피해 보려는 치이 앞에 언제 왔는지 모를 페이가 당당히 나섰다. 마치 흑장미 같다. 치이는 페이를 올려다보고 벌떡 일어나 그 뒤에 숨어 고개만 내밀고 나를 죽일 듯이 노려보았다.

"괴롭히긴 누가 괴롭혀. 그냥 장난친 거다."

[눈, 진심.]

"진심인 거예요."

"아니라니까."

조금 전까지만 해도 여기에 없던 녀석이 다 본 것처럼 당당하게 말하는 모습에 퉁명스럽게 대꾸했지만 페이는 물러나지 않았다.

[지금 시선도 진심.]

……내가 뭐. 나는 그냥, 부끄러워하는 치이 앞을 당당히 막아선 페이의 수영복도 그 이상으로 대담하다는 생각밖에 안

하고 있었다. 치이가 귀염성도 살린 비키니라면, 페이는 오로지 섹시함을 강조하는 디자인이었으니까. 까마귀라는 자신의 종족성을 잊지 않겠다는 듯 비키니는 위아래로 검은색인 데다가 검정 선글라스까지 머리 위에 걸치고 있어서 페이에게는 어른스러운 분위기가 물씬 풍겼다. 어린애가 뭐 이렇게 대담한 수영복을 입은 거야?

[……불끈불끈?]

"어딜 봐서?"

[여길 봐서.]

페이는 보란 듯이 가슴을 펴며 허리에 한 손을 올리고 왼쪽 다리를 쭈욱 펴며 윙크를 했다. 그 당당한 모습에 나는 박수를 치고 싶었다. 이 녀석은 자신이 얼마나 매력적인 줄 알고 있다. 하지만 아서라! 아직 어린애에게 대놓고 발정할 내가 아니다! 이걸 역으로 생각하면 위험해지지만 그런 뜻은 아니야! 어쨌든 페이는 그렇게 당당해할 만큼 비키니가 잘 어울렸다. 먼저 비키니의 색 때문에 안 그래도 집에 틀어박혀 게임만 하느라 태양을 보지 않아 다른 애들과 비교해도 한층 새하얀 피부가 대비되어 더욱 눈이 부시다. 그리고 페이 역시 새의 요괴. 잠옷을 입었을 때 보기는 했지만 페이도 정말 남부럽지 않은 자랑할 만한 몸매다. ……어린애지만. 그래. 어린애만 아니라면 염치 불구하고 사진 찍어도 되냐고 묻고 싶을 정도라고! 페이의 수영복 차림이 눈부신 이유는 여기서 끝나지 않는다. 상의를 고정시키는 방법이 앞서 본 랑이와 치이하고 다르다는 것도 내 시선을 끌고 있다. 페이의 수영복에는 끈이 없다. 어깨에 걸치는 끈 없이 수영복을 지탱하고 있는 것이다. 나는 문득 궁금해졌다.

"야, 너 잠깐만 뒤로 돌아봐라."

[?]

페이는 물음표를 쓰면서도 조심스럽게 뒤로 돌았다. 그 당당한 모델 자세는 뒤로 돌아서도 그대로 유지한 채. 치이는 페이의 뒤에 있다가 깜짝 놀라서 옆에서 살짝 볼을 부풀리고 원망 섞인 눈으로 나를 보고 있던 랑이의 뒤로 숨었다. 페이가 완전히 뒤로 돌고 나서야 나는 알 수 있었다. 페이의 등 뒤에는 작은 금속 링이 있었고 거기에 잡아당긴 수영복을 묶어 고정되는 구조였다. 이대로 저 링을 잡아당겨 버리면…… 죽겠지. 그런 장난은 치지 말자. 하지만 그런 장난을 치는 게 차라리 나을 뻔했다. 장난치고 싶은 유혹에서 벗어나기 위해 시선을 아래로 내리자 움푹하게 들어간 페이의 등이 지금 내 앞에 있는 게 어린 소녀인지 키가 작은 성인 여성인지 구분이 안 갈 정도로 매력적이었으니까. 이대로 키만 크면 정말 모델을 해도 이상하지 않을 정도로 매끄럽고 완만하게 그 선이 엉덩이까지 이어져 있었다. 그렇게 나는 페이의 엉덩이를 보았다. 수영복 팬티를 입고 있다고는 하지만 원래 수영복은 엉덩이를 가리기에는…… 아니, 이건 아니다. 아무리 그래도……. 아니! 지금이 아니면 언제 말하겠냐! **마음을 독하게 먹어라!** 나는 내가 본 것을 봤다고 말해야 할 의무가 있다! 그렇다. 원래 수영복은 그 면적이 좁아 아담한 엉덩이를 모두 가리지 못한다. 그러라고 만든 비키니가 아니니까. 덕분에 드러난 페이의 엉덩이는 복숭아 같이 여성스러운 곡선을 그리고 있다. 그것도 페이는 지금 평범하게 서 있는 게 아니라 한쪽 다리를 옆으로 길게 뻗은 자세다. 자연스럽게 양쪽 엉덩이의 살이, 그 근육이 모양새가 다르다는 말이다! 그 갭이 또한 매력적이다.

[왜 그래?]

페이가 몸을 틀어 뒤를 돌아보며 한쪽 손을 내려 슬쩍 수영복 하의를 고쳐 입는다. 그것 또한 사랑스러워서 할 말이 없었다.

"아니, 그냥."

[??]

페이가 머리 위에 물음표를 둥둥 띄우며 의아해한다. 묻지 마. 이건 무슨 일이 있어도 대답할 수 없으니까. 내가 말해 줄 생각이 없는 걸 눈치챘는지 페이는 물음표를 연기로 되돌린 다음 몸을 돌려 양 허리에 손을 올리고 허리를 살짝 뒤로 젖히며 거만한 자세를 취했다. 그 덕분에 조금 전까지는 보이지 않았던 갈비뼈가 그 모습을 드러냈다. 페이는 밥도 제대로 안 먹어서 다른 애들보다 살이 별로 없어 그 모습이 훨씬 더 확연하다. 도드라지게 드러난 갈비뼈 아래로 배가 옴폭 들어가 색기가 어린다.

[그것보다, 반했어?]

페이의 말에 살짝 정신이 가출한 나는 솔직하게 말해 버렸다.

"어, 반했다."

[?!]

"꺄우우우?!"

"여, 역시 가슴이느냐?!"

반응이 참 다양하다. 랑이는 어디서 배웠는지 모르겠지만 가슴 옆의 살을 낑낑대며 모으기 시작했고 치이는 페이의 손을 잡아 자기 쪽으로 끌었고 페이는 얼굴을 확 붉히고서 양갈래 머리를 빙빙 돌렸다. 나는 먼저 패닉에 빠진 랑이를 먼저 달래기로 했다.

"랑이도 귀여우니까 그러지 마."

"하지만 나는 가슴이 작아서 네가 싫어하잖느냐."

랑이가 자신의 작은 가슴에 불만을 가지고 있다는 건 이미 알고 있다. 지리산에서는 그것 때문인지는 모르겠지만 비도 내릴 정도였지. 하지만 나는 랑이라면 그런 건 별로 신경 쓰지 않는다. 어린애잖아. 뭘 그렇게 벌써부터 걱정하는 거냐. 어른이 되면 자연스럽게…… 자연스럽게…….

천지가 개벽해도 그런 일은 없습니다.

왜 세희의 말이 떠오르는 건지 모르겠지만 지금은 랑이를 달래는 데 전념하자.

"그러면 랑이는 내가 뚱뚱해지면 싫어할 거야?"

랑이는 고개를 가로저었다.

"나도 그런 거야. 그러니까 걱정 하지 마."

"진짜이느냐?"

"진짜라니까."

"응! 알겠느니라!"

랑이가 랑이다운 순박한 미소를 지으며 내게 달려드는 걸 보아 지금뿐이겠지만 일단 달래는 건 성공한 것 같다. 나는 랑이를 안고 머리를 쓰다듬어 주었다.

"아우우, 오라버니는 말은 잘하는 거예요. 만날 나래 언니 가슴만 보고 헤롱헤롱하면서."

[나, 감언이설에 속은 거?]

"그런 거예요. 그래도 걱정 마는 거예요. 폐이 옆에 제가 계 속 같이 있어 줄 거니까요."

[치이, 사랑해. 잠깐 바람피운 거 용서해 줘.]

"아우우우."

아침드라마 찍고 있네.

"그것보다 나래는 왜 안 나오냐?"

치이와 폐이의 눈이 동시에 반달이 되었다.

"오라버니가 드디어 본성을 드러낸 거예요."

[경찰서에 신고. 아니. 즉결심판. 거세.]

"끔찍한 소리 하지 마!"

왜 리얼하게 연기로 가위를 만드는 건데? 나도 모르게 허벅 지를 오므리고 말았잖아!

"그냥 하도 안 나와서 궁금한 거다, 이 녀석들아!"

그 말에 내 배에 얼굴을 부비고 있던 랑이가 고개를 들어 내게 말했다.

"아까부터 세희하고 다투고 있느니라."

이런 곳까지 와서 말다툼을 한다는 사실에 걱정 반 호기심 반이 들어 물어보았다.

"왜?"

"나하고 바둑이에게 입힐 수영복 때문에 그러느니라."

불안한 느낌이 든다.

"……뭐 때문에?"

랑이는 천진한 얼굴로 무시무시한 말을 했다.

"세희는 내게 끈으로 된 수영복을 입히려고 하는데 나래가 막 반대해서 싸움이 났느니라!"

솔직히 말해서 랑이가 말한, 끈으로 된 수영복이 뭔지 모른다고 말할 수가 없다. 그래서 나래에게 감사한다. 이 에로 귀신. 귀엽고 사랑스러운 랑이에게 그런 외설적인 수영복을 입히려고 하다니! 천벌이 두렵지 않은 거냐?! 하지만 화를 내기에는 시간이 너무 이른 것 같았다.

"그리고, 그리고! 바둑이에게는 조개를 한 개 주었느니라!"

이 역시 모른다고 말할 수 없다. 나래야, 이겨라. 꼭 이겨라. 지상 최강의 생물은 귀신을 무찌를 수 있다는 걸 증명해 줘! 그때, 참 시간에 잘 맞춰서 바둑이가 뽕! 하고 ㄴ자 모양으로 오두막에서 튀어나왔다. 열린 문을 통해 세희의 버선이 보인 것 같은데 눈의 착각이겠지. 그래. 아무리 악랄한 세희라고 해도 바둑이를 발로 차서 쫓아내지는 않았을 거다.

"너, 왜 애를 발로 차고 그래?!"

시력 하나는 자신해도 좋을 것 같다.

"무슨 문제라도 있습니까? 그보다 나래 님은 수영복으로 안 갈아입으실 겁니까?"

"내가 알아서 할 거니까 너나 잘하세요."

"모르셨습니까? 지금 입고 있는 한복은 방수도 됩니다."

"그것보다 문이나 닫아!"

"속옷 차림으로 나가실 생각 아니셨습니까?"

"내가 미쳤어?!"

"남국의 해변은 몸과 마음을 개방적으로 만든다 하지만 설마 알몸으로 나가실 것이라고는 상상도 하지……."

쾅! ……안의 소리는 문이 닫히자 더 이상 들리지 않았다.

"주인님~!"

바둑이는 세희에게 받은 푸대접은 신경도 안 쓰는 것 같았다. 바둑이는 그 누구보다 대인배적인, 다시 말하면 아무 생각 없는 모습으로 네 발로 달려 랑이에게 뛰어들었다. 랑이는 몸을 돌려 바둑이를 받아 주었고 자연스럽게 내게 등을 붙였다.

"몸은 괜찮으냐?"

"조금 피곤하긴 하지만 괜찮아요. 그러니까 같이 놀아 주세요!"

"알겠느니라!"

안 좋은 추억이 되살아날 것 같아서 나는 잽싸게 랑이를 말렸다.

"일단 나래가 나오면 다 같이 놀자. 그게 좋겠지?"

랑이는 턱에 손가락을 대고 고심하더니 고개를 끄덕이고서는 바둑이를 보며 말했다.

"바둑아! 조금 이따가 놀자꾸나! 성훈이가 나와 먼저 놀고 싶다고 말하느니라!"

"알겠어요, 주인님."

해석이 어떻게 그리 되는지 모르겠다. 그래도 나래가 나올 때까지 버틴다는 소기의 목적은 달성했으니까 넘어가자. 그건 그렇고 바둑이의 수영복 모습도 잘 어울린다. 어린애들이 입는 원피스인데 전체적으로 화사한 데다가 수영복에 그려진 고기가 바둑이답다고 할까. 응. 귀엽다. 뒤에서 쉴 새 없이 흔들리는 꼬리 때문에 더욱 그렇게 느껴진다. 이상. ……아니, 뭘 바라는 겁니까. 바둑이입니다. 바둑이는 보는 것만으로도 마음의 안식이 찾아올 정도로 귀여운 아이인데 더 이상 무슨 말을 하겠냐.

무엇보다 오두막 문이 열려서 내 신경이 모두 그쪽으로 향했거든.

그렇다.

나래다.

드디어 나래다.

나래의 수영복이다!!

"……이것 참 죄송하군요."

세희였다. 평소와 같은 한복에 밀짚모자를 쓰고 푸른 선글라스를 끼고 있는, 해변에 이보다 더 어울리지 않을 수 없다는 복장으로 오두막에서 나온 것은 세희였다. 세희다. 세희, 이 자식아. 내 기대를 물어내라!

"나래 님. 도련님께서 발정기를 맞은 암캐를 향한 수캐의 시선으로 이쪽을 뚫어지게 보고 있습니다."

"……나, 나가기 싫어지는데."

"오해다!"

"세희야, 안대 있으면 성훈이 눈 좀 가려 줘. 그리고 땅에 묻어."

"오해라니까요."

"거짓말."

들켰습니다.

"정말. 넌 어쩔 수 없다니까."

한숨 섞인 말을 내뱉으며 나래가 오두막에서 나오기 시작했다.

맨 처음 보인 건 늘씬하게 뻗은 다리였다. 평소 핫팬츠를 입고 다녀서 자주 보긴 했지만 그렇다고 찬란한 보석이 길가의 돌멩이가 되는 것은 아니다. 평소 운동을 하기 때문에 균형 있게 발달된 종아리와 살집 있으면서 탄력 있는 허벅지가 내 시선을 끈다. 그리고 그 이상은 부끄러워서 보여 주지 않겠다는 듯 수줍게 안이 살짝 비치는 스커트로 가렸다. 다행이다. 그렇지 않다면 오히려 내가 더 부끄러워서 제대로 보지도 못

하고 고개를 돌려 버렸을 테니까. 스커트는 골반 부분에 매듭으로 지탱되어 있었고 나래는 그게 신경이 쓰이는지 한 번 더 단단하게 동여맸다. 개인적으로는 실수로 풀어져도 된다 생각하지만 그걸 입 밖으로 내면 죽는다. 그리고 이대로 계속 보다가 나래가 눈치채면 정말로 죽는다. 나는 시선을 급히 올렸다. 나래의 허리는 이미 정평이 나 있을 것이다. 하지만 오늘은 뭔가 다르다. 그렇다. 탱크톱으로 가려져 있던 가슴 밑부분이 드러나 있기 때문에 평소보다 훨씬 잘 가꾸어진 몸매가 빛나는 것이다! 일단 지금 한 번 외치겠다.

VIVA 수영복!

이야기는 아직 끝이 아니다. 그렇다. 이제 겨우 반인 것이다. 하지만 나는 걱정이 앞섰다. 나래가 이제는 어쩔 수 없이 음흉해진 내 시선을 눈치챘거든. 지금도 슬슬 몸에 힘이 들어가서 숨겨져 있던 근육이 움직이는 모습을 보아 여기서 시선을 올리고 멈추면 어떻게 될지 짐작이 간다. 너무나 명확한 결과가, 끔찍한 미래가 나를 기다리게 되겠지? 그건 죽음. 죽음이다. 그곳에 기다리고 있는 것은 나래의 일방적인 폭력에 의한 죽음뿐이다. 그렇기에 나는 여기까지라는 현실을 받아들일 수밖에 없다. 나는 아무런 힘도 없으니까 어쩔 수 없다. 어쩔 수 없는 일이었다.

—라고 지금 이 순간을 돌이켜 볼 때가 올까?

10년 후? 20년 후? 아니면, 죽기 직전? 옛날에 내가 좋아했던 곰 소녀의 수영복을 볼 기회가 있었지~ 같은 소리를 하면서 잊혀진, 추억 속의 사진첩 같은 거리를 두고서 나는 살아갈 수 있을까? 응. 나는 그런 녀석이다. 그렇게 생각하고 그렇게 믿고 살아가려고 하면 가능하다. 나는 어머니를 닮아 고집이 센 편이거든. 그러기로 결정하면 못 할 리가 없다. 그런데 말이야.

도저히 그 고집이라는 게 그쪽 방향으로는 잡히지 않거든?

나는 고개를 들었다. 보인다. 보인다! 같이 목욕을 할 때 몰래 눈치를 살피며 슬쩍 볼 때와는 다르다! 밑에서 슬쩍 올려다본 것만으로 만족해야 했던 그때와도 다르다! 나는 온전히! 수영복이라는 위대한 존재에 소중히 감싸 안아져 있는 나래의 젖과 꿀이 흐르는 땅이라 칭송할 수 있는 풍만한 가슴을! 소설에서 나온 성스러운 가슴이라는 말이 그 누구보다 어울리는 지금이라도 수영복을 뚫고 나올 것 같은 가슴을! 이 세상의 모든 행복과 기쁨과 충만함을 가지고 있는 가슴을! 나래가 걸음을 옮길 때마다 탄력 있게 위아래로 출렁출렁이는 가슴을! 지금이라도 이 더러운 두 손으로 받들어 모시고 싶은 가슴과 함께 주먹을 보았다.
"나가 죽어!!"

나래의 수치심 가득한 목소리와 함께 내 시야에는 나래의 주먹이 가득 차기 시작했다. 물론 나는 각오하고 있었다. 하지만 나래가 너클을 끼고 내 얼굴에 주먹을 날릴 거라고는 상상도 하지 못했다. 17년 인생. 처음으로 찾아온 바다의 새하얀 모래사장을 피로 붉게 물들이며 나는 주마등을 보았다.

첫 번째 이야기

　바로 어제 그 난리가 일어났다 해도 새 아침이 밝아 오면 학교에 가야 하는 것이 자랑스러운 우리나라의 고등학생이다. 핑계를 대면 못 갈 것도 없지만 몸은 랑이와 바둑이의 헌신적인 치료에 깔끔히 나아 버렸고 잠도 푹 자서 컨디션마저 좋다. 마치 하늘에 계신 하느님이 학교를 가라, 이 자식아. 어디서 고등학생이 집에서 여자애들하고 같이 뒹굴거리며 남의 염장이나 지르려고? 라고 생각하시는 것 같다. 물론 그럴 리가 없지만 아직 잠에서 덜 깬 내 머리는 점점 이상한 쪽으로 흘러가고 있었다. 그래서 나는 태평하게 대자로 뻗어서 자고 있는 랑이의 배에 얼굴을 묻었다. 졸리다고. 랑이의 배를 베개 삼아 조금만 더 자자.

　"우냐아……."

　그런데 이 녀석은 남을 베개, 음식, 이불, 요 대용으로 쓰면서 자기가 그런 꼴을 당하는 건 싫은지 몸을 꼼지락거린다. 내가 랑이를 어떻게 이기겠냐. 일어나 주자. 조금만 더 있다가. 나는 그런 뜻으로 랑이의 배를 냠 하고 물었다.

"으냐앙~♡"

부드럽고 말랑말랑한 게 지금까지 먹었던 그 어떤 것보다 식감이 좋다. 땀 때문에 조금 짜기는 하지만 그것 또한 별미다. 쪽쪽 빨고 배꼽을 날름날름 핥아 주다 보니 평생 이렇게 랑이를 맛보며 살고 싶다는 생각이 들었지만…….

"성훈아, 슬슬……."

문이 열리는 소리와 함께 들려온 나래의 목소리에 잠이 확 깼다.

"……너, 뭐해?"

지금 상황. 나는 랑이의 배에 얼굴을 묻고 혀를 내밀어 핥고 있고 랑이는 그런 내 밑에서 얼굴을 붉히고서 들뜬 표정으로 몸을 부들부들 떨고 있었다.

"아니, 그러니까 이게 말이죠. 제가 잠버릇이……."

"미안한데 성훈아. 변명은 나중에 들어줄게."

그렇죠. 이것이 정석이죠. 제 인생의 정석은 이렇게 흘러가야 맞는 거고 맞는 것은 죽을 만큼 아팠다.

보통 드라마나 영화 같은 걸 보면 이럴 때는 뺨에 손자국이나 있는 상태로 씻곤 하지만 나래는 그런 평범한 상황을 거절했다. 나는 피멍이 든 가슴팍을 내려다보며 한숨을 쉬었다. 나래가 마지막에 힘을 빼지 않았다면 오늘 본 아침 해가 내 못다 핀 인생의 마지막이 될 뻔했다. 그런데도 갈비뼈에 금이 갔으니…… 세희의 요술이 아니었다면 나는 지금 구급차에 실려 있겠지.

샤워를 마치고 반바지에 티셔츠 차림으로 나오자 나래가 뚱~한 표정으로 소파에 앉아 있었다. 나는 수건으로 머리를 말리며 조심스럽게 나래에게 다가가 말을 걸었다.

"왜 그래?"

"아무것도 아니야."

아무것도 아니신 표정이 아닌데요? 그런 내 생각을 읽었는지 나래가 고개를 휙 돌렸다. 하지만 나는 나래의 옆모습만 봐도 지금 대충 무슨 생각을 하는지 알 수 있는 남자다. 10년 넘게 짝사랑해 오면서 눈치만 살피던 나를 우습게 보지 마! 그러니까 지금 나래는 자기 자신에게 화가 나 있는 것 같다. 자기도 모르게 내게 폭력을 행사한 것에 깊은 자괴감에 빠져 버린 거란 말이지.

"아니거든?"

옆구리가 휘어진다. 어제부터 몸이 수난이다.

"그럼 뭔데요?"

"손대중을 너무 한 것 같아서 그래."

"……그 이상 안 했으면 부러진 갈비뼈가 심장에 박혀서 즉사했을 겁니다."

"아쉽네."

부끄러움을 감추기 위한 농담일테니 넘어가자.

"오라버니, 다 씻으신 거예요?"

두려움에 덜덜 떨고 있자니 부엌에서 들려온 목소리가 나는 살려 주었다. 고개를 돌려 보니 까마귀가 수놓아진 앞치마를 한 치이가 세희의 옆에서 도시락을 싸고 있었다.

"빨리 일어났네?"

"아우우, 일찍 일어나는 새가 먹이를 발견하는 거예요. 오라버니도 내일은 빨리 일어나는 거예요."

"일찍 일어나는 벌레는 새한테 잡아먹힌다는 말이잖아."

"오라버니는 맛없어서 안 잡아먹는 거니까 걱정 말고 빨리 일어나는 거예요."

새침하게 핀잔을 주는 치이에게 변명 아닌 변명을 한다.

"나는 늦게 일어나도 네가 알아서 먹여 주고 재워 줄 거니까 늦게 일어나도 괜찮아."

"까우우?!"

치이가 귀 위 머리카락을 파닥이며 당황한다. 왜 그러지?

이런 당연한 이야기 가지고.

지리산에서 살 때와는 다른 아침 식사 풍경. 나, 나래, 랑이, 치이, 페이, 세희, 바둑이. 7명이 한 자리에서 앉아서 먹으면 좋겠지만 우리 집에는 그럴 만한 자리도 상도 없기에 식탁 파와 밥상 파로 나누어지게 되었다. 먼저 식탁 파를 소개하자면 방금 일어나 아직 잠에서 덜 깼는지 입에 소라 빵을 물고 꾸벅꾸벅 고갯짓을 하며 졸고 있는 페이. 그 옆에 앉아서 페이가 식탁에 머리를 박지나 않을까 노심초사하며 어린아이를 돌보듯이 관심을 가지느라 자기 밥도 제대로 먹지 못하고 있는 치이. 그리고 그런 둘을 행복한 표정으로 바라보며 미소를 짓고 있는 나래 님 되시겠다. 다시 말해 밥상에 앉은 건 방금 일어나 머리도 꼬지 않고 내 허리에 두 손을 두르고 집 나가기 싫다는 새끼 캥거루같이 붙어 있는 랑이와 평소와 같이 너같은 찌끄래기에게는 밥이 아깝다는 듯 보고 있는 세희라는 거다. 세희에게는 할 말이 있기는 한데 애들이 많으니 물을 수가 없군.

그래. 어제의 끝나지 않은 이야기 말이다. 세희는 **아침**이 되면 모든 것을 알게 될 거라 말했지만 아침을 먹는 지금도 난 아무것도 모르겠거든. 하지만 밥상 앞에서 할 이야기는 아닌 것 같고 일단 그건 다음에 기회를 봐서 하기로 하자. 지금은 어디에도 보이지 않는 바둑이의 행방에 대해 물을 때다.

"야, 바둑이는?"

밥 먹을 때면 자고 있어도 알아서 찾아오던 바둑이가 보이지 않는다. 그리고 보니 아까 잠에서 깼을 때도 바둑이는 없었다. 어디 갔지? 그런 내 궁금증을 세희가 해결해 주었다.

"서울에는 남들이 보는 눈도 있으니 개는 개답게 마당에 키우기로 했습니다."

나는 조심스럽게 떨어지지 않으려고 애쓰는 랑이를 떼어 놓고 마당과 이어진 베란다 쪽 창문을 열었다. 거기에는 긴 줄에 이어진 목걸이를 차고 바둑이♡라고 양각돼 있는 개밥 그릇에 쌓여 있는 사료를 맛있게 먹고 있는 솜털이 뽀송뽀송하게 난 강아지가 있었다. 어이가 없어서 아무 말도 못하고 있는데 뒤에서 세희의 목소리가 들려왔다.

"그래도 서울이기에 사료를 준비했습니다."

그 사료를 네 입에 처 넣어줄까?

"바둑이는 왜 저래? 어제만 해도 멀쩡했잖아?"

아니지. 생각해 보니까 처음에 봤을 때는 꼭 그렇지만도 않았다. 냥이의 결계를 어떻게 하느라 힘을 모두 소진해서 힘들어 보였었다. 거기에까지 생각이 미치자 걱정이 앞섰다.

"혹시 아프기라도 한 거야?"

"조금 힘이 없기는 하지만 전 괜찮아요, 도련님!"

바둑이가 고개를 들어 말을 했다. 강아지 모습으로 말을 하니까 괴리감이 생기긴 했지만 조금 안심이 되었다.

"그런데 왜 그런 모습이야?"

"어젯밤에 꿈을 못 꿔서요, 헤헤헤."

바둑이가 뒷발로 볼을 긁었다. 부끄러워하는 건가?

"말끝에는 멍을 붙이라고 했지요."

"멀쩡해요, 멍!"

이대로 뒷목을 잡은 채 정신을 잃고 쓰러져야 하는 걸까. 그러기에는 내가 지금까지 겪은 일로 단련된 정신줄이 너무나 질겼다.

"어째서 바둑이가 강아지 모습으로 마당에 있는 거냐."

"일종의 절전 모드라 할 수 있겠군요."

바둑이의 대우 개선을 위해 노려보자 세희는 말을 이었다.

"바둑이가 인간의 모습을 취하기 힘들어서 그렇습니다."

"왜?"

어제 세희가 한 말을 나는 기억하고 있다. 바둑이가 꿈을 꾸는 것으로 요력을 보충한다는 것을.

"말씀드리지 않았습니까?"

그래서 할 말이 없었다.

"잠을 설쳤나……."

"바둑이가 그럴 것같이 보이십니까?"

세희는 입꼬리를 쓰윽 올렸다.

"그러면 뭔데?"

"집이 너무 작기에 어쩔 수 없는 선택이었습니다, 도련님."

"말의 앞뒤가 맞지 않는다."

"급조한 변명이라서 그렇습니다."

그러니까 바둑이가 강아지가 되어서 마당에 있는 건 결국은 네놈 짓이었다, 이 말이지?

"난 네가 지리산에서 할아버지네 욕실을 개조한 일을 기억하고 있다."

"……그거 기억하고 있어?"

아차, 귀가 밝은 나래가 그걸 들은 것 같다.

"자세히는 기억 못 하고……. 아니! 그게 문제가 아니라! 나래야. 넌 바둑이가 마당에 있는데 불쌍하지도 않아?"

내 진심이 마음에 닿았는지 나래는 욕실 이야기를 파고들 생각이 없는 것같이 보였다. 사실은 다른 이유였지만.

"바둑이가 저게 편하다는데? 그리고 저 모습도 너무너무 귀여우니까 괜찮은 것 같아. 쓰다듬어 주니까 너무 기분 좋은 거 있지?"

"멍!"

그렇다. 보면 알겠지만 꼬리를 흔들며 혀를 내밀고 헥헥거리는 바둑이의 귀여움에 만사가 어떻게 흘러가는지 생각하지 못하게 된 피해자가 된 것이다.

"그러니까 밥이나 먹어. 너 때문에 랑이도 숟가락만 빨고 있잖아."

그러고 보니 랑이는 내가 돌아와서 앉기만을 기다리고 있는지 나를 애달픈 눈으로 바라보며 숟가락만 빨고 있었다. 그 옆으로 침이 주르륵 흐르는 걸 보니 배가 고프기도 어지간히 많이 고픈 것 같다. 그러면서도 내게 독촉의 말 한 마디 하지 않는 걸 보면 우리 랑이도 조금은 어른이 된 것 같다. 그리고 세희는 날이 갈수록 악귀나찰이 돼 가는 것 같고.

"주인님을 공기 캐릭터로 만들면 제가 귀신이 무엇인지 알려 드리겠습니다."

네 표정만 봐도 알 것 같다. 내가 다시 자리에 앉자 랑이가 숟가락을 입에서 빼며 말했다.

"잘했느냐?"

기다려 준 것을 잘했냐고 묻는 것 같다. 착한 일을 하고 바로 칭찬을 바라는 게 아직은 어린애 같구나. 나는 고개를 끄덕이고 랑이의 귀 밑을 조심스레 긁어 주었다.

"그래."

"이히힛~."

랑이가 어깨를 들썩거리며 눈웃음을 짓는다. 그 모습이 너무 귀여워서 오늘 반찬은 호랑이 반찬이다! 같은 헛소리가 나올 뻔했지만 이, 이건 어쩔 수 없는 일이다! 랑이가 너무 귀여운걸!

아침 식사를 마치고 방 안에서 교복으로 갈아입는데 초롱초롱 빛나는 랑이의 시선이 부담스럽다. 이미 서로 볼 것, 볼 만한 것, 보고 싶은 것을 본 사이라지만 그래도 저런 노골적인 시선은 부담스러운 게 사실이다. 앉아 있는 자세도 마치 한 마리의 개구리 같아서 저 상태로 바로 내게 뛰어올라 안겨 올 것 같고 말이야. 나는 교복 상의까지는 어떻게 갈아입었지만 반바지는 결국 아래로 내리지 못했다. 이런 상황에서 과감히 바지를 내리고 팬티 차림이 될 수 있다면 그 녀석이 이상한 거다. ……실제로 그럴 수 있는 친구 녀석이 순간적으로 떠올랐지만 잊자. 그 녀석은 그냥 변태니까.

"뭐하냐?"

"너를 보고 있느니라!"

……그것 참 비생산적인 일을 하는구나. 그럴 바에는 거울

을 봐라. 네 귀여운 모습을 보고 마음에 사랑이 싹트는 생산적인 일을 하라고.

"옷 갈아입어야 하니까, 나가. 이 녀석아."

"아! 그것 때문에 할 말이 있느니라."

마치 예전부터 할 말이 있었는데 지금까지 까먹고 있었다는 말투다. 내 생각에는 지금 방금 떠오른 것 같은데 말이야. 일단 모르는 척 넘어가 주자.

"뭔데?"

"너는 어찌하여 옷을 갈아입을 때마다 나를 멀리하는 것이느냐?"

전 변태가 아니니까요. 수줍음 많은 고등학생이니까요. 이성과 상식이 있는 사람이니까요. 할 말은 많았지만 그런 말이 랑이에게 통할 리가 없다. 또 랑이는 냥이의 길을 따르지 않느니라! 어흥~! 같은 소리를 하겠지. 그렇기에 나는 옛날 단군신화에서 증명된 힘 싸움에 기초해서 그 이유를 말하기로 했다.

"네 뒤에서 지켜보는 나래가 화를 내거든."

아까부터 열려져 있는 방문과 그 틱에 등을 기대서 팔짱을 끼고 살짝 올라간 눈으로 랑이를 내려다보고 있는 교복 차림의 나래가 말이다. 내게 직접 뭐라 하는 것은 아니지만 몸에 새겨진 공포에 등 뒤로 식은땀이 주르륵 흘러내렸다. 그런 나를 보며 랑이는 힘들게, 뒤에 불곰이라도 있는 것처럼 힘들게 고개를 돌린 것도 잠시. 획! 하고 다시 내 쪽으로 되돌아왔다.

당황한 기색이 역력하다.

"나, 나는 아무것도 못 봤느니라."

두 손으로 눈을 가리고 몸을 숙인 채 현실을 부정 중이신 호랑이를 보고는 나래가 낮은 한숨을 쉬며 랑이의 겨드랑이 사이에 팔을 넣고 번쩍 들어 올린다. 오오, 역시 곰의 일족. 호랑이를 무서워하지 않는구나.

"어떻게 잠깐만 눈을 떼면 숨어 들어가?"

"이것 놓거라! 언니에 대한 대우가 이게 무엇이느냐?!"

애써 위엄을 갖춘 목소리로 호통을 쳐 보지만 나래에게 대롱대롱 들어 올려져 두 발을 바동바동, 두 팔을 휙휙거리는 상황에서 위엄을 찾을 수 있을 리 없다. 나래는 그런 랑이를 사랑스러운 새끼 호랑이를 보는 눈으로 내려다보다 정신을 들었는지 고개를 저었다.

"그래, 언니야. 일단 나가서 이야기하자."

"으냐앗? 언니라고 말했으면 언니 대우를 해 주는 것이니라."

"알았으니까 일단 나가자. 너도 빨리 옷 갈아입어. 그러다가 지각하겠어."

나는 고개를 끄덕였고,

"놔, 놔주거라. 성훈이가 벗은 바지를 세희가 가지고 가기 전에 손에 넣어야 하느니라. 히이잉."

랑이는 참으로 위험한 말을 하며 내 방에서 들려 나갔다.
……오늘부터는 내 옷과 속옷은 직접 세탁기에 넣고 섬유 유연제까지 듬뿍 부은 상태로 빨래를 하자.

교복으로 갈아입고 마루로 나오자 교복 차림의 나래와 소파에 앉아서 볼을 부풀리고 있는 랑이, 그리고 내 나이 또래가 된 폐이는 검은색 백을, 치이는 책가방을 각각 들고 메고서 나를 기다리고 있었다. ……어라?

"아우우, 다 까먹은 거예요."

[실버타운 확정.]

아, 그래. 분명히 어제 치이와 폐이가 학교에 가는 수속을 했다고 했지. 그래서 가방을 가지고 나를 기다리고 있었다면 그리 이상한 일이 아니다. 하지만 폐이는…….

[괜찮아.]

폐이는 내가 걱정하는 것을 눈치챈 것 같다.

[힘들면 도망치면 돼.]

참으로 힘이 되어 주는 말이다. 극복해 나가는 게 아니라 도망친다니. 지금의 폐이에게 너무나 어울리는 말이다.

"그런데 가방은 어디서 나왔냐?"

"내 거야."

옆에 서 있던 나래가 뭔가 불만스럽게 툭 내뱉었다. 나래는 또 왜 이렇게 저기압이지? 왜 그래? 커지니까 안 귀여워. …… 아, 그렇습니까. 확실히 폐이는 어른의 모습이 되면 귀엽다는 말보다는 예쁘다, 매력적이다, 미인이다, 섹시하"다아악!!"

"애들 보고 무슨 생각을 하는 거야?!"

"순수한 감탄을 했을 뿐입니다!"

"……더 기분 나빠."

토라진 나래에게 뭐라고 말을 하려는데 그 사이에 귀신이 끼어들었다.

"그것보다 도련님. 이제 그만 학교로 꺼지, 실례, 꺼지시지요. 이러다가 지각하시겠습니다."

뭐가 달라진지 모를 세희의 말대로 조금 더 시간을 끌면 정말 지각할 것 같다. 나는 도시락만 들어가 가벼운 책가방을 어깨에 메며 내 반바지를 사수하려고 했던 사랑스러운 아이의 이름을 불렀다.

"랑이야."

언제 토라졌냐는 듯, 귀를 쫑긋 입을 방긋거리며 벌떡 일어나 쪼르르 내게 달라붙는다. 랑이는 학교에 가지 않으니까 내 냄새가 묻어 있는 옷가지를 가지고 싶었다는 건 내 짧은 눈치로도 알 수 있다. 나는 랑이의 허리를 안고 들어서 눈높이를 맞춘 다음 그 볼에 살짝 뽀뽀를 했다.

"아우우?"

[대놓고 로리콘 인증.]

"……너, 나가서 봐."

"부러우신 겁니까?"

……볼에 뽀뽀 한 번 한 거 가지고 왜 그러냐?

"학교 갔다 올게. 세희하고 잘 놀고 있어."

"으, 응! 알겠느니라!"

랑이는 뭔가 나쁜 생각하다 걸린 것처럼 당황하다가 내 볼을 손가락으로 톡톡 치자 그제야 내 뺨에 뽀뽀했다.

"너무 자연스러운 거예요."

[부러우면 부탁.]

"꺄우우! 아, 안 부러운 거예요!"

[치이, 내숭쟁이.]

"저 모습을 보고 소꿉친구로서 뭔가 위기감이 들지 않으십니까?"

"너야말로 랑이를 걱정해야 하는 거 아니야? 너 창귀잖아. 저 자식이 자기 주인님께 시꺼먼 주둥이를 들이대는데 보고만 있어?"

"검고 딱딱하며 핏줄이 불거진 다른 것을 들이대도 저는 가만히 있을 겁니다."

"일단 성훈이부터 죽이고 상대해 줄게."

……뭔가 주위가 시끄럽다.

그렇게 세희에게 물어볼 것이 있다는 사실은 소란스러운 일상 속에서 잊히고 말았다.

나는 바둑이의 멍! 멍! 소리에 손을 흔들어 주며 등굣길에 나섰다. 평소와 다르게 주위에 아리따우신 여성분들이 계시니 평소 질리도록 다닌 등굣길인데도 뭔가 다른 기분이 든다. 그래. 마치 천국으로 가는 것 같아.

"너, 이제는 무섭지도 않나 봐?"

다른 의미의 천국 말이다.

"저도 어쩔 수 없었습니다. 그냥 가면 랑이가 계속 침울해 있을 것 같잖아요."

"아우우우, 낯부끄럽지 않은 건가요?"

"나도 부끄럽지. 그래도 어쩔 수 없잖아?"

[내 글 보여?]

"눈에 뵈는 거 있으니까 걱정 마라."

결혼도 안 했는데 마누라한테 바가지를 긁히는 기분부터 알게 되는군.

처음부터 끝까지 변명으로 점철된 등굣길 끝에 교실에 도착해 문을 열자.

"아버지의 마음 킥!"

괴상망측한 소리와 함께 뭔가가 날아왔다. 분명히 무슨무슨 킥!이라고 했는데 어째서인지 날아오는 게 주먹이란 괴리감에 잠깐 정신이 나간 사이에 나는 정통으로 얼굴을 맞고 내 뒤에 있던 페이의 말랑말랑 폭신폭신 몰캉몰캉한 탄력적인 가슴에 기댄 상태가 되었다.

"눌렸어."

끊어 친 게 아니라 밀어 친 거기에 그다지 아프지는 않았지만 기분만은 충분히 더러워졌다. 아침부터 친구의 얼굴에 주먹을 날린 새…… 아니, 자식은 뭐가 그리 화가 났는지 어깨를 들썩거리며 거친 호흡을 내쉬고 손을 들어 나를 가리키며 외쳤다.

"여자애들하고 시시덕거리며 등교한 것도 모자라 지금은

품에 안기기냐?! 이 남자의 적! 죽어라!"

"아, 아우우!!"

그제야 치이도 내가 페이에게 안겨 있다는 사실을 깨달았는지 얼굴을 새빨갛게 물들이며 어찌할 바를 몰라 했다. 당장이라도 나를 밀어 버리고 싶어 하는 눈치지만 주먹에 맞은 나한테 그런 짓을 할 생각은 못한 거지. 그렇기에 치이는 강한 아이고 뭐고. 나도 지금은 좀 화가 났거든? 나는 제 발로 아늑하고 풍만하고 기분 좋은 페이의 품에서 벗어나서,

"아쉬워?"

"……너 진짜 혼나고 싶지?"

사람의 마음을 읽은 듯한 나래와 페이를 뒤로하며 세현에게 고함을 지르려 했다. 하지만 이 자식이 갑자기 닭똥 같은 눈물을 주르륵 흘리기에 나는 할 말을 잃었다. ……너 왜 그러냐? 그 이유는 곧 알 수 있었다.

"이 부러운 자식. 여자애들하고 같이 등교하다니. 이런 적은 처음인 걸 보니 어제 어른의 엘리베이터를 탄 거지? 내가 선배에게 시달리고 있을 때, 네놈은!! 네노오오오옴으으으은!! 동급생과 서양소녀와 한복소녀라는 환상의 조합으로 어른이 되다니이이이이이!!"

그러니까 헛소리인 거다. 그리고 이런 헛소리에는 매가 약이라는 것을 나래는 잘 알고 있다.

"말이 되는 소리를 해!"

이제는 피눈물을 흘릴 것 같은 녀석은 나래의 주먹에 정말

로 피를 흘리며 교실을 뒹굴었다. 기괴망측한 모습이 되어 꿈틀거리는 녀석을 보니 뭔가 가슴이 후련하면서도 불쌍한 기분이 든다.

"무슨 말도 안 되는 오해를 하는 거야? 치이하고 페이가 그럴 리 없잖아!"

……왜 자기 이름을 빼는 거냐고 물을 수 있는 용기가 제게는 없습니다.

"나, 나래 언니. 저 사람 죽은 거 아닌가요?"

"크리티컬. 백 퍼센트 사망."

치이와 페이는 입에 거품을 물고 꿈틀거리는 녀석이 무서운지, 아니면 조금 전까지만 해도 멀쩡하던 사람을 저 꼴로 만든 나래가 무서운 건지 모르겠지만 어쨌든 무서워하며 내 뒤에 숨었다.

"저 정도 가지고는 안 죽어."

나래가 그 말을 하는 동시에 세현이 벌떡 일어나서 얻어맞은 볼을 손으로 누르며 말했다.

"이야, 죽는 줄 알았네."

"히익?"

"아우우?!"

저 자식은 집안 사정 때문에 맷집이 좀 세다. 그에 합당하게 적절한 주먹을 선사해 주려고 하는데 교실 문이 열리고 누군가가 들어왔다.

"……너희들은 종쳤는데 자리에 안 앉고 여기서 뭐하나?"

선생님이다. 저 망할 녀석 때문에 종치는 것도 못 들었네. 그러고 보니 다른 애들은 모두 자리에 앉아 있구나. 넌 오늘 운이 좋은 줄 알아라.

나와 나래는 인사를 드린 뒤 각자 자리에 앉았고 치이와 폐이는 선생님 옆에 섰다.

"원래는 둘 다 어제부터 같이 공부를 했어야 했는데 어떤 멍청한 놈이 난동을 피워서 오늘부터 같이 듣게 된 녀석들이다."

어떤 멍청한 놈이 나라는 건 말 안 해도 알겠지. 그래도 나래가 선생님께 잘 변명해준 것 같아서 다행이다. 나는 나래를 보며 살짝 고개를 숙였고 내 자상하고 사려가 깊은 소꿉친구는 흥! 하고 고개를 돌렸다.

"이 녀석은 어제 소개했으니까 알겠고 넌 자기소개해라."

그러는 사이에 선생님의 말씀이 들렸고 치이가 고개를 꾸벅 숙이며 인사했다. 그 모습에 주위에서 귀여워~! 같은 환호성이 울려 퍼졌다.

"강까치인 거예요. 오라버니를 따라온 거예요."

치이는 애칭이기 때문에 까치라고 말한 것 같다. 하지만 그 때문에 주위의 수군거림이 심해졌다. 알아. 나도 안다고. 까치라는 이름을 가진 여자애가 흔할 거라고는 생각하지 않으니까. 거기에 치이 특유의 말투 때문에 웅성거림은 배가된 것 같다. 정작 본인은 반응이 왜 그런지 모르는 눈치지만. 어수선한 학급 분위기에 선생님은 한숨을 내뱉었다.

"초등학생도 아니고 이름 가지고 뭘 그러냐. 아니면 내가 문화의 다양성에 대해서 애니메이션을 통한 강의를 해야 좀 조용해질래?"

그 말에 모든 아이들이 한마음 한뜻이 되어 입을 다물었다. 선생님의 애니메이션을 이용한 강의는 세현이같이 서브컬처에 심취해 있는 녀석도 질려 하는 수준이니까. 선생님은 귀신이 들어온 것처럼 조용해진 학급 내를 만족한 모습으로 바라보며 말했다.

"그러면 빈자리가……."

선생님이 주위를 둘러보자 세현이 손을 들었다. 선생님은 무시했다.

"제 옆자리가 비었습니다!"

그렇다고 포기할 녀석이 아니다.

"아, 그렇군. 어차피 너도 필요 없으니까 나가라."

"저도 돈 내고 다니는 학생입니다!"

"나도 아는데 회장이 오늘부터는 반에 들리지 말고 바로 오라고 전해 달라고 하더라. 그러니까 나가."

세현의 얼굴이 흙빛이 되었다.

"지금요?"

"5분 내로 안 오면 직접 온다더라."

"언제 그랬는데요?"

"4분 전에."

세현은 자리에서 일어난 교실 밖으로 뛰어나갔다. 넌 도대체 평소에 무슨 짓을 하고 다니는 거냐. 자리를 비운 세현 대신 치이와 페이가 앉는다. 우왓. 순식간에 반 분위기가 화사하게 변했어.

"아, 성적으로 반을 나눴는데 페이는 C반이고 까치는 S반이다. 그럼 종치기 전에 알아서 찾아가라. 모르는 거 있으면 너희들 오빠나 반장인 나래한테 물어보고."

선생님이 나가시자마자 반 안은 흡사 전쟁터를 방불케 되었다. 활발한 성격의 여자아이들은 치이와 페이에게 다가가서 여러 가지 화제로 말을 걸었고 페이는 깜짝 놀라서 치이를 확 끌어안았다. 저래서야 대답하는 건 치이의 역할인 것 같네. 어른의 모습이라고 해도 저렇게 적극적인 사람을 상대하는 게 꺼려지기는 하는 것 같다. 그래도 저 둘이 다른 사람들하고 이야기하는 걸 보니 기분이 좋다.

"그런데 정말 쟤 사촌 동생이니?"

그 말이 들리기 전까지. 뒤를 돌아보면 안 된다. 분명히 나를 손가락질하고 있을 테니까.

"아우우, 성훈 오라버니요?"

"꺄아~ 뭐니? 얘, 뭐 이렇게 귀여워?!"

"어떻게 저런 애한테 이런 동생이 있데?"

"사촌이라 그렇지."

"다행이다."

……내 취급이 안 좋은 이유는 세현과 친구이기 때문이라고 미리 밝혀 둔다.

"까치는 공부 잘해서 월반했다며?"

"페이는 어디서 살아?"

"회장 때문에 여기 전학 온 거야?"

"정말 오빠 따라온 건 아니지?"

"드레스 정말 예쁘다."

"난 한복이 더 예쁜데?"

"까치는 몇 살이야?"

"귀여워라. 요 볼 살 좀 봐."

"……나보다 가슴 커."

쏟아지는 질문 세례에 치이는 입만 삐약삐약거리며 뭐부터 먼저 대답해야 할지 몰라 당황하고 있었다. 도와주고 싶지만 흥분한 여자애들에게 참견하면 본전도 못 찾는 게 요즘 세상입니다. 그래서 나 대신 보다 못한 나래가 나섰다.

"애들아, 이제 수업 시작하려면 얼마 남지 않았으니까 그만 하자. 응?"

나는 드디어 심안을 터득한 것 같다. 나래의 미소 뒤에 숨겨진 '어디서 내 귀여운 동생들에게 꼬리를 치고 있어?!' 라는 아우라가 보이기 시작했으니까. 나래의 개입으로 몰려 있던 아이들은 어두운 밤 부엌에 불을 켰을 때 검고 딱딱한 무엇인가가 음지를 찾아가는 것처럼 재빠르게 자신들의 자리로 돌아가 수업 준비를 하고 반에서 나가기 시작했다. 사람은 아는 만큼 보인다고 옛날에는 그저 나래가 리더십 있는 반장이라서 애들이 말을 잘 듣는다고 생각했지만 지금 보니 그건 아니구나. 여자애들 그룹의 어두운 면을 본 것 같다고 할까. 하지만 나래의 말 한 마디에 질문 공세를 받고 있던 치이와 페이가 안도의 한숨을 내쉰 것도 사실이다. 애들의 쏟아지는 관심이 부담스러웠던 모양이다. 특히 페이는 아직도 자기보다 훨씬 조그만 치이를 인형처럼 품에 끌어안고 있으니까 말 다 했지.

"아우우, 이제 놓아주는 거예요."

"마음의 안정 필요."

"여긴 학교인 거예요."

"치~이, 너무해."

페이가 입을 한 움큼 삐죽 내밀면서도 끌어안고 있던 치이를 풀어 주었다.

"그러면 수업 받을 반으로 가자. 나는 치이하고 같이 가면 되니까 너는 페이 챙겨."

엘리트의 후광이라는 게 이런 것인가. 나래와 치이는 손을 잡고 엘리트 반으로 떠났고 나와 페이는 인생 낙오자처럼 덩그러니 남게 되었다.

"야."

"응?"

"이왕이면 치이하고 같이 수업 듣는 게 좋잖아? 그런데 왜 C반으로 왔어?"

페이는 얼굴을 붉히고 고개를 휙 돌렸다.

"불만?"

"그럴 리가 있겠냐. 동지가 늘어서 기쁜 거지."

나는 페이의 머리에 손을 올리려다가 이 녀석이 어른의 모습이라는 것을 깨닫고 손을 내렸다. 나에게도 학습 능력이라는 것이 있다.

그러니까 볼 부풀리지 마라. 너도 머리카락이 엉망이 되는 건 싫어할 거 아니냐.

첫 수업인 영어 시간. 이동식 수업에는 정해진 자리가 없기에 나와 페이는 자리를 붙여 앉았다. 보통은 책상이 떨어져 있지만 그건 페이에게 못할 짓이지. 선생님도 이 시기에 전학 온 수수께끼의 전학생에 대해 이야기를 들었는지 별말씀 안 하시고 그저 눈빛으로 저놈이 그놈이군, 하고 넘어가셨다. 나래가 도대체 무슨 수를 썼는지 모르겠다. 어쨌든 그리 시작된 수업. 나는 생각하는 바가 있어 수업에 집중하고 열심히 공부하려 했다.

[심심해.]

눈앞에 떠오른 입체 글자만 없었어도 계속 열심히 했을 거다. 요술은 평범한 사람들의 눈에 띄지 않는다는 점을 교묘히 이용한 방해다. 나는 손부채질을 하는 척하며 글을 연기로 바꿔 버리고 공책에 글을 썼다. 페이가 슬쩍 내 쪽으로 몸을 기울이며 훔쳐본다. 야! 너 어린애 모습 아니거든? 아니, 어린애 모습이라고 해도 그렇게 달라붙으면 닿는다고! 나는 얼굴에 피가 몰리는 걸 어떻게든 견디려 애쓰며 쓰던 글을 끝까지 썼다.

[공부 좀 하자.]

[풋. 네가?]

명백하게 웃는 얼굴로 연기로 손가락을 만들어 내 볼을 콕콕 찌른다. 나는 공부하면 안 되냐?

[먹고 살려면 공부해야지.]

[몸 써서 먹고 살 운명.]

직업에 귀천은 없다. 다만 육체적으로 힘든 일과 정식적으로 힘든 일과 둘 다 힘든 일과 놀고먹는 일이 있을 뿐. 액수로 파고 들어가면 깊어지니까 관두고. 어쨌든 내가 하고 싶은 말은 아직 미래에 대한 청사진을 그리지 않은 상황에서 남의 앞날을 멋대로 정하지 말라는 거다. 그걸 공책에 모두 쓰자면 귀찮고 가뜩이나 알아듣기 힘든 수업을 못 따라가게 되니, 나는 폐이에게 할 말을 아주 짧게 썼다. ……이미 이런 생각을 하고 있는 것에서 글러 먹었다고 보이지만.

[소년이여, 꿈을 가져라.]

[30세 무직.]

폐이가 옆에 글을 쓰자 순식간에 설득력 없는 이야기가 되었다. 무섭다! 이건 나도 알 정도로 유명한 명언인데! 머리를 잡고 이 멋진 말이 왜 이렇게 되었나 고민하고 있자니 폐이가 연기로 손가락을 만들어 내 옆구리를 콕 찔렀다. 도대체 왜 여자애들은 남의 옆구리를 찌르는 걸 좋아하는 거야? 고개를 돌려 보자 폐이가 뭔가 의기양양한 표정을 지으며 나를 내려다보고 있었다.

[나, 돈 많아.]

그래. 저런 표정을 지을 때는 뭔가 자랑할 때밖에 없지.

[그래, 너 돈 많다.]

[공부 안 해도 평생 호화.]

다시 말한다. 부럽다. 진짜 부럽다.

[그래서?]

갑자기 웬 자랑질이야?

폐이는 내 글에 잠시 시선을 피하더니 펜을 들고 얼굴을 붉히고선 내 공책 구석에 조그맣게 글을 썼다.

[데릴사위.]

순간 이 녀석이 아직도 어른이 되는 걸 포기하지 않았나, 라는 생각이 머릿속을 스쳐 지나갔지만 그건 어디까지나 순간이었다. 내 쪽을 제대로 보지도 못하고 귀까지 새빨갛게 돼서 고개를 돌리고 있는 걸 보면 알 수 있다. 이 녀석이 진심으로 내게 마음을 전했다는 걸. 하지만 이 녀석아. 아직 10년은 이르다. 지금은 부적을 써서 어떻게 내 나이 또래로 보이지만 그 알맹이는 꼬마애란 말이야. 거기다 바로 어제. 난 폐이와 치이의 사이를 돈독히 해 준 것으로 꽤나 호감을 산 상황이다. 이런 말을 진지하게 받아들일 정도로 나는 바보……이지만 나래와 랑이에게 단련된 철벽같은 이성이 있다고. 나는 공책에 글을 쓰고 폐이의 손등을 툭 건드렸다. 폐이는 몸을 움찔 떨고는 조심스럽게 고개를 돌려 노트에 적힌 내 글을 보았다. 내 글을 확인한 폐이는 볼을 부풀리고 연기로 글을 써서 내 이마를 때렸다.

　[바보.]

　페이는 건성건성, 나는 열심히. 서로 다른 수업 태도였지만 그 결과는 똑같았다. 이해할 수 없었으니까. 페이는 이제 아예 대놓고 모자란 아침잠을 보충하기 시작했다. 나도 그리 좋은 상황은 아니다. To부정사가 무엇인지, 정관사가 무엇인지 어떻게 알아? 내가 요즘 들어 To be, Not to be의 상황이 자주 오는 건 알겠지만 그것과 이건 다른 이야기잖아. 점점 선생님의 말씀이 자장가처럼 들리기에 정신을 깨우기 위해 책상에 짓눌린 페이의 가슴을 보려고 했다가 아니라. 아, 역시 졸음은 위험해. 이성의 끈을 연줄로 내 정신을 높이 날려 버리잖아. 나는 잠에서 깨기 위해 목에 손을 대고 이리저리 돌렸다. 그런데 그 때 뭔가 보였다. 의성어로 표현하자면 샤샥 이라는 말이 어울릴 것 같은 것을. 학교에서는 절대로 볼 일이 없을 거라고 생각한 녀석이 보인 것 같은데. 나는 주의 깊게 복도 쪽을 살펴보았다. 에어컨이 없는 한여름의 학교는 모든 창문을 열어 놓는다. 그래서 나는 확실하게 볼 수 있었다. 창틀에 삐쭉 나와 있는 동그스름한 하얀색 호랑이 귀를. 귀가 계속 쫑긋쫑긋거리는 게 아무리 생각해 봐도 내심 가슴이 두근거리지만 들키지는 않았다고 생각하고 있는 것 같다. 아이고, 그럼 그렇지. 어쩐지 내가 학교에 간다 했는데 뽀뽀 한 번에 그냥 보내 준다 했다. 나는 아무것도 못 본 척하고 수업에 집중하는 척을 하다가 시야의 끄트머리에 하얀 게 들어온 순간 재빨리 고개를 돌렸다. 거기에는 창틀에 손을 얹고 나를 보고 있다가 깜짝 놀라서 동그래진 눈으로 만세를 부르는 랑이가 있었다. 그리고 아래로 사라지는 동시에 콩! 하는 소리가 복도에서 울렸다. ……이 녀석아. 아무리 놀라도 그렇지 손을 놔 버리면 어떻게 하냐. 수업 중이라고 해도 랑이가 다쳤을지도 모르는데 가만히 앉아 있을 수는 없다. 나는 용기 있게 손을 들었다.

"왜 그러니?"

"속이 안 좋아서 그런데 양호실 좀 갔다 오면 안 될까요?"

"화장실 갔다 와라."

선생님의 말씀에 반 안에서 웃음이 터져 나왔다. 나는 머리를 긁적이며 잠들어 있는 페이를 잠시 놔두고 복도로 나갔다. 복도에는 내 예상대로 랑이가 있었다. 엉덩방아 찧은 게 아팠는지 세 발로 엎드려서 고개를 뒤로 돌려 한 손으로 토실토실한 엉덩이를 쓰다듬으며 눈을 찡그린 모습이 귀여워 웃음이 나올 뻔했다.

"랑이야, 뭐하냐?"

"엉덩이가 아파서…… 으냐앗?!"

랑이가 마치 오뚝이처럼 벌떡 일어나 섰다. 기세가 너무 대단했는지 띠용~ 하고 앞뒤로 흔들리기까지 한다. 어이구.

"나, 나는 랑이가 아니니라!"

변명 참 멋지구나.

"그럼 뭔데?"

"랑, 랑, 랑랑이니라!"

랑랑이라. 그 이름도 귀여워서 좋긴 하네. 나는 피식 새어 나온 웃음을 숨기지 않고 도망치려고 하는 랑이의 꼬리를 잡았다.

"으냐앗?"

당황하는 랑랑이를 뒤로 질질 끌고서 복도의 구석으로 끌고 간다. 엉덩이를 쭈욱 뒤로 빼고 손을 휘저으며 어렵사리 중심을 맞추며 뒷걸음질하는 랑이의 모습은 못 보여 주는 게 아쉬울 정도다.

말 그대로 구석에 몰린 랑이는 어찌할지 몰라 겁에 질려 마치 치이처럼 손을 파닥이며 허둥대기 시작했다.

"이건 그거이니라. 지어미로서 지아비가 다니는 학교가 어떤 곳인지 확인해 보고 싶어서 온 것이니라. 정말 그거이니라."

이런 말 하면 자의식 과잉처럼 들리겠지만 그래도 해야겠다. 그냥 나 때문에 왔다고 하면 되는 거지 무슨 이유를 대고 그러냐.

"알았어. 화 안 낼 거니까 너무 겁먹지 마라."

실제로 화가 안 났다는 걸 보여 주기 위해서 랑이를 꼬옥 끌어안아 주고 엉덩이를 토닥토닥 거려줬다.

"흐냐앙~"

귀를 숙이며 흐물흐물해지는 랑이가 복도를 방바닥이라고

생각하기 전에 손을 뗀다. 아쉬워하는 기색이 역력하지만 나는 지금 양호실을 갔다 온다는 핑계로 나온 데다가 반 안에는 페이가 혼자 있으니 그리 오랫동안 여기 있을 수가 없다. 그렇다고 랑이를 지금 집에 보내고 싶은 생각은 없다. 내가 못 봤으면 몰라도 말이야. 그러면…… 기왕 이렇게 된 거 이 기회에 학교라는 곳에 대해 랑이에게 가르쳐 주는 것도 좋겠지.

"너, 지금 모습 숨기고 있는 거지?"

"응! 다른 사람의 눈에는 안 보이니라."

꼬리와 귀를 내놓고 있는 걸 봐서 대충 짐작은 하고 있었다.

"그럼 같이 가자."

"응?"

랑이가 머리카락으로 물음표를 만들며 물었다.

"집에 가는 것이느냐?"

집에 가고 싶은 마음은 굴뚝같지만 힘세고 강한 나래의 주먹이 무섭기도 하고 정당하게 조퇴할 이유도 없다.

"아니. 수업 들으러."

랑이의 꼬리가 부풀어 오르며 쫙 펴졌다.

"고, 공부하는 것이느냐?!"

요놈 보소. 지금 당장이라도 벽을 뚫고서라도 도망갈 기색이다.

"누가 너보고 공부하라고 했냐. 수업 끝날 때까지 같이 있자는 거야. 끝나고 학교 구경시켜 줄 테니까."

네가 세희 때문에 공부하기 싫어한다는 건 이미 알고 있다.

……응? 내가 그런 말을 들은 적이 있었나?

"성훈아? 왜 그러느냐?"

나를 똘망똘망한 눈으로 나를 올려다보는 랑이의 모습에 정신이 들었다. 에이, 어디선가 들었나 보지. 그게 무슨 상관이야.

"아니, 별거 아니야. 가자."

"응."

나는 랑이의 손을 잡고 반으로 되돌아갔다. 역시나 C반이라고 할까. 선생님도 그다지 의욕 없이 수업을 진행하고 있어서 페이의 뒤를 따라 잠들어 있는 반 아이들의 수가 많아졌다. 그 선구자적인 페이는 남의 문제집을 베개 삼아 잘 자고 있다. 다 좋은데 칠칠맞게 침은 그만 좀 흘려라. 나중에 휴지로 닦아 내도 쭈글쭈글해지니까.

나는 자리에 앉은 다음에 랑이를 내 무릎 위에 앉혔다. 다른 사람들이 랑이를 볼 수 없어서 다행이지. 만약 볼 수 있었다면 바로 난리가 날 상황이지 않을까. 자세도 자세고. ……이런 생각을 하는 것 자체가 내가 랑이를 어린아이로 보고 있지 못하다는 증거가 되려나. 의식하지 말자. 의식하면 큰일 난다. 나는 랑이를 사랑하지만 아직 어린 이 녀석에게 못된 짓을 할 생각은 없으니까. 이런 내 마음고생을 모르는 순진한 랑이는 자기 집 안방처럼 잠들어 있는 페이의 볼을 손가락으로 쿡쿡 찌르며 말했다.

"페이는 왜 잠자고 있는 것이느냐?"

교실이기에 크게 소리를 내서 말할 수는 없기에 나는 자연스럽게 고개를 숙여 랑이의 귀에 작은 목소리로 속삭였다.

"너도 한 5분만 조용히 있으면 똑같아질걸?"

내 말에 랑이는 뒤에서 볼 수 있을 정도로 볼을 빵빵하게 부풀리고서 볼멘소리를 냈다.

"우…… 성훈이는 나를 너무 무시하는 것 같으니라."

랑이의 말대로 나는 이 녀석을 너무 무시했다. 호기심은 넘쳐나지만 궁금한 대로 물어보면 내 공부에 방해가 될 거라고 생각했는지, 아니면 내가 한 말 때문에 그런지, 랑이는 별다른 말없이 주위만 두리번두리번거리다 이윽고 3분 만에 잠드시는 위엄을 보여 주셨다. 공부를 방해해도 좋으니 내게 조심스럽게 물어 왔으면 좋겠다고 생각한 나로서는 조금 아쉬운 일이다. 공부를 열심히 하기는 해야 하지만 랑이가 내 무릎 위에 앉아 있는데 선생님의 설명과 칠판에 써져 있는 알 수 없는 외계어가 머리에 들어오겠냐. 내 신경은 오로지 내 무릎 위에 앉아서 고개를 삐딱하게 내 어깨에 기대서 입을 헤~ 벌리고 통통한 배를 오르락내리락하며 쿨~ 하고 잠들어 있는 랑이에게 집중될 수밖에 없었다. ……설마 자다가 요술이 풀리는 건 아니겠지.

일교시가 끝나는 종소리와 함께 시체들이 스멀스멀 일어나기 시작했다. 랑이는 종소리에 살짝 깨서 몸의 자세를 바꿔 내 무릎을 가로질러 앉아 내 가슴에 볼을 비비며 자다가 깼을 때의 가장 행복한 5분을 음미하셨고, 페이는 허리를 세워 앉아 멍~하니 풀린 눈을 깜빡이며 침이 뚝뚝 떨어지는 것도 모른 채 잠에 덜 깬 모습을 아낌없이 보여 주고 있다. 칠칠치 못하게. 나는 손수건으로 페이의 입가를 닦아 주었다.

"침 흐른다, 이 녀석아."

"······로열 젤리."

그건 네가 벌일 때의 일이지. 페이의 깊은 수면을 위해 희생된 문제집의 뒤처리를 하고 있자니 페이도 그제야 잠에서 완전히 깬 것 같다. 아무래도 그건 내 품에 안겨서 한 마리 아기 고양이처럼 잠들어 있는 랑이 때문일 가능성이 크다.

[호랑이님?!]

얼마나 놀랐는지 요술로 글을 쓰며 벌떡 일어나서 몸을 뒤로 피한다. 말이 아닌 글이라서 주위 애들의 시선을 많이 끌지 않아서 다행이다. 하지만 랑이는 요괴. 페이가 쓴 요술을 느꼈는지 꼬리를 살랑거리고는 눈을 비비며 잠에 푹 잠긴 목소리로 말했다.

"왜 그러느냐?"

페이가 당황한 것과는 상반되는 모습이다. 이래서 대범하다는 말이 있는 걸까. ······아니겠지.

[랑이님이 학교에!]

랑이는 아직 흐리멍덩한 눈으로 페이를 보며 말했다.

"성훈이가 보고 싶어서 왔느니라아아~."

늘어진다, 늘어져. 거기다 아까 한 말은 이미 잊어버린 것 같다. 아직 잠에서 깨고 싶은 생각도 없는지 이제는 몸을 또 돌려 다리로 내 허리를 끌어안고 팔로 목을 휘감는다. 안 불편하냐? 그리고 폐이의 눈도 있는데 좀 조신하게 행동해라. 폐이가 살짝 넋이 나간 모습이 안 보여? ……눈을 감고 있으니 안 보이겠지.

"아직 졸리니 깨우지 말거라. 더 잘 것이니라. 음냐, 음냐……."

랑이의 말은 거짓말이 아닌지 내 목에 얼굴을 묻고 쪽쪽 빨며 다시 잠에 들기 시작했다. 화장실은 다음 쉬는 시간으로 미뤄야겠군. 태평한 생각을 하며 랑이의 등을 쓰다듬어 주고 있자니, 폐이가 조금 놀란 눈으로 나를 보며 글을 썼다.

[소문, 사실.]

잊을 만하면 끔찍하게 되살아나는 이야기다. 이제 그만해라.

[……그래서 안 된 거. 많이 아프겠지만 아이의 모습으로 해야 해. 하지만 그러면 다시 어른……. 어쩌지.]

이놈아. 나 시력만큼은 좋거든?

4교시까지 시간은 빠르게 흘러갔다. 그 이유가 내가 수업에 집중을 했기 때문이라고 말할 수 있으면 얼마나 좋을까. 다시 말해 폐이와 글로 농담 따먹기를 한 것과 푹 자고 일어난 랑이에게 교실 안에 있는 물건들을 설명해 주다 보니 시간이 어떻게 흘렀는지도 몰랐다는 거다. 그렇게 해서 찾아온 점심시간. 랑이는 집에 돌아간다고 했다.

"……같이 밥 먹기 싫은 거냐?"

집에서 먹는 밥과 학교에서 먹는 도시락은 고기의 양이 다르니까.

"그런 건 아니니라!"

랑이는 내 말에 귀를 쫑긋 세우며 화를 내듯 말했다.

"그럴 리가 없지 않느냐? 어째서 그런 말을 하는 것이느냐?"

같이 밥 먹고 싶어서.

"그럼 왜 집에 가겠다는 건데?"

조금 전의 기세는 어디 갔는지 랑이가 고개를 푹 숙이고 두 손을 꼼지락대며 대답했다.

"……나래가 무서워서 그러느니라."

"……하긴."

[이해.]

나래의 성격상 랑이가 몰래 학교에 와서 오전 시간 내내 나와 함께 있었다는 걸 알면 매점에서 사온 콜라가 Koka가 아니라 Bepsi인 걸 안 북극곰같이 화를 내겠지.

"그러면 집에서 보자꾸나."

"그래."

나와 랑이는 서로를 꽉 끌어안은 뒤 짧은 이별을 맞이했다. 그런데 랑이야. 배가 고픈 건 알겠는데 아무리 그래도 창문에서 뛰어 내리지는 마라. 보는 사람의 심장에 안 좋으니까.

"랑이 냄새가 나."

나래, 너도 아무렇지 않게 핵심을 찌르지 말고. 나래와 치이, 폐이와 점심을 먹기 위해 모인 곳은 학교 뒤편의 인적 드문 꽃밭이었다. 귓가에 들려오는 매미 소리와 비교적 시원하게 불어오는 바람에 한여름의 정치를 느끼기도 전에 한겨울이 왔다. 어떻게든 이 위기를 벗어나자. 랑이라도 같이 있으면 모를까 나 혼자 혼나게 되면 왠지 모르게 억울하잖아.

"응?"

"너 옷에서 랑이 냄새가 난다고."

"아우우? 정말인 거예요. 랑이님의 요력이 옷에 묻어 있는 거예요."

치이도 내 옷에 얼굴을 가까이 대고 킁킁댔다. 하, 하지 마라. 네가 바둑이냐. 네가 그러니까 내가 무슨 냄새가 나는 것 같잖아.

"어떻게 된 거야?"

무슨 변명을 해야 할지 고민하고 있는데 눈앞에 글이 떠올랐다.

[랑이님, 왔다 갔어.]

변명을 생각할 필요가 없었구나. 고개를 돌리니 폐이가 아무 일도 없었다는 듯 자신의 수저만 챙기고 있었다.

[사실.]

"야, 인마……."

[거짓말은 나쁜 거.]

내가 언제 거짓말을 하려고 했냐. 난 그냥 은근슬쩍 넘어가려고 했을 뿐이야.

"랑이는 어디 있어?"

내 사형식의 집행은 뒤로 밀었는지 나래가 도시락을 풀며 내게 물었다. 나는 그걸 도와주며 대답했다.

"집으로."

"언제 왔는데?"

"1교시 때."

"흐~응. 그렇구나."

왜 도시락 뚜껑을 여는 내 손이 부들부들 떨리는 걸까.

"오라버니, 수전증 있으신가요?"

지금 내 상황에 손이 안 떨리겠냐.

[알코올 중독자.]

내가 술을 마시면 그건 네 탓일 가능성도 크다. 겁먹은 나를 보며 나래가 깊은 한숨을 내쉬었다.

"……그렇게 화 안 났으니까 겁먹지 마."

랑이의 심정이 이랬구나.

"진짜?"

"그래. 랑이를 이해 못 하는 것도 아니니까."

나도 그랬고. 나래가 말하지 않은 속마음이 들리는 것 같다. 내가 랑이를 살리기 위해 지리산에 내려갔을 때 며칠 동안 나와 헤어져 있던 때가 나래에게도 있었다. 아마도 그때의 기억이 떠오른 것 같다. 그때는 나래도 날 좋아했으니까. 지금? 지금은 보류 중이십니다.

"이상한 생각 하지 말고 밥이나 먹어."

나래가 얼굴을 붉히며 핀잔을 하기에 나는 수저를 들었다.

"잘 먹겠습니다."

"아, 성훈아. 그건 그렇고 나중에 보충 수업 때 배운 범위에서 쪽지 시험 볼 거니까 그렇게 알아 둬."

"예?"

"랑이 때문에 공부 못 했다는 변명은 소용없어."

······정말 화 안 내고 계시는 것 맞습니까.

"너희들이 기다리고 기다리던 종례 시간이다."

담임인 정현 선생님의 말에 송장 같던 몸에 생기가 돌아왔다. 점심시간에 나래의 폭탄 발언에, 오후에는 식곤증을 이겨내며 수업에 집중하고 쉬는 시간에는 오전에 배운 내용을 복습하느라 바빠서 정신적인 피곤이 극에 달했거든. 아~. 빨리 집에 가서 랑이의 뱃살을 만지면서 정신적인 피곤을 풀고 싶다. 아니면 종례가 끝난 다음에 치이를 확 껴안아 버릴까. 폐이 녀석은 몸이 커지니까 뭐 어떻게 할 수가 없어서 아쉽다.

······잠깐. 이상한 오해는 하지 말아 줘. 나는 단순히 호랑이와 까치와 까마귀 아이들을 귀여워해 주고 싶은 것뿐이니까.

"하지만 종례 후에는 자율학습이라는 거대한 산이 남아 있다. 이유 없이 집에 가는 녀석들은 인생이 힘들어질 테니까 도망칠 생각하지 말고."

······아, 그걸 생각 못 했네. 어쩌지? 빨리 랑이를 만나러 가고 싶은데 무슨 핑계를 대야 할까. 정현 선생님은 의외로 이

런 데 철저해서 웬만한 핑계는 소용이 없단 말이야. 좋은 핑계거리를 생각하기 위해 골머리를 썩고 있는데 치이가 손을 들었다.

"뭐냐?"

대단한 사람이다. 귀엽고 사랑스러운 치이에게도 다른 애들과 똑같은 반응을 보이는 걸 보면 선생님에 대한 평가를 조금 달리해도 될 것 같다.

"집에 가서 나나하고 놀아야 하니까 빨리 말해라."

현실에 전혀 관심이 없는 사람으로.

"오라버니하고 집에 가야 하는 거예요."

꺄아~ 하는 치이에게 향하는 환호와 죽어~ 하는 나에게 향하는 저주가 동시에 들려온다.

"왜?"

"오라버니가 너무 바보여서 도서실에서 혼자 공부시키면 안 되는 거예요. 딴짓할 게 눈에 보이는 거예요."

……야, 그런 핑계가 통하겠냐.

"하긴."

통했다?! 정현 선생님은 턱을 쓰다듬으며 진지한 표정을 지으며 말했다.

"혼자 독서실에 처박아 둬 봤자 집에 갈 때까지 졸겠지. 좋다. 네가 집에 가서 잘 가르쳐 줘라."

"바보 오라버니를 위해 열심히 하는 거예요."

치이가 작은 두 주먹을 움켜쥐는 것과 동시에 반에서 웃음이 터져 나왔다. 바로 집에 간다는 좋은 소식이지만 나는 좋아할 수만은 없었다.

"바보."

"······너한테만은 듣고 싶지 않다."

[바보.]

말을 말자. 그 후, 나래는 학원에 가야 한다면서, 폐이는 공부를 하기 위해 온 게 아니라는 핑계로 우리 모두는 다 같이 하굣길을 걷게 되었다. 그래서 집으로 돌아가는 길은 발걸음이 가벼웠다. 이유야 어쨌든 정정당당하게 집에 가는 거니까. 집에서 정말 치이가 날 공부시킬 것도 아니고 말이야.

"공부시킬 거예요."

"아니, 왜?!"

치이는 얼굴을 붉히고선 머리카락을 파닥이며 말했다.

"오라버니가 공부를 못하면 좋은 직장을 구하기 힘들고 그러면 우리가 힘들어지는 거예요."

치이는 고생을 너무 많이 해서 너무 현실적이란 말이야.

[나 돈 많으니까 상관없어.]

그리고 이 녀석은 너무 곱게 자랐고.

"정확히는 폐이 돈이 아닌 거예요."

[아빠 것도 내 것, 엄마 것도 내 것.]

"아저씨, 아줌마를 너무 힘들게 하면 나쁜 아이인 거예요."

[빼에~. 치이, 바보.]

"아우우우!"

나는 옥신각신 싸울 준비를 하는 두 녀석의 머리를 까치집으로 만들어 버리며 말했다.

"그런 건 너희들이 걱정할 게 아니다, 이 자식들아."

"그러는 너도 쪽지시험 본다는 거 까먹고 있는 건 아니지? 공부 안 해도 되겠어?"

잊고 있었습니다. 나는 난색을 표하며 나래에게 말했다.

"어제 그런 난리가 있었는데 오늘은 조금 쉬어도 되지 않겠습니까? 몸이 저리는데요."

"세희가 후유증은 조금도 없을 거라고 했는데?"

그놈의 귀신. 언젠가 날 잡아서 거하게 한판 벌리고 만다.

"그리고 거짓말인 거 알거든?"

"죄송합니다."

그건 나중의 일이기 때문에 나는 먼저 발등에 떨어진 불부터 끄려고 했다.

그 때.

나는 밤의 놀이터에 있었다.

방금까지 길을 걸어가고 있다는 것도 거짓인 듯, 나는 그네에 앉아 있기까지 했다. 당혹스러워하면서도 지금까지의 경험을 토대로 마음을 안정시키며 주위를 둘러보았다. 놀이터는 어디선가 많이 본 듯 눈에 익숙했지만 그런 것에 신경 쓸 시간이 없었다.

"잘 쉬었느냐."

앞에서 들려오는 목소리에 상념을 끊고 고개를 들었다. 그곳에는 푸른 달을 뒤로하고 구름사다리 위에 앉아 있는 소녀가 있었다. 몸에 달라붙는 스패츠에 나시티, 그 위에 날씨 생각을 안 한 듯 붉은 야구 점퍼를 입고 곰방대를 든 아이. 어제 처음 봤지만 너무나 눈에 익은 그 소녀의 이름은 냥이였다. 나는 깜짝 놀라 그네에서 일어나려고 했다. 하지만 그런 내 어깨를 누르는 힘이 있었다.

"지금은 가만히 앉아 계시는 게 좋사옵니다."

뒤를 돌아보니 싱글벙글한 미소를 짓고 있는 여자가 있었다. 냥이의 창귀다. 나는 생각할 것도 없이 랑이의 이름을 부르려 했다.

"기다리거라. 나는 너와 대화를 하기 위해 이 자리를 마련했느니라."

그런 말을 믿을 만큼 순진하지 않다. 지금까지 내가 겪은 일이 얼만데. 하지만 말을 하려는 순간, 내 입은 부적으로 막혀 있었다.

"읍?!"

"내가 널 해치려 했다면 너는 이미 어린아이 손에 잡힌 잠자리 꼴이 되었을 것이니라."

이해하기 쉬운 비유였다. 갈기갈기 찢겨서 결국에 죽게 된다는 말이니까. 내가 아직까지 살아 있다는 점에서 설득력이 있지만 믿을 수는 없다.

"다시 한번 말하겠느니라. 나는 네놈과 대화를 나누기 위해 이 자리를 마련했느니라. 흰둥이의 하늘에 점지여 받은 이름을 입에 담지 않고 이곳에서의 일을 흰둥이에게 말하지 않겠다. 약속하면 그 부적을 떼어 주마."

……믿든 안 믿든 간에 지금 저 조건을 받아들이지 않을 이유가 내게는 없다. 하지만 내가 고개를 끄덕이기 전에 뒤에서 목소리가 들려왔다.

"우리 주인님은 마음도 고우셔라."

"넌 닥치거라."

"어머나. 소저 슬프옵니다."

창귀는 그렇게 말하며 내 머리 위에 풍만한 가슴을 밀착하며 손을 앞으로 빼서 내 목에 서늘한 감촉이 느껴지는 무엇인가를 가져다 대었다. 보지 않아도 알 수 있다. 칼이다. 지금은 옆면을 댄 것 같지만 언제 이게 내 목을 그을지 모르는 일이다. 그 공포감에 나는 다른 것을 생각할 겨를이 없었다.

"약속하겠느냐?"

이미 받아들이는 것 말고는 방법이 없다. 나는 조심스럽게, 목에 닿은 칼을 의식하며 고개를 끄덕였다. 그와 동시에 부적이 살아 있는 것처럼 내 입에서 떨어졌다. 발언의 자유를 되찾는 동시에 나는 냥이에게 물었다.

"이제 와서 갑자기 대화라니, 무슨 생각이냐?"

대답은 창귀가 칼의 날을 세우는 것으로 대신했다.

"주인님, 명을 끊는 게 좋겠사옵니다."

냥이는 피곤하다는 듯 아미를 찌푸리며 말했다.

"넌 그것부터 치우고 뒤에서 닥치고 있거라. 더 이상 방해하면 네 목을 날려 버리겠느니라."

"어머나, 너무하셔라."

"네 꿍꿍이를 내가 모를 것 같으냐."

"꿍꿍이라니 슬프옵니다."

창귀는 연극이라도 하는 듯 과장된 목소리로 말하며 두 손을 들어 올리고서 뒤로 물러났다. 나는 내 목을 손으로 만지며 뒤를 돌아보았다. 창귀는 여전히 웃는 낯으로 내게서 몇 발걸음 떨어진 곳에 서 있었다.

"워낙 제멋대로인 년이라 미안하구나."

냥이는 구름사다리에서 뛰어내려 내 앞으로 다가왔다. 정신 차리자. 호랑이 굴에 들어가도 정신만 차리면 산다고 했다. 내가 갑자기 사라진 것을 랑이와 세희가 알게 되면 얼마 지나지 않아서 나를 찾아올 것이다. 나는 그 때까지 시간을 끌면 된다. 마침 이 녀석은 나와 대화를 하고 싶다고 했으니 대충 비위를 맞춰 가며 이야기로 시간을 끌자.

"그래서 무슨 말이 하고 싶은데?"

"이야기할 마음이 든 것이느냐?"

냥이는 입꼬리를 올렸다. ……기뻐하는 건가?

"그래."

"그렇다면 다행이구나. 냉동실에서 방금 꺼낸 고기만큼 요리하는 것이 힘든 것은 없으니."

냉동실에 보관한 고기는 시간을 들여 녹여야지 조리를 할 수 있다. 다시 말해 내가 귀를 막고 대화 자체를 거부하면 내 마음을 돌리는 데 시간이 걸린다는 뜻일 것이다. ……참으로 생활감이 물씬 풍기는 비유다. 이상하기도 하고.

"네가 마음만 먹으면 날 어떻게 하는 건 손바닥 뒤집는 것보다 쉬울 텐데 시간을 들일 필요가 있냐?"

"그렇구나. 일단 그것부터 설명을…… 잠깐. 네놈은 방금 내 말을 알아들은 것이느냐?"

눈을 동그랗게 뜨며 꼬리를 쫙 세우고 검은색 머리카락으로 느낌표를 만든다. 모습을 보아하니 정말 놀란 것 같다. 그게 뭐가 그렇게 이해하기 힘들다고 그러냐?

"그걸 모르겠냐."

"그러면 무슨 뜻인지 말해 보거라."

나는 내가 생각했던 것을 그대로 냥이에게 말했다. 그 이야기를 모두 들은 냥이는 웃었다.

"대단하구나! 내 비유를 단번에 알아들은 것은 네놈이 처음이니라. 네놈, 생각보다 머리가 좋구나?"

……내 살다 살다 머리가 좋다는 이야기는 처음 듣는 것 같은데. 이건 단순히 경험을 통해 이해한 거니까 머리가 좋은 거하고는 상관없지 않을까. 그리고 이런 비유를 못 알아듣는 게 이상한 거 아닌가? 네놈의 인간관계는 얼마나 좁은 거냐. 알고 지내는 요괴가 있기는 한 거야? 하지만 진심으로 놀라며 기뻐하는 냥이의 모습을 보자니 자꾸만 랑이가 겹쳐 보여서

직접 나서서 부정하고 싶지는 않다.

"그런 건 상관없고. 하려던 말이나 계속 해 봐."

"좋다."

냥이는 품에서 성냥 꺼내 불을 붙이고는 깊게 들이마시고서 회색 연기를 내뿜었다. 너, 그 나이에 담배 피우냐? ……아니지. 나이는 많지. 너, 그 모습으로 담배 피우냐?

"먼저, 나는 이제 네놈을 해칠 생각이 없느니라."

생각보다 말이 빨랐다.

"거짓말은 정도껏 해라. 네가 지금까지 나한테 했던 일들은 뭔데?"

나는 이 녀석이 나를 죽이기 위해 한 행동들을 알고 있다. 그런데 이제 와서 내가 그 말을 믿겠냐?

"진실이니라."

하지만 냥이는 내 말에 당황하는 기색 없이 말했다.

"흰둥이, 그것이 내가 널 해하려 한다는 것을 알게 된 이상, 내가 너를 죽이게 되면 나 역시 죽는 것과 다름없이 되느니라."

"……뭐?"

"그렇게 알고 있는 것이 좋을 것이니라. 주부 경력 30년인 아주머니 앞에 나타난 바퀴벌레 꼴이 되고 싶지 않다면 말이다."

일단 그렇게 알기로 했다.

"이 자리를 마련한 것은 누구의 방해도 받지 않고 네놈과 대면하기 위해서이니라."

"이런 짓을 안 해도 백기 들고 찾아오면 반갑게 맞이해 줄 수 있는데."

"하수구에 둥지를 튼 곱등이 같은 녀석이 있지 않느냐?"

이런 말을 해서 미안하지만 나는 냥이의 비유에 세희를 단번에 떠올렸다.

"세희를 신경 쓰는 거면 이런 것 자체가 의미 없는 거 아니야?"

"괜찮으니라."

냥이는 없는 가슴을 폈다. 랑이와는 다르게 뭔가 있어 보이는 게 신기하다. 랑이는 저런 모습을 해 봤자 귀엽기만 한데 말이야.

"눈치채는 것은 언제나 모든 일이 끝나고 나서일 테니."

나한테 안 좋은 소식이군. 안 돌아가는 머리를 열심히 돌려 보면 지금 냥이의 말은 세희가 이곳에 오는 게 저 녀석의 꿍꿍이를 모두 이루고 나서라는 말이 되니까. 시간을 끄는 것으로는 안 되는 건가? 그런 생각을 하면서도 나는 허세를 부렸다.

"세희가 그렇게 우스워 보이지는 않는데? 내가 갑자기 사라진 걸 눈치채면 무슨 수를 써서라도 여기에 올걸?"

"네놈이야말로 나를 우습게 보는구나."

냥이는 내 말을 딱 잘라 부정했다.

"이곳은 네놈과 나의 혼령을 요술로 이어 만든 곳이니라. 우리의 허락이 없다면 다른 이가 끼어들 수가 없다."

……그건 또 무슨 말이냐.

"너희들은 내가 평범한 인간이라는 거 모르지?"

냥이는 나를 미래인이 원시인을 바라보는 시선으로 보았다.

"간단히 말해 네놈과 나의 정신세계라 하면 되겠구나. 너와 이렇게 이야기를 나누는 사이에도 네놈이 현실이라 생각하는 곳의 시간은 흐르지 않고 있다 해도 될 것이니라."

"그게 말이 되냐?!"

물리 법칙 무시하지 마!

"그것이 요술이니라."

"무슨 요술이 만병통치약이야?"

"간단히 쓸 수 있는 요술이 아니니 걱정 말거라."

"준비가 필요하다는 거냐?"

"자세한 건 묻지 말거라. 대답해 주기 싫으니라."

제멋대로다.

"대화하러 왔다며?"

냥이는 내 말에 대답 없이 담배를 뻐끔 피우더니 연기로 도넛을 만들며 놀기 시작했다. 실수로 흐트러지면 귀를 긁으며 모르는 척까지 하신다. 딴청을 펴도 정말 제대로 피우네. 도대체 무슨 준비를 하는 거야? 내가 알게 되면 냥이의 입장에 상당히 안 좋은 영향을 주는 것일까. 그런 생각을 하며 내가 열심히 노려보자 냥이는 헛기침을 했다.

"크흠! 지금은 그게 중요한 것이 아니지 않느냐? 내가 어째서 너를 찾아온 것인지 궁금하지 않느냐?"

"무슨 말을 하고 싶은데?"

나는 내심 긴장했다. 방법이야 어쨌든 흑막이었던 녀석이 직접 찾아와 대면하며 이야기하려는 건 상당히 중요한 일일 테니까. 하지만 냥이는 나를 실망시켰다.

"네놈의 인생에 대한 것이니라."

긴장의 끈이 아주 조금만 풀렸지만 그것만으로도 깊은 한숨을 내쉬고 실망했다는 티를 내는 건 수월했다.

"도 안 믿는다."

친절하게 손까지 흔들어 주자.

"그, 그런 것이 아니니라!"

냥이는 잡상인 취급당한 것에 화가 났는지 꼬리를 부풀리며 소리친다.

"신도 안 믿는다."

"아니라고 하지 않느냐?!"

이제는 허리를 앞으로 숙이고 두 주먹을 불끈 쥔 채 눈을 부라리며 이빨까지 드러내 화를 낸다. 마치 성난 고양이 같다.

"네놈은 이 이야기가 얼마나 중요한지 모르고 있느니라! 너라면 어떠한 대가를 치르더라도 알고 싶어 할 이야기란 말이니라!"

나는 보란 듯이 귀를 후비며 대답했다.

"관심 없는데."

내 나이 열일곱 살. 그리 길지 않은 인생이기에 내게 있었던 대부분의 일은 기억하고 있다. 그런데 내가 호의라고는 랑이의 나쁜 점만큼도 없는 악당 요괴에게 내 인생에 대한 이야기를 듣고 싶을 리가 없잖아. 네놈의 이야기에는 관심이 없다는 걸 귀지를 튕기는 것으로 확실하게 보여 주자니 냥이가 살짝 볼을 부풀렸다.

"이~잇! 네놈은 생각이 있는 것이냐, 없는 것이냐?! 내가 네놈에게 냉장고에 있던 김치 쪼가리로 김치전을 만들어 주는 것 같은 은혜를 베풀어 준다는데 어찌하여 그런 태도를 보이는 것이느냐?!"

누가 그런 걸 원했냐?

"그런 것 말고 나를 다시 되돌려 보내 주는 은혜를 베풀어 주면 흥미가 생길 것 같은데."

나는 세희의 미소를 따라 했다.

"아니면, 내게 이야기를 들려주고 싶은 이유라도 있는 거냐?"

나는 머리가 좋지는 않지만 바보는 아니다. 또한 경험을 통해 아무런 생각 없이 살아가는 게 얼마나 큰일을 불러일으키는지 깨달은 사람이다. 그건 내게 냥이가 하는 말은 그 하나하나가 의심해야 할 거짓말이고 풀어야 할 난제라는 뜻이다. 하지만 정신적으로 성장했다고 하나 내 몸은 여름방학이 시작할 때와 **그다지** 달라진 것이 없었다.

"입만 사셨사옵니다."

시야가 뒤집혔다. 정신이 들고 나니 나는 놀이터에 내려 꽂혀 있었다. 조금 늦게 통증이 몸에서 올라왔다.

"윽?!"

나를 땅에 내팽개친 건 냥이의 창귀였다.

"이곳에 온 이상 당신은 주인님의 이야기를 들어야 하는 입장이옵니다. 잔말 말고 들으시옵소서. 죽여 버리기 전에.”

“넌 닥치고 있으라 하지 않았느냐!”

냥이의 사자후 같은 일갈에 몸이 떨렸지만 창귀는 느긋하게 두세 걸음 뒤로 물러나 몸을 배배 꼬았다.

“주인님을 위한 충성이옵니다. 노하지 마시옵소서.”

“……”

냥이는 뭔가 기분 나쁘다는 듯 창귀를 바라보다가 곰방대를 거꾸로 들어 재를 털며 한숨을 쉬었다.

“후우. 내가 어째서 저런 것을 창귀로 삼았는지 모르겠느니라.”

그건 나하고는 상관없는 이야기니까 동감을 구할 생각은 하지 마라. 나는 바닥에서 일어나 엉덩이를 털며 말했다.

“알았어. 들으면 되잖아.”

냥이의 귀가 쫑긋 섰다.

“잘 생각하였느니라!”

생각은 무슨 생각. 이야기를 듣지 않으면 이곳에서 벗어나지 못한다고 하니까 듣겠다는 거지. 속으로 투덜대고 있는 걸 모르는지 냥이는 왠지 모르게 기쁜 표정으로 이야기를 꺼냈다.

“네놈은 자신의 인생이 기구하다 생각하지 않느냐?”

“요즘 들어서 기구해졌지.”

어린 호랑이에게 적극적인 애정 공세를 당하는 걸 시작으로 동물농장을 차릴 기세로 난리법석을 떨고 있으니까. 용케 지금까지 살아 있다는 생각이 들 정도로.

"그게 아니니라."

냥이는 자신이 선생님이라도 된 듯이 의기양양하게 말했다.

"흰둥이를 만나기 전까지의 네놈의 인생이 말이다."

나는 쉽게 대답하지 못했다. 내가 다른 사람들과는 다른 집 안에서 평범하지 못한 유년기를 보냈다는 건 나도 알고 있는 사실이니까. 하지만 그게 무슨 상관이야?

"그게 뭐?"

냥이는 느긋하게 뒷짐을 지었다. 분명히 겉모습으로는 어울 리지 않는데 그 분위기는 그 누구보다 맞아떨어지는 게 신기 하다.

"내가 진실을 전해 봤자 네놈의 반찬 접시 같은 그릇이 받 아들일 리 없을 것이다. 네놈은 나와 지금까지 적이었으니."

지금도 적이다.

"그러하니 네가 직접 답을 찾을 수 있는 도움을 주겠느니라."

그 말과 동시에 놀이터가 아지랑이가 된 듯이 일렁였다. 그 건 땅도 예외가 아니었다. 나는 흔들리는 땅에서 겨우 중심을 잡으며 말했다.

"뭐야, 이건?"

당황하는 내게 자신의 모습도 일렁이던 냥이는 수수께끼를 내듯,

"세희가 언제부터 너를 알고 있었는지 생각해 보거라."

한 마디를 툭 던지고서 사라졌다. 아니, 사라진 게 아니다.

내가 다시 되돌아온 것이다. 내가 있는 곳은 통학로. 집으로 가는 길이었다.

"······신기하네."

"무슨 말인 건가요?"

치이가 나를 올려다보며 물었다. 나는 말을 아꼈다. 이런 이야기를 치이에게 할 필요는 없을 것 같으니까. 이런 말 하기 미안하지만 치이도 페이도 힘이 약한 요괴다. 나래는 곰의 일족이라 하지만 반쪽짜리. 이런 쪽으로 내가 의지할 만한 녀석은 따로 있다.

"아니, 아무것도 아니야."

나는 집으로 가는 걸음을 서둘렀다. 내 거짓말을 눈치챈 나래의 의심 어린 눈초리를 모르는 척하는 것은 곤혹이었다.

집에 도착한 나는 달라붙으려는 랑이를 자연스럽게 나래에게 넘겨주고,

"랑이, 너. 누가 학교에 몰래 오랬어? 그리고 왔으면 얼굴이라도 비춰야지 몰래 도망가고. 이리 와. 혼 좀 나야겠어."

"나, 나래야? 사, 살려 주거라! 성훈아! 나래가 무섭느니라! 성훈아!!"

나를 애타게 부르는 랑이의 불쌍한 모습에 눈물을 훔치며 세희를 찾았다. 찾았다고 하는 건 조금 이상하겠지. 학교에 가기 전까지만 해도 마루에 없던 컴퓨터를 하고 있었으니까.

잘 보니까 달라진 점은 그것뿐만이 아니었다. 치이가 바꿨던 벽지도 아이보리 색의 평범한 것으로 바꿔져 있었고 TV는 벽걸이 TV로, 그 밑에는 최신형 게임기들도 생겨났으니까. ……지금은 그런 거에 신경 쓰지 말자.

"야."

나는 헤드셋을 끼고 게임에 열중인 세희를 불렀다. 세희는 뒤도 돌아보지 않고 말했다.

"레이드 뛰는 거 안 보이십…… 이런."

내가 무슨 일을 당했는지 눈치챈 듯 세희는 헤드셋을 옆에 내려놓았다.

"방에서 기다리시겠습니까? 공대원에게 사정을 설명하고 찾아뵙겠습니다."

"그래. 그럼 샤워하고 옷 갈아입고 있는다."

"알겠습니다."

나는 갈아입을 옷을 들고 화장실로 들어갔다. 물론 들어가기 전에 노크는 필수다. 페이가 손잡이를 박살 낸 다음에 아직 못 고쳤거든.

샤워를 마치고 반바지에 티셔츠로 갈아입고 방에서 가만히 기다리고 있자 언제나 그랬듯이 세희가 허공에서 치마를 펄럭거리며 나타나 내 앞에 조신하게 앉았다.

"용케 살아 계시는군요."

"그게 할 말이냐."

"긴장하고 계시는 것 같기에 농을 건네 보았습니다."

사람을 더 긴장하게 만드는 농담은 하지 마라.

"그럼 자세한 이야기를 들려주시겠습니까?"

나는 하굣길에 일어난 일을 세희에게 전해 줬다. 세희는 내 이야기를 조용히 듣고 있다가 내 말이 모두 끝나고 나서야 입을 열었다.

"역시나 그렇게 나오셨다는 거군요. 이거 곤란하게 되었습니다."

나는 턱을 괴었다.

"혼자만 아는 소리 하지 말고. 이건 도대체 무슨 일이야?"

"말씀……."

"말씀 드릴 수 없다고 하면 나 진짜로 화낸다."

"……드리겠습니다."

세희는 입꼬리를 올렸고 나는 머리가 지끈거리기 시작했다.

"먼저 냥이님은 진심일 겁니다. 도련님을 해칠 생각이 현재로서는 없다는 말이지요."

"지금까지 날 죽이려고 한 녀석의 말을 믿어도 되냐?"

"흑막이란 뒤에 있기에 자신의 마음대로 움직일 수 있는 것입니다. 무대 위에 오르면 그것은 각본을 따르는 단순한 광대. 이해하시겠습니까?"

"미천한 네놈의 도련님은 이해 못 하겠다."

"중의적 표현입니까? 말재주가 느셨군요."

누구 때문일까.

"그러면 도련님의 수준에 맞추겠습니다. 지금까지 주인님께서는 도련님의 목숨을 위협한 것이 누구인지 모르고 있었습니다. 하지만 냥이님이 겉으로 드러났으며 도련님께 해를 입힐 의도가 있다는 것을 보인 이상, 지금 당장은 직접 손을 쓰는 일은 없을 것입니다."

이해가 안 되는 소리다.

"왜?"

"냥이님은 주인님의 언니. 주인님만큼 귀엽고 사랑스러우며 어여쁜 동생에게 미움을 받고 싶어 하는 언니가 세상에 존재하겠습니까."

냥이가 랑이의 언니라면 이해가 되는 일이다. 나라도 랑이 같은 동생이 있다면…….

"뭐?"

냥이가 랑이의 언니라고?! 깜짝 놀라서 입이 떡 벌어져 할 말을 잃은 나를 세희는 한심하다는 듯 보았다.

"같이 있던 여자애가 사실은 유령이라는 것을 모르고 엔딩을 본 게이머 같은 반응은 이제 식상합니다, 도련님."

"지금 안 놀라게 생겼냐? 냥이가 랑이의 언니라는데?"

"……그 눈은 출렁이는 가슴만 보라고 박혀 있는 것이 아닙니다. 자꾸 그러시면 초코 칩을 떼어 먹을 겁니다."

나도 알아. 외관상으로 랑이와 거의 빼닮은 냥이를 보고 랑이와 관계가 없을 거라는 생각은 못 하겠지. 그렇다고 언니라니! 안 놀라게 생겼어?

"너희는 그, 뭐시기. 혼돈 속에서 태어난다며?"

"둘이 동시에, 한 곳에서 힘을 나누어 태어나지 말라는 법 있습니까?"

그걸 내가 어떻게 알아.

"그것보다 중요한 건 그게 아닙니다. 냥이님이 도련님과 대화를 원한다는 것은 일이 다른 국면에 다다랐다는 거니까요."

나도 모르게 고인 침을 꿀꺽 삼켰다.

"그럼 이제 어떻게 되는데?"

세희는 진지한 표정으로 대답했다.

"대화에 차와 과자가 빠지면 안 되겠지요. 다과회에 어울리는 쿠키를 준비해 드리겠습니다."

나는 손에 잡힌 책가방을 세희에게 던졌다. 책가방은 세희에게 닿지 못하고 눈앞에 나타난 주황색 마름모꼴의 투명한 벽에 막혀 바닥에 떨어졌다.

"이것이 도련님과 제 사이의 마음의 벽입니다."

"내 마음의 벽이 보이면 불투명할 거다, 이 자식아."

"시꺼멓겠죠."

"농담 계속 할래?"

이번에는 웅녀의 뼈 몽둥이라도 던지고 싶은 기분이다. 세희는 화가 난 나를 보고는 어깨를 으쓱거렸다. 모른다는 몸짓 하지 마. 안 어울리니까.

"그러면 어쩌실 겁니까. 대화를 원하는 상대에게 자신의 굵은 매그넘이라도 선물할 생각이십니까? 그것도 나름대로 육체의 대화가 되는 것이지만 추천해 드리고 싶지는 않습니다."

……이 녀석이 무슨 말을 하는지는 모르겠지만 그 뜻은 알 것 같다.

"저쪽이 그렇게 나가면 이쪽도 별 방법이 없다는 거야?"

"어쩔 수 없지 않습니까? 저는 평화를 사랑하는 귀신이라 문제를 대화로 푸는 것을 선호합니다."

내 귀가 드디어 기능 고장을 일으킨 것 같다.

"냥이님이 스스로 자신을 **위험에 드러내면서까지** 대화를 원하시니 저나 주인님께서 억지로 개입하면 그 나름대로 즐거운, 실례, 문제를 일으킬 수 있습니다. 냥이님도 그 격이 다른 분이시니까요."

위험한 건 내가 아닌가? 왜 냥이가 위험하다는 말이지? 하지만 지금은 조용히 때를 기다리는 게 가장 좋다는 건 알겠다. 알겠지만.

"그렇다고 손 놓고 가만히 있고 싶지는 않은데."

또 무슨 일이 일어날지 모르는 일이다. 지금까지처럼 당하는 것은 이제 싫다. 더 이상 그런 일은 싫다. 정말로 싫다. 가능하다면 이쪽에서 먼저 선수를 치고 싶은 것이 내 솔직한 마음이다. 그런 나를,

"도련님."

세희가 믿기지 않을 만큼 다정하게 달랬다.

"솜씨 있는 범은 사냥할 때 조급해하지 않습니다. 도련님께

서는 주인님의 지아비이십니다. 조급해하시면 모든 일을 망칠 것입니다."

나는 거짓말같이 화가 가라앉았다. 세희가 이 정도로 나를 대우하며 말을 하는 건 정말로 중요한 일이라고 생각됐으니까. 나는 일단 냥이가 나와 다시 대화하기를 원하면 일단 받아 주기로 결정하며 그다음 문제에 대해 물어보았다.

"그러면 냥이가 마지막에 한 말은 무슨 뜻이야?"

세희가 언제부터 나를 알고 있었는지 생각해 보라는 냥이의 말. 그게 무슨 뜻인지 잘 모르겠다. 세희는 내 질문에 소매로 입가를 가리며 말했다.

"그것은 도련님께서 스스로 생각하고 답을 내야 하는 일입니다. 제가 대답해 드릴 수 없습니다."

말을 마친 세희는 소매를 내렸다. 입술이 반짝반짝 빛나고 있는 걸 보니, 이 녀석. 입술에 침 발랐다.

"거짓말하지 말고."

"어떻게 아셨습니까?!"

네놈의 표정 연기의 경지가 하늘에 닿았구나. 놀라는 척을 하는 건데 눈동자가 동그래지고 얼굴색까지 새하얗게 변하는 건 어떻게 해야 하는 거야?

"장난하냐?"

"나날이 도련님께서 제 속을 읽는 법을 깨우치시는 것 같아 기쁩니다."

그러면 인상 찌푸리지 마라.

"왜 말 안 해 주는데?"

"이미 말씀 드리지 않았습니까?"

세희는 웃었다.

"저는 주인님의 지아비께서 제게 길들어진 개가 되는 것이 싫기 때문입니다."

이번에는 내가 두 손을 들며 놀랄 차례였다.

"어머나, 그러셨어요?"

"여장시켜 드립니까?"

"하지 마."

끔찍한 기억이 되살아난다.

세희와 대화를 마치고 방 밖으로 나오자 가장 먼저 보인 건 마루에서 노트북을 들고 뭔가에 열중하는 페이와 구석에서 두 손을 들고 있는 랑이였다. 랑이는 아무리 봐도 나래가 벌을 준 것 같다. 학교에 몰래 찾아온 건 잘못이라 해도 저렇게 벌을 줄 필요가 있을까? 두 팔이 덜덜덜 떨리는 걸 보니 엄청 힘들어 보이는데. 일단 먼저 그만두게 하고 나래에게 말 좀 해 봐야겠다.

"히이잉~. 성훈아—."

절대로 나를 보고는 울상을 짓는 랑이가 불쌍해 보여서가 아니다. 그런 모습을 보며 옆에서 히죽거리고 있는 치이는 못 본 체하자. 치이는 예전에 랑이에게 벌을 받은 적이 있어서 그런 것 같으니까.

"손 내려도 돼."

말을 하자마자 랑이는 두 팔을 내리고 벌떡 일어나서 내게 달려들려다가 번개라도 맞았는지 갑자기 입을 동그랗게 벌리고 인상을 팍! 쓰며 굳어 버렸다. 그 이유는 알 것 같다. 무릎 꿇고 있다가 일어나면 다리가 저리지.

"윽!"

그럼에도 랑이는 포기하지 않고 왼쪽 다리를 질질 끌면서 내게 다가온다. 불쌍한 녀석. 맞이하러 가자. ……그런데 왜 나는 랑이 뒤에서 때는 이때다 하고 미소 짓는 치이의 모습이 형이 야단맞는 걸 보는 동생같이 보이는 걸까.

"아우우? 랑이님, 왜 그러세요?"

아무것도 모른다는 듯한 치이의 모습을 봐라. 무섭다. 무서운 치이에게 랑이는 얼굴을 찡그리며 대답했다.

"다, 다리가 저리니라."

"어느 쪽 다리인가요?"

"왼쪽이니라."

"이쪽이요?"

그 말과 함께 치이가 검지를 펴서 랑이의 종아리를 꾸욱 눌렀다. ……잔인한 녀석.

"으냐앙?!"

랑이는 전기가 오른 듯 온몸의 털을 잔뜩 부풀리더니 깡충 뛰었다.

"……어?"

내 쪽으로. 눈물이 맺힌 호랑이 미사일이 된 녀석을 받아 주기는 했지만 이 녀석이 들이받은 곳이 좀 안 좋았다. 명치에 직격했거든.

"커헉!"

"오, 오라버니?"

"성훈아?! 괜찮으냐!"

[시체 한 구?]

세 꼬마 아이들의 걱정 어린 목소리와 글을 듣고 보니 이대로 아파할 수도 없을 것 같다. 나는 최대한 평소와 같은 모습을 연기하며 말했다.

"괘…… 괜찮다."

내가 말해 놓고도 말도 안 되는 소리였다.

"내 손은 약손이니라. 내 손은 약손이니라."

랑이가 울상이 돼서 티셔츠 안으로 손을 집어넣어서 내 배를 살살 쓰다듬어 준다. 방법은 틀린 것 같지만 의외로 효과가 있어서 고통이 많이 가라앉았다. 내가 어느 정도 괜찮아졌다고 생각했는지 랑이는 무서운 기세로 고개를 휙 돌려서 치이에게 큰 목소리로 말했다.

"치이야! 너 때문에 성훈이가 아야하지 않았느냐?!"

"아우우우? 랑이님이 날아가서 오라버니를 친 거예요."

치이의 잘못도 있지만 실제로 나를 이 지경으로 만든 건 랑이, 자신이기 때문에 이 녀석도 윽! 하고 신음을 흘리더니 가만히 앉아서 강 건너 불구경을 하고 있는 폐이에게 도움을 요청했다.

"페이야. 너는 어떻게 생각하느냐?"

[요괴 싸움에 성훈 배 **뼁!**]

좋은 속담 인용이다.

"우⋯⋯."

랑이가 어깨를 들썩이며 소리를 낸다. 이거 안 좋은걸? 가만히 두면 한바탕할 기세다. 이럴 때 아이들을 말리는 게 어른이 할 일이겠지. 나는 뭐라고 하기 위해 숨을 들이마시는 랑이의 입을 손으로 막았다.

"흐─웅!"

손바닥에 랑이가 내쉰 숨이 와서 닿는다. 간지럽다, 이 녀석아. 나는 고개를 돌려 항의하려는 랑이에게 말했다.

"랑이야. 네가 **언니**니까 **동생들**하고 사이좋게 지내야지."

나이로 따지면 할머니 급이고 겉모습으로 따지면 치이와 페이보다 조금 어려 보이지만 일단 이럴 때는 띄워 주는 게 좋은 거다. 이런 별것 아닌 것에 애들은 기분이 좋아지곤 하니까. 봐라. 랑이도 얼굴이 새빨개져서는 눈을 초롱초롱 빛내잖아? 화가 풀린 것 같아서 입에서 손을 떼자마자 랑이는 환호하듯 말했다.

"성훈이도 인정했구나!"

기뻐하는 모습을 보니 나름대로 신경 쓰고 있던 걸까. 아니면 이 녀석이 또 엉뚱한 오해를 하고 있는 걸까? 그런 거를 물어볼 기회는 없었다.

"그렇느니라! 내가 왕언니이니라!"

뭐가 그리 좋은지 방 안을 우다닷 뛰어다니는 녀석에게 말을 해 봤자 안 통할 테니까. 그런데 자기들이 동생이라는 점이 마음에 안 드는지 치이와 페이는 얼굴을 붉게 물들이고 각자 항의의 표시를 했다. 치이는 발이 땅에서 떠오르지 않나 착각할 정도로 귀 위 머리카락을 격하게 파닥이며,

"꺄우우우!! 변태 오라버니! 오라버니는 로리콘인 거예요! 욕심쟁이라고요!"

내게는 너무 익숙해서 친근감까지 느껴지는 말을 했고, 페이는 양 갈래 머리를 빙빙 돌리며

[후안무치!]

느낌표를 들어 내게 던질 자세를 취하고 있었다. 실제로 던지지는 마라. 나, 그거 맞으면 죽는다.

두 번째 이야기

 나래가 준비한 쪽지시험을 보고나자 벌써 저녁을 먹을 때가 되었다. 랑이는 여전히 내 옆에 딱 달라붙어 있고 그 오른쪽에는 세희, 내 왼쪽에는 아침과 다르게 치이가 앉았다. 폐이는 나래와 둘이서 먹는 건가?

 슬쩍 식탁 쪽을 쳐다보니 잔뜩 굳어서 밥이 코로 들어가는지 입으로 들어가는지 모르게 로봇처럼 수저를 움직이는 폐이와 그런 녀석을 반찬으로 밥을 먹고 있는 나래가 보였다. 저래서야 밥은 제대로 먹겠냐. 나는 슬쩍 치이에게 말을 걸었다.

 "왜 여기서 먹냐? 이 오라버니하고 같이 먹고 싶어서?"

 ……내가 잘못했으니까 너도 세희처럼 보지 마라.

 "오라버니는 가끔씩 밥맛없는 거예요."

 "도련님께서는 언제나 밥맛없으십니다."

"응? 아니니라! 성훈이는 맛있느니라!"

……집이 상당히 시끌벅적해졌군. 나는 이상한 소리를 한 랑이에게 고기반찬을 입막음용으로 입에 물려 주며 다시 말 했다.

"페이 혼자 놔둬도 돼?"

"나래 언니가 있는 거예요."

치이가 딱 잘라 말했다.

"페이도 오라버니하고 같이 있으려면 나래 언니하고도 사 이가 좋아져야 하는 거예요."

그야 나래와 페이가 사이가 좋아지면 나도 환영할 일인 데……. 아까부터 페이의 작은 글자가 하나씩 이쪽으로 날아 오고 있거든? 그걸 순서대로 조합하면 이렇다.

[살려 줘, 치이야. 언니가 나 먹을 것 같아.]

……설마 먹기야 하겠냐. 좀 귀여워해 줄 뿐이지.

저녁을 먹고 학교에서 공부한 것들을 복습, 내일 수업할 내 용을 예습한다는 핑계로 겨우겨우 혼자 있을 시간을 마련했 다. 애들이 많아지니까 떠들썩해지는 건 좋지만 생각을 깊게 하는 게 좀 힘들거든. 그럼 정리를 해 볼까.

세희는 내가 냥이와 대화를 하는 것을 막지 않았고 그 녀석 의 마지막 말이 무슨 뜻인지 추론하는 것도 아무 말 없이 넘 어갔다. 그 잔머리의 귀신, 구렁이 아홉 마리를 푹 고아 삶아 먹은 귀신이 말리지 않았다는 건 소극적인 승낙의 표시라고 생각해도 되겠지.

……이런 말을 하니까 한심해 보이기는 하지만 위험한 다리는 거들떠보지 않는 게 상책이다. 세희라는 안전요원의 말을 듣지 않고 위험한 곳으로 가서 사고 칠 생각은 없다. 그 안전요원 자식이 속이 시꺼먼 게 문제지만.

　그 시꺼먼 녀석은 무슨 꿍꿍이로 나를 말리지 않은 걸까? 아니, 그건 나중으로 미루자. 일단 냥이의 속셈을 알아내는 게 먼저니까. 냥이는 말했다.

　'네놈은 자신의 인생이 기구하다고 생각하지 않느냐?'
　'네놈의 인생 자체가 말이다.'
　'세희가 언제부터 너를 알고 있었는지 생각해 보거라.'

　나름대로 말을 많이 했지만 냥이가 내게 하고 싶은 말은 이것들이다. 나는 공책을 펴고 볼펜을 들었다. 생각을 정리하는 데 이것만큼 좋은 게 없으니까. 저 세 가지의 말을 인수분해하면 이렇다.

　'네놈은 자신의 인생 자체가 기구하다고 생각하지 않느냐?'
　'세희가 언제부터 너를 알고 있었는지 생각해 보거라.'

　첫 번째 걸 변환하면 이렇다. 네놈의 인생은 기구하다. 이건 참이다. ……어려운 말 쓰려고 하니 머리가 아프군. 간단히 말해, 이건 사실이다. 내 인생은 기구하다. 가정환경을 보자.

아버지는 잘 안 팔리는, 아버지. 죄송합니다. 잘 안 팔리는 작가다. 그 정도라면 그러려니 하겠는데 사실 지킴이 일족이란다. 그게 싫어서 가출까지 했다고 한다. 성격 같은 건 별로 말하고 싶지 않다. 워낙 이상한 분이시니까. 그러면 그다음으로 어머니. 무시무시한 분이시다. 직업이 유능한 협상가라서 전 세계에서 러브콜이 끊이질 않는다. 경제적으로 힘든 사람들을 도와주기 때문에 수입은 그리 많지 않았다. 지금은 많이 나아졌지만. 이런 두 분이 만나서 나를 낳았다. 어렸을 때는 어머니도 잠시 일을 쉬셨지만 우리나라에서 아이를 키우는 일에는 돈이 많이 든다. 결국 내가 어렸을 때 다시 일선으로 나가셨고 내가 기억하고 있는 내 어린 시절, 어머니는 집에 계신 적이 거의 없었다. 그것 때문에 좀 힘든 유년기를 보냈고 가장 소중한 사람에게 깊은 상처를 남기고 말았다. 하지만 그 일 때문에 나는 지금의 내가 될 수 있었지.

그 일 이후, 나는 이모 댁에서 평범하지 않은 사촌 동생들과 투닥거리며 지내다 집으로 돌아온 뒤, 랑이를 만날 때까지 별다른 일 없이 살아왔다. 여기까지가 내 짧은 인생의 기억들. 그렇다면 냥이가 말한 힌트. 세희가 언제부터 나를 알고 지냈는지에 대해서 생각해 보자.

어머니는 갓난아기인 나를 데리고 랑이를 만나러 갔다. 그렇다면 아마도, 아니, 분명 세희도 그 자리에 있었을 거다. 그러니까 나는 세희를 갓난아기 때 만났다. 세희는 나를 갓난아기일 때부터 알아 왔다는 것이다. 지킴이 일족이며 갓 태어난 나를. 그렇다면 다시 처음으로 가자.

냥이는 내게 무엇을 알려 주고 싶었던 걸까.

그때, 뭔가가 번쩍였다. 영감이라고 말할 수 있는 번뜩임이 머리를 스치고 지나갔다. 그건 유성만큼 빨라서 나는 그 꼬리조차 잡지 못했다. 하지만 그 흔적은 뇌리에 남았다.

"……."

뇌가 간지러운 느낌. 어떤 단어가 생각이 날 듯 말 듯 하는 그런 느낌이다. 뭔가 계기가 하나라도 있다면 이 문제는 순식간에 풀릴 것 같지만 빨리 찾아오지 않으면 잊어버릴 것 같은 그런 것. 나는 그 흔적, 잔상을 놓치지 않기 위해 정신을…….

[똑똑.]

집중이 흐트러졌다. 내 눈앞에 둥둥 떠 있는 글자 때문이겠지. 나는 깊은 한숨을 내쉬고 문으로 고개를 돌렸다. 살짝 열려진 문틈으로 페이의 붉은 눈동자가 보였다. 나는 쭈욱 기지개를 펴며 대답했다.

"무스으은 일이냐아아아~!"

[……인생, 힘들어?]

사람을 버림받은 강아지 보는 눈으로 보지 마.

"나는 기지개도 못 펴냐."

[두 마리 토끼 잡다가 살해당해.]

"누구한테?!"

97
두 번째 이야기

[만렙 토끼.]

……안 좋은 일은 기억하지 않는 게 좋다.

"그런데 넌 왜 그렇게 있냐? 할 말 있으면 들어와."

페이는 상당히 조심스러운 표정으로 나를 보며 글을 썼다.

[공부 안 해?]

……기특한 녀석일세.

"방금 끝냈다."

[작심 30분.]

30분이나 지났어?

"그 어느 때보다 긴 30분이었다."

[게임할 때도 그러면 세계 정복.]

"너는 왜 그렇게 세계 정복을 좋아하는 거야?"

[로망.]

소년이여 로망을 가져라! X백살 요괴. 이건 좀 설득력 있군.

"알았으니까 들어와. 누가 보면 훔쳐보는 줄 알겠다."

[노출증?]

"네가 관음증이겠지."

페이는 미소를 지으며 방 안으로 들어왔다. 페이는 전과 같은 잠옷을 입고 있었다. 어린애가 입기에는 너무 남세스러워서 내 시선이 자연스럽게 가슴에 고정되는 걸 막는 건 힘든 일이었다.

[……음흉.]

힘든 일이라서 실패했다.

"이건 귀여운 여자아이를 흐뭇하게 바라보는…… 미안."

내가 말하고도 이건 아니었다.

[나, 귀여워.]

뒤에 붙은 것은 물음표가 아니었다.

"그래, 귀엽다."

[나, 섹시해.]

"그건 아니지."

[부적 있어. 지금 써?]

"제발 학교 갈 때만 써라."

[칫.]

봐줘라. 네가 그런 잠옷을 입은 상태로 어른이 되면 내 이성
이 흔들린다. 그리고 내 목숨도 같이. 나는 그런 끔찍한 미래
가 찾아오지 못하게 하기 위해서 말을 돌렸다.

"그런데 자기 전에 인사하러 왔어?"

페이는 글 없이 고개를 가로젓더니 제멋대로 장롱을 열고
이불과 요를 깔더니 그 안으로 쏙 들어왔다.

[Come on.]

이런 일이 한두 번이 아닌 나는 뭔가가 마모되어 간다는 느
낌이 들면서도 평소처럼 대응할 수 있었다.

"잘 거면 네 방에서 치이하고 같이 자라."

페이는 볼을 부풀렸다.

[치이, 나쁜 아이.]

저녁 먹을 때 있었던 일로 삐쳤구나.

[오늘은 같이 안 자.]

그래서 인형도 안 들고 온 거냐. 그런데 말이다. 나는 그렇다 치고 네가 여기서 자려고 하면 넘어야 할 산이 있거든? 그 대단한 랑이도 나래에게 목덜미를 잡혀서 질질 끌려가는 일이 한두 번이 아니라고.

[그리고 이건 벌.]

"벌?"

폐이는 자신에게 잘 어울리는 사악한 미소를 지으며 손을 들어 창문 너머 거무죽죽한 하늘을 가리켰다. 그러자 거짓말 같이 비가 내리기 시작했다. 놀랍군.

"그건 어떻게 알았냐? 일기 예보라도 봤냐?"

[머리카락이 무거워서 잘 안 돌아가. 이럴 때는 비 오는 날.]

폐이는 보란 듯이 양 갈래 머리를 빙빙 돌렸다. 폐이의 말대로 평소보다 조금 느린 것 같다. 너는 날씨를 그런 것으로 알 수 있구나. 비 오는 날에는 새들이 낮게 나는 것과 관계가 있는 걸까? 아니, 그건 벌레들을 잡기 위해 낮게 나는 거였나? 공부를 안 하니 알 수가 있나.

폐이의 손가락으로 내리기 시작한 빗줄기는 어느새 굵어졌다. 오늘 밤에는 거세게 쏟아질 기세다. 잠잘 때 시원하겠네. 그런 생각을 하고 있자니 폐이가 이불 한쪽을 들어 올리더니 요를 팡팡 쳤다.

[곧 시작. 빨리 들어와.]

그 전에 이 녀석을 방으로 돌려보내는 게 먼저다. 나래에게 발각되면 페이는 잡혀서 나가는 거로 끝나겠지만 난 한 대 맞고 나서 시작할 테니까. 나는 입을 열려고 했다. 그 때. 번쩍! 창밖으로 번개가 내려치는 게 보였다. 그와 동시에 팡팡팡팡! 페이가 요를 두드리는 소리가 한층 더 커졌다.

[빨리 와.]

……글자도 커졌고. 혹시 페이도 벼락을 무서워하는 건가? 그런 생각을 하고 있자니, 콰과과광! 벼락 뒤에 언제나 이어지는 천둥이 쳤다. 꽤 멀리서 떨어진 것 같아서 소리는 크지 않았지만 페이는 몸을 웅크리고서는 두 손으로 귀를 꽈악 틀어막고 눈을 감았다.

"히익?!"

……무서워하는 거 맞구나. 누가 누구에게 벌을 준다는 거야? 천둥소리가 사라지자 페이는 눈을 번쩍 뜨고 살짝 물기가 젖은 눈으로 나를 올려다보며 드럼이라도 되는 양 요를 격하게 내려쳤다.

[빨리. 빨리 와. 울 거야. 안 오면 울 거야.]

세상에서 가장 무서운 협박이지. 애들은 울면 답이 없거든. 나는 한숨을 쉬고 의자에서 일어나 이불 안으로 들어가 앉았다. 그와 동시에 페이가 내 허리를 꽈악 끌어안았다. 무섭다는 건 거짓말이 아닌 것 같다.

"천둥 번개 칠 때마다 이러면 평소에는 어떻게 하냐?"

[치이하고 꼬옥.]

……혼자보다는 둘이 나을지도.

"그런데 치이 혼자 놔둬도 돼?"

[그러니까 벌.]

이 녀석. 저녁 식사 때 쌓인 게 많은 것 같다. 치이가 천둥 번개를 얼마나 무서워하는지 알면서도 혼자 놔두고 온 걸 보면 말이야. 좋게 생각하면 이런 일을 해도 치이가 자신을 떠나지 않을 거라는 걸 믿기 때문이라고……. 미안. 그건 너무 억지지. 심통 난 이 녀석의 표정을 보아 그런 건 전혀 생각을 하지 않고 있는 것 같으니까. 그런데 지금은 치이에 대해 걱정할 때가 아닌 것 같다. 곤란한 건 나도 마찬가지니까. 페이의 말에 따르면, 새의 요괴들은 모두 가슴이 크다고 한다. 실제로도 치이와 페이는 어린애라고 생각하기 힘들 정도로 가슴이 크다. 거기다 묘하게 성숙해 보이는 분위기가 풍겨서 가끔씩 이 녀석들을 아이가 아닌 여자로 보게 되는 때가 종종 생기곤 한다. 그러니까 지금 같은 상황. 페이는 천둥 번개가 무서워서 내 팔을 꽉 끌어안고 있다. 그러니까 너무 와 닿고 있다는 거다. 가슴이! 허벅지가! 야! 천둥 좀 쳤다고 엉덩이 들이대지 마!

"그건 그렇고 좀 떨어져라."

자유로운 오른손으로 페이의 이마를 살짝 밀어 본다. 페이는 고개를 살짝 젖히며 얼굴을 찌푸리고 입을 삐죽 내밀었다.

[피도 눈물도 없는 악당!]

"피는 본 적 있잖아."

[수혈용 혈액.]

"준비성 참 철저하네."

[네 이야기. 남 이야기 아님.]

나는 피식 웃으며 손을 내렸다. 페이는 손을 들어 이마를 비비다가 슬쩍 내 이마로 그 거처를 옮겼다.

"밀려고?"

농담은 받아들여지지 않았다.

[아팠어?]

흉터 하나 없는 깨끗한 이마를 페이가 매만진다. 당연하지. 내가 맞은 곳은 이마가 아니라 머리니까. 하지만 내 머리를 만지려면 손을 힘차게 뻗어야 해서 이마로 만족하는 것 같다. 반쯤 얼빠진 생각을 하면서 마음이 가라앉지 않도록 노력하며 페이에게 대답했다.

"아팠다."

쏴아아아, 하고 창밖에서 비 내리는 소리만 들린다. 페이의 미안해하는 모습이 마음에 안 든다.

"그렇게 마음에 걸리면 어제 바로 사과하지 그랬냐?"

[……인생은 타이밍. 말할 틈 없었어.]

……그 후 나래에게 죽을 뻔했으니까.

"내 잘못이냐?"

[응.]

"사과하고 싶은 거 맞아?"

[그건 그거, 이건 이거.]

허공에 연기를 만든 다음 손칼로 딱 잘라 버린다. 오냐, 이 녀석아.

[그래서 미안. 잘못했어.]

"실수잖아."

[그럼 다음에는 고의.]

"하지 마!"

아프다고! 진짜 아프다고!! 뭐라고 한 마디를 해 주려고 했지만 페이가 고개를 숙여 입을 가리고 어깨를 들썩이며 쿡쿡 웃는 모습이 보기 좋아서 넘어가 주기로 했다. 농담일 테니까.

"……아우우우. 저 혼자 두고 페이는 오라버니하고 노닥거리고 있는 거예요."

응? 방문 쪽을 보자 언제 왔는지 모를 치이가 있었다. 단, 혼자는 아니었다. 랑이도 함께다. 치이는 랑이를 등 뒤에서 확 끌어안고 있었다. 랑이는 이런 적은 처음이라는 듯 곤란해하는 눈치로 나를 향해 손을 바동댔다.

"성훈아. 치이 좀 떼어 내 주거라. 꽉 달라붙어서 안 놓아주느니라."

"아우우, 랑이님. 저 혼자 두면 오라버니한테 혼나는 거예요."

"……내가 왜 랑이를 혼내냐."

나는 낮게 한숨을 쉬었다. 그와 동시에 번개가 쳤다.

"까우우우!"

"으냐앗?!"

번개에 놀란 치이가 랑이의 목을 꽉 끌어안는 바람에 랑이도 깜짝 놀라서 몸을 쫙 편다. 남 걱정할 상황이 아니다. 페

이도 이제는 내 팔로는 만족하지 못하는지 옆구리에 매달렸
거든.

"좀 떨어져라!"

"좀 떨어지거라!"

[안 들려.]

"아우우. 전 아직 어리니까 랑이님부터 잡아가는 거예요,
하늘님."

"안 들리긴 뭐가 안 들려?"

"나, 나도 아직 어리니라!"

정신이 없다. 랑이는 치이를 등에 업은 것같이 힘들게 내 쪽
으로 걸어왔다. 거의 다 왔을 때 벼락이 꽤 근처에 떨어졌는
지 천지가 흔들릴 것 같은 천둥이 쳤고,

"꺄우우우!"

치이가 랑이에게서 떨어져서 잽싸게 이불 안으로 들어와 비
어 있는 내 오른쪽 옆구리를 차지했다. 꼼짝달싹할 수 없게
되었지만 양옆에 있는 새끼 새들이 바들바들 떠는 바람에 뭐
어떻게 할 수도 없다. 달래 줄 수밖에. 나는 치이와 페이의 어
깨에 두 손을 올려 감싸 안아 주며 말했다.

"집에 있으면 번개 안 맞으니까 너무 겁내지 마."

"아우우, 그런 문제가 아닌 거예요."

[무신경.]

내가 무신경해서 다행이라고 생각해라. 안 그러면 너희들이
달라붙어 있는 이런 상황에서 평정심을 유지할 수 있을 리가

없으니까.

"우우우……."

그리고 평정심을 잃은 한 마리 호랑이가 있었다. 랑이는 입을 한 움큼이나 내밀고 두 주먹을 꼭 쥐며 치이와 페이를 보고는 울 것 같은 목소리로 말했다.

"성훈이는 내 지아비이니라!"

그 전에 우유 좀 더 먹고 와라.

"너희 둘이 그렇게 있으면 내가 안길 자리가 없지 않느냐?!"

"랑이님은 양보해 주는 거예요."

[그게 언니.]

이럴 때는 정말 쿵짝이 잘 맞죠.

"윽."

애초에 순진한 랑이가 요 녀석들에게 말로 상대가 될 리가 없다. 머리로는 알 것 같지만 받아들이기 싫은 상황에 랑이는 이러지도 저러지도 못하고 발만 동동 굴렸다. 나는 그런 랑이의 모습을 계속 보고 싶은 마음도 있었지만 그보다는 확 껴안아 주고 싶은 충동이 더 강했다.

"뭘 그러고 있냐. 여기 자리 비었다."

나는 내 다리 위를 가리켰다.

"응!"

밖에는 비가 내리고 있는데 랑이의 얼굴에는 해가 떴구나. 랑이는 쪼르르 다가와 이불을 걷어 올리고 내 허벅지 위에 엉덩이를 들이대 앉았다. ……무거워. 거기다 좁아. 그리고 더워.

"아우우, 랑이님. 자리 없는 거예요. 좁은 거예요."

[낄 자리, 안 낄 자리 구분.]

"우웃? 그건 내가 할 말이니라! 너희 둘이 오기 전부터 성훈이는 나의 것이었느니라!"

언제부터 그랬냐. 그건 그렇고 어린애들은 원래 티격태격하면서 자란다고 하지만 왜 하필 내 주위에서 이러는지 모르겠다. 내가 무슨 장난감이냐?

"좋지 않습니까?"

["히익?!"]

갑작스러운 세희의 등장에 여러 가지로 못된 꼴을 당한 적이 있는 치이와 페이는 흠칫 떨었다. 세희가 나타난 곳은 내 뒤쪽. 보지 않아도 알 수 있다. 이 녀석이 등 뒤에서 내 목을 끌어안으며 내 귓가에 후, 하고 숨을 불어넣고 나름대로 부드러운 가슴을 내 등에 밀어댔으니까! 덕분에 치이와 페이는 떨어지자니 언제 칠지 모르는 천둥 번개가 무섭고 붙어 있자니 붙어 있는 세희가 무서워 이러지도 저러지도 못하는 상황이 되었다. 이 녀석, 치이하고 페이가 랑이하고 말다툼을 하니까 일부러 이러는 거 아니야?

"아닙니다. 이왕 이렇게 된 거 사방이 미소녀인 것이 좋을 거라 생각하고 도련님을 찾아온 겁니다."

세희의 말대로 앞에는 랑이, 양옆에는 치이와 페이가 있고 등 뒤에는 세희가 있다. 하지만 넌 외관상으로 미인이라 할 수 있지만 소녀는 아니잖아, 소녀는. 사방이 미소녀가 되려면 등 뒤는 나래가 끌어안아 주는 게 좋단 말이다!

……잠깐. 나래를 생각하는 순간 나는 세희의 말 중에서 간과해서는 안 되는 단어가 있다는 것을 깨달았다.

"뭐에 좋은 건데?"

"당연히 주인님을 홀대한 것에 대한 죗값을 치르는 데 좋다는 말이었습니다."

이 녀석이 순순히 말할 때는 뭔가가 있다. 그러니까, 내게 알려 주지 않아도 내가 그 사실을 금방 알 수 있다고 생각할 때라거나.

"저기, 성훈아. 애들 다 어디 갔어?"

그래. 지금처럼.

나래가 본 것은 허벅지 위에 랑이가, 양옆에는 치이와 페이, 등 뒤에는 세희가 안긴, 어딘가의 왕 같은 나의 모습이었다.

"모습이 마치 프라이팬에 올라간 전 같구나."

프라이팬에 올라간 전같이 얼굴이 울퉁불퉁해진 나는 혀를 찼다.

"신경 꺼라."

저물어 가는 태양. 시원한 가을바람. 끼익끼익 소리를 내며 흔들리는 그네. 방에서 잠이 들었다 생각하니 이곳에 와 있었다. 이걸 꿈이라고 생각할 수도 있겠지만 그럴 가능성은 희박

하다. 그냥 냥이의 요술이라고 생각하는 게 낫겠지. 안 그러면 내가 이 나이에 시소를 탈 리가 없으니까. 내 반대편에는 하늘로 올라가 있는 냥이가 나를 내려다보고 있었다. 그게 마음에 들지 않아 다리에 힘을 줘서 어설프게 평행을 맞춘다.

"왜 왔냐."

"이야기를 하러 왔다고 전에 말하지 않았느냐? 보거라. 이번에는 나와 네놈. 단둘뿐이니라."

주위를 둘러봐도 언제나 헤실대며 있던 그 창귀는 보이지 않는다. 하지만 속지 말자. 편견일지도 모르겠지만 창귀는 어디 어느 때에도 순식간에 나타날 수 있을 것 같으니까.

"언제 나타날지 모르지."

"네놈은 의심도 많구나."

"당한 게 많아서."

나는 냥이를 죽일 듯이 노려보았고 흑막이었던 녀석은 그 시선을 가볍게 넘겼다.

"그래서 생각은 많이 하였느냐?"

"아니."

냥이가 품속에서 곰방대를 꺼내 불을 붙였다.

"네놈은 마치 조림하기 위해 시장에서 사 온 손질된 고등어 같구나."

"머리는 잘 달려 있거든?"

다만 진지하게 생각할 만한 시간이 모자란 것뿐이다. 랑이에 치이에 페이까지. 요 귀여운 녀석들이 내 주위를 떠나지 않는 이상 깊은 생각을 하는 건 거의 불가능하니까. 이걸 자신의 일이라고 생각해 봐라. 눈앞에 랑이의 꼬리가 살랑거리고 치이의 머리카락이 파닥이면서 페이가 쓴 글이 날아다니는데 다른 생각을 할 틈이 있겠냐? 말 그대로 정신이 없다고, 정신이. 그게 또 좋지만. 헤헤헤헤.

"……네놈은 정말로 어린 여자를 좋아하는 게로구나."

"너도 생각을 읽을 수 있냐?"

깜짝 놀라 묻는 내 말에 냥이는 담배 연기를 내뱉었다. 그건 마치 한숨같이 보였다.

"네놈의 뒤를 보거라."

"뒤?"

나는 뒤를 돌아보았다. 내 뒤에는 SF영화를 보면 공중에 떠 있는 모니터 같은 것에 영상이 틀어져 있는 것같이, 랑이와 치이와 페이가 침대 위에서 뒹굴고 있는 영상이 보이고 있었다.

어째서인지 모두 알몸으로.

"우아앗?!"

나는 깜짝 놀라서 벌떡 일어났다. 그 반동으로 시소가 아래로 내려가서 냥이는 엉덩이를 찧었고 나는 늦게 올라온 시소에…….

"으억!"

"으냐앗!"

아파. 아프다. 무지하게 아프다. 젠장. 당해 본 사람만이 이 아픔을 알 거야.

"시소에서 갑자기 일어나다니! 네놈은 상식이라는 게 없는 것이느냐?!"

냥이는 조심스럽게 시소에서 내려와 엉덩이를 쓰다듬으면서 화를 냈고 나는 할 말이 없었다. 지금은 내가 잘못한 게 맞으니까. 너무 오랜만에 시소를 타서 까먹고 있었다.

"나도 아파 죽겠으니까 좀 봐주라."

"못났구나."

시끄럽다. 나는 말을 돌렸다.

"그것보다 방금 그건 뭐야?"

지금은 없어졌지만 분명히 이상한 영상이 있었다.

"이곳은 나와 네놈의 혼령이 이어진 곳. 다른 말로 **정신이 모든 것을 지배하는 곳**이라 할 수 있다. 그러니 네가 무엇인가를 강하게 생각하면 그런 것도 가능하느니라."

그, 그 말은!

그 생각을 하는 순간 냥이의 눈이 가늘어졌다.

"네놈은 도대체 내 앞에서 무슨 생각을 하는 것이느냐?"

뒤를 돌아보았다. 나는 미친 듯이 손을 휘저어 방금 떠오른 망상을 지워 버렸다. 이건 차마 설명도 못하겠다.

"참으로 자신의 성욕에 충실한 녀석이로다."

"아, 아니! 이건 그게 아니라!"

젠장. 내가 미쳤지. 내가 어쩌다가 이런 꼴이 되었을까.

"사람의 마음이란 자기 마음대로 다스리기 힘든 거잖아!"

"변명이란 것이 아쉬울 정도로 좋은 말이로구나."

할 말이 없다.

"그것도 상대가 흰둥이가 아닌 그 가슴만 크고 질투심만 강한 곰의 일족을 상대로……. 쯧쯧."

"야, 인마. 랑이를 상대로 그런 생각을 하면 범죄라고."

"하긴. 흰둥이, 그것은 범죄적으로 귀여우니라. 기분에 따라 살랑거리는 꼬리와 어린애 같은 순진한 마음, 세상 물정을 모르는 천진난만함과 누군가를 의심하는 법을 모르는 깨끗함. 그 모든 것이 나의 동생이라 해도 귀엽고 귀여워 한시라도 내게서 떼어 놓고 싶지 않느니라. 너도 그렇게 생각하지 않느냐?"

나는 입을 쩍 벌렸다. 이, 이 녀석. 팔불출이다. 여동생 팔불출이야. 랑이에 대해 말하던 냥이의 모습은 해맑았고 그래서 진심으로 보였다. **이상하게 나처럼 영상은 떠오르지 않았지만.**

"험험."

냥이는 내가 아무 말도 못하고 멍하니 쳐다보고 있자 동생 자랑을 한 게 부끄러워졌는지 헛기침을 하고 곰방대의 담뱃재를 꼬리로 감싸 사라지게 만들었다.

"잡담은 이제 그만하겠느니라. 그런 것을 위해 이곳에 온 것이 아니니."

"그래 주면 고맙지."

"나, 나를 위한 것이니라."

냥이의 귀가 살짝 움직인 것 같은데 잘못 본 건가.

"이상한 소리 하지 말고 대답이나 하거라. 네놈은 내가 한 말을 얼마나 이해하였느냐?"

내가 보기에는 이 녀석이 이상한 소리를 하는 것 같은데.

"그걸 왜 말해야 하나?"

"냄비에 두부와 함께 들어간 미꾸라지 같은 것. 나는 네놈에게 도움을 주기 위해 위험을 무릅쓰고 이 자리에 있는 것이니라."

"도움을 줄 거면 멀리멀리 사라져 줘라. 난 평범한 일상이 그립다."

내 말에 냥이는 어린아이에게는 어울리지 않는 일그러진 미소를 지으며 나를 비웃었다.

"핫! 네놈이 아직 내 질문의 답을 찾지 못했구나. 그렇지 않다면 그런 소리를 지껄일 수 없느니라."

기분 나쁘다. 저 모든 걸 알고서 내려다보고 있다는 시선이 마음에 들지 않는다. 그런 건 세희 하나로 족하다고.

"네 말뜻을 모두 알아도 내 생각은 똑같을걸?"

"어리석은 것. 자신이 인삼인지 산삼인지도 모르는 어리석은 것이로구나."

번쩍였다. 여신의 선물 같은 번뜩임에 생각에 잠긴 나는 냥이가 지금 어떤 표정을 지으며 나를 보고 있는지 신경 쓰지 못했다. 그런 것에 눈 돌릴 틈이 없었으니까. 그도 그럴 것이 만약 내가 깨달은 것이 사실이라면…….

"흠. 꼴을 보아하니 내가 한 말의 뜻을 이제야 이해한 것 같구나. 그렇다면 또 다른 은혜를 베풀어 주겠느라."

냥이의 말에 상념이 깨졌다. 정신 차리자. 그건 나중에 좀 더 시간을 들여서 생각해 보면 된다. 지금은 눈앞에 있는 녀석에 대해 집중하자.

"이게 무슨 은혜야?"

"사람은 모르는 것을 아는 것에 기쁨을 느끼지 않느냐?"

"그렇다고 이런 걸 은혜라고 하지는 않는다."

그것도 너처럼 속으로 무슨 생각을 하고 있는지 모르는 녀석은.

"간장종지 같은 녀석이로다."

그릇에서 격이 아래로 내려갔다.

"그렇다면 내 질문을 들을 생각이 없는 것이느냐?"

"아니."

그거와 이거는 다르다. 이 녀석이 무슨 꿍꿍이를 갖고 이런 이야기를 하는지는 모르겠지만 내게는 중요한 이야기일 가능성이 높다. 이제야 알았지만 이 자식이 한 첫 번째 질문도 내인생에 정말 중요한 이야기였으니까.

"이제야 대화가 통할 것 같구나."

냥이는 랑이라면 절대로 지을 수 없을 음흉해 보이는, 속을 알 수 없는 미소를 지었다.

"네놈이 적극적으로……."

"잔말 말고 할 말이나 해라."

난 지금 기분이 안 좋으니까. 내 말에 냥이는 볼을 부풀리고 꼬리를 바짝 세웠다.

"말하는데 끊어 먹지 말거라! 네놈은 내가 누구라고 생각하는 것이느냐?!"

"랑이 언니."

내 말에 냥이는 입을 떡 벌렸다.

"……네놈은 정말 상식이라는 게 없구나."

"인간이니까."

"그러면서 흰둥이의 지아비가 될 생각이었느냐? 흰둥이의 지아비가 되고 싶다면 우리 요괴에 대한 공부도 해야 하는 것이 정상이지 않느냐?"

나는 딱 잘라 말했다.

"내가 알아야 할 게 있다면 세희가 알아서 가르쳐 줄 테니까."

"진실을 깨달은 지금도 그 여름날의 음식 쓰레기 같은 것을 믿는 것이느냐?"

난 대답하지 않았다. 내 반응을 보고 생각을 달리했는지 냥이는 한숨을 쉬고는 다시 이야기를 되돌렸다.

"그러면 알려 주겠느니라. 나는 봉인당한 흰둥이를 대신해서 요괴들을 다스리고 있는……."

"아니, 그건 별로 상관없고."

내가 궁금한 건 그런 게 아니다. 솔직하게 말하면 그건 아무래도 상관없는 이야기다. 나는 빨리 이 녀석에게 자신은 은혜라고 생각하는 오지랖을 듣고 싶은 생각뿐이다.

"그 질문이나 하라고."

"으......."

냥이는 뭐가 그리 분한지 입을 악물고 으르렁거리며 나를 죽일 듯이 노려보았다.

"이제는 말해 달라고 해도 안 할 것이니라! 흥!"

"궁금하면 세희한테 물어보면 된다. 할 말만 하고 가라."

꼬리까지 바짝 세운다.

"네놈은 정말 나쁜 놈이니라! 나쁜 놈! 죽일 놈! 튀김옷을 입혀 끓는 기름에 넣어 버릴 놈!"

냥이는 분이 나서 씩씩거리며 발을 동동 굴렸다. 그래서 뭐 어쩌라고.

눈치챘겠지만 나는 이 녀석에게 별 좋은 감정을 가지고 있지 않다. 말하는 게 조금 공격적인 것도 그런 이유다. 치이나 폐이의 경우, 그래도 뭔가 잘해 줘야 할 생각이 들 이유가 있었지만 이 녀석은 그런 거 없다. 잊지 마라. 이 녀석은 치이를 죽일 뻔하고 폐이를 이용한 녀석이다. 그리고 내가 몰라도 상관없는 진실을 강요하기도 했고. 가끔씩 겉모습이 랑이와 너무 닮아서 나도 모르게 마음이 약해지는 건 어쩔 수 없지만.

"오냐! 알겠느니라! 내 할 말은 전해 주고 사라지겠느니라."

냥이는 손가락으로 나를 가리키며 말했다.

"우리 이쁜 흰둥이가 왜 너 같은 것을 사랑하고 있다 생각하느냐?!"

정신을 차리고 보니 아침이었다. 창밖에서 참새가 지저귀는 소리를 들으며 몸을 일으키려는데 가슴 부근이 무겁다가 이제는 다리가 무거워졌다. 고개를 내려다보니 랑이가 고양이같이 몸을 틀고 잠들어 있다가 데굴데굴 굴러 내린 것 같다. ⋯⋯난 이 녀석의 잠버릇을 아직도 모르겠어. 나는 조심스럽게 랑이를 내려놓고 방에서 나왔다. 위의 움직임을 활발하게 만드는 음식 냄새와 칼질하는 소리가 부엌에서 들린다. 치이는 페이와 부들부들 떨다가, 나래는 그런 둘을 껴안아서 달래 주다가 늦게 잠들었으니 부엌에 있을 녀석은 그 녀석밖에 없다.

"일어나셨습니까."

세희, 지금은 좀 꺼려지는 녀석이다.

"응."

"희미하게 나는 요력의 냄새를 보아 어제도 냥이님이 찾아오신 것 같군요."

"응."

세희의 표정이 아주 살짝, 잘못했으면 못 보고 지나칠 정도로 미묘하게 어두워졌다가 금방 원래대로 돌아왔다.

"망가진 얼굴 꼴을 보아하니 답을 찾으신 것 같군요."

내 얼굴이 뭐 어때서.

"뭐, 대충."

"그렇습니까."

세희는 낮은 한숨을 쉬고는 도마에 부엌칼을 내려놓았다.

"하실 말씀이 있으십니까?"

"지금도 그러냐?"

"언제 폐이 님을 먹었습니까?"

"중의적 표현이냐."

그래. 이 녀석은 계속해서 내게 말했다. 자신은 **이제** 나를 자신의 생각대로 움직일 생각이 없다고. 이미 이런 일이 일어날 거라는 걸 알고 있었나.

"이런 농담에도 눈 하나 깜빡이지 않으시다니. 충격이 꽤나 크신 것 같습니다."

고양이가 쥐 걱정하는 꼴이 마음에 안 들어 나는 눈을 열심히 깜빡였다. 세희는 소매에서 검은색 비닐봉지를 꺼내 허리를 굽혀 입을 가져다 대고 소리를 냈다.

"우에에엑."

이 녀석을 말로 이길 수 있는 날은 언제 오려나.

"됐고. 너야말로 할 이야기가 없냐?"

"없습니다."

세희는 할 이야기는 끝났다는 듯 몸을 돌려 다시 부엌칼을 들었다.

"변명 안 해도 되냐."

"도련님께서 저에 대해 알게 된 이상 지금은 제가 무슨 말을 해도 마음에 와 닿지 않을 것입니다. 도련님께서 마음을 가라앉히시고 제 이야기를 들으실 준비가 되셨다면 그 때는 제가 스스로 입을 열 것입니다."

생각 없이 한 말에 진지한 대답이 나와서 당혹스럽다. 하지만 이것도 세희가 노린 거겠지. 이 자식은 내가 아는 그 누구보다 음흉하고 사악하며 생각이 많으니까. 그래서 나는 이 자식은 절대로 짐작도 못할 그런 말로 허를 찌르기로 했다.

"그러면 물어보고 싶은 게 있는데."

"대답해 드리겠습니다."

"네 쓰리 사이즈는 몇이냐? 특히 가슴이 중요하다. 랑이보다는 크냐?"

"도련님의 알몸 사진이 인터넷을 떠돌아다니는 꼴을 보고 싶으십니까?"

그렇다고 이길 수는 없겠지.

세희와 간단히 이야기를 하는 것으로 이른 아침부터 피곤해진 나는 마당으로 나갔다. 마당에는 어제 내린 비를 피해 지붕 아래쪽에서 방석 하나를 밑에 깔고 잠들어 있는 바둑이가 있었다. 지금은 강아지의 모습이라서 남들이 보기에는 이상할 것은 없었지만 바둑이가 인간의 모습이었던 때를 알고 있는 나로서는 조금 그렇고 그런 게 사실이다. 나는 그런 마음을 담아 바둑이의 머리부터 등까지 부드럽게 쓰다듬어 주었다. 사람들이 개털, 개털 그러지만 바둑이의 털은 개털이라고 생각할 수 없을 정도로 부드러워서 이렇게 쓰다듬고 있으면 기분이 좋다. 마음의 안식. 세상의 모든 걱정을 잊어버릴 수 있을 것 같다. 중독될 것 같아.

"무슨 일 있으세요, 도련님?"

……강아지의 모습으로 말을 하는 건 익숙해지지 않는군.

"아니, 별거 아니다."

"얼굴이 안 좋아 보여요, 멍!"

티가 그렇게 나나?

"피곤하시면 저하고 같이 여기서 낮잠 자요."

"다음에 하자."

아무리 그래도 그건 아니지. 네가 집 안으로 들어오면 모를까 내가 여기서 자면 사람들이 흉본다. 그리고 지금 잠이 필요한 사람은 내가 아니라 바둑이 같아 보였다. 이모 댁에서 개를 키워 봐서 아는데 개가 코에 윤기가 없으면 몸 상태가 안 좋다는 뜻이다. 지금의 바둑이는 평소와는 다르게 그 코끝에 윤기가 전혀 없었다.

"그런데 너 요즘 어디 아파?"

바둑이가 머쓱한지 엉덩이를 땅에 대고 뒷발을 들어 목을 긁으며 말했다.

"헤헤헤…… 이상하게 오늘도 꿈을 못 꿔서 힘이 없어요."

어제도 그랬는데 오늘도? 바둑이는 잠을 많이 자니까 꿈도 많이 꿀 것 같은데 무슨 일이라도 있는 건가. 단순히 운동이 부족해서 그런가? 서울에 와서는 잘 돌아다니지도 못하는 것 같으니까. 그렇다면 좀 신경을 써 줘야지.

"학교 갔다 와서 같이 산책이라도 갈래? 보는 게 많으면 꿈을 꿀 수도 있을 것 같은데. 피곤하면 내가 안아 주고."

바둑이의 신경을 돌리기 위해서 한 말에 이 녀석은 꼬리를 격하게 흔들며 내 주위를 빙글빙글 뛰어다니기 시작했다.

"정말요?!"

이렇게 보니까 완전 진짜 그냥 개 같다. 오해하지 마세요. 이건 욕이 아니니까.

"응."

그러기 위해서는 일단 학교에 가야 한다. 나는 기뻐하는 바둑이를 쓰다듬어 주다가 이대로 하루 종일 있고 싶은 욕망을 이겨 내고 집 안으로 들어왔다. 그럼 학교 갈 준비도 할 겸 씻을까. 나는 화장실 문을 잡고…….

위험했다. 아직 바둑이의 마력이 남아 있는 걸까. 폐이가 손잡이를 부숴 버렸다는 걸 깜빡하고 있었다. 거기에 안에서 들리는 건 물소리다. 다른 때라면 아침부터 샤워를 하는 경우는 드물겠지만 지금은 여름. 그런 일이 일어나지 말라는 법도 없다. 후. 이런 일로 실수해서 못 볼 꼴을 당할 수는 없는 노릇. 실수를 가장해서 그런 짓을 할 생각도 없다. 난 신사니까.

"응?"

자신의 멋짐에 잠시 자아도취하고 있는 도중에 어느새 랑이가 내 뒤에 온 것 같다.

"일어났냐?"

아직 댕기를 따지 않은 걸 보니 조금 전에 일어났나 보다. 랑이는 내 배를 손가락으로 콕콕 찌르며 불만 섞인 목소리로 말했다.

"혼자서 일어나는 게 어디 있느냐? 네 온기가 없어져서 잠에서 깬 뒤 내가 얼마나 놀랐는지 아느냐?"

……놀라긴 뭘 놀라냐. 태평하게 잘 자고 있더구만. 랑이는 조심스럽게 내 눈치를 살피며 한쪽 눈을 감고 검지를 펴며 선생님이 학생에게 뭔가를 가르쳐 주는 듯 말했다.

"그러니까 다음부터는 일어나면 내가 깰 때까지 꼬옥 안고 있어 주거라. 알겠느냐?"

그러니까 이 말을 하기 위해서 조금 전에 그 말도 안 되는 불만을 말한 거구나. 이 녀석은 어쩜 이런 쪽으로는 점점 머리를 잘 쓰게 되는 건지 모르겠다. 그런 게 싫은 건 아니지만 그래도 확실하게 할 건 확실하게 하는 게 좋다. 내가 아무 말도 없자 자신의 노림수가 먹혀 들어갔다고 생각했는지 두 손을 가슴팍에 모으고 지리산의 밤하늘이 가득 담긴 호박색 눈동자를 반짝반짝 빛낸다. 나는 랑이의 머리에 두 손을 올렸다. 내가 머리를 쓰다듬어 줄 거라 생각했는지 이제는 꼬리까지 살랑살랑 흔들린다. 아서라, 이 녀석아. 나는 그대로 랑이의 귀를 잡았다.

"응?"

벌이다. 나는 랑이의 귀를 꾸욱 눌렀다.

"요 녀석이 어디서 잔머리를 써?"

"으냐앗!!"

랑이가 펄쩍 뛰어오르며 비명을 지른다.

"아파! 아파!!"

말투까지 원래대로 돌아와 비명을 지르는 모습에 마음이 약해져서 손을 놓는 순간.

"랑이야! 무슨 일이야?!"

화장실 문이 벌컥 열렸다. 자연스럽게 고개가 돌아갔고, 화장실 안에는 수건으로 몸을 가린 나래와 세면대에서 폐이의 머리를 감겨 주는 치이가 있었다. 나래는 무시무시한 눈을 하고선 어째서 귀여운 랑이를 괴롭혔는지 정당한 이유를 대지 않으면 그에 합당한 대가를 치를 것이라는 뜻을 짧은 단어를 통해 내게 전달했다.

"설명."

"랑이가 거짓말해서 그걸 혼내 주려고 살짝 귀를 눌렀습니다."

내 말에 나래의 시선이 눈물이 찔끔 맺힌 채 손을 들어 귀를 만지고 있는 랑이에게 향해졌다.

"진짜야?"

랑이는 솔직하게 대답했다.

"그, 그러하느라."

이러니까 미워할 수가 없지. 나래는 한숨을 크게 내쉬었다.

"걱정했잖아. 성훈이가 너한테 나쁜 짓 하는 줄 알고."

……도대체 무슨 나쁜 짓이요.

"꺄우우! 나래 언니!"

"응?"

치이의 말에 나래가 뒤를 돌아보았다.

"옷 아직 안 입으신 거예요!"

그 말에 나래가 이제야 자신이 어떤 상황인지 깨달은 것 같다.

"꺄악?!"

나래는 앳된 비명을 지르며 문을 쾅! 하고 닫았다. 휴. 안 맞았다. 내 잘못이 없으니 나래도 때릴 수 없는 거지. 좋은 것을 보고도 맞지 않았으니 오늘은 운이 좋으려나.

"우……. 내 마음을 몰라주는 성훈은 나쁘니라."

나는 옆에서 작은 목소리로 말하는 랑이의 머리에 손을 올렸다. 조금 전의 일이 있어서 몸을 흠칫 떨면서도 내 손을 치우지 않는 게 랑이답다.

"그렇게 머리 안 굴려도 솔직하게 안아 달라고 하면 되는데 말을 돌려서 하니까 그렇지."

"하지만 이렇게 하는 게 좋다고 하였느니라."

……호오?

"누가?"

"아까 페이가 그랬…… 아차!"

랑이는 두 손으로 입을 틀어막았지만 이미 늦었다. 이놈들은 랑이를 놀려 먹는 데 일가견이 있구나. 나는 당황해서 입을 막고 왼쪽을 봤다 오른쪽을 봤다 허둥대는 랑이의 허리를 안아 주며 말했다.

"그런 말 듣지 말고 너는 네가 하고 싶은 대로 하면 돼, 이 녀석아."

랑이가 활짝 웃는다.

"응! 성훈아! 사랑하느니라! 뽀뽀해 주거라!"

그렇다고 바로 그렇게 말하지 마라. 진짜로 뽀뽀해 줄 수밖에 없어지니까.

'우리 이쁜 흰둥이가 왜 너 같은 것을 사랑하고 있다 생각하느냐?'

"성훈아?"

……아. 나는 고개를 가로저었다. 왜 하필 지금 그 녀석의 말이 생각난 거냐.

"갑자기 왜 그러느냐?"

"아니, 아무것도 아니다."

랑이는 내 기분을 눈치채는 게 빠르다. 지금은 그런 말에 신경 쓸 때가 아니다. 나는 랑이의 관심을 돌리기 위해 볼에 뽀뽀해 주었다. 하지만 랑이의 표정은 그리 좋아지지 않았다. 마치 내 뽀뽀에 진심이 담겨져 있지 않다는 걸 모두 알고 있다는 듯이. 나는 자리를 피하기로 했다. 지금은 안 좋다. 첫 번째 질문과 두 번째 질문이 이어지고 엮어져서 랑이를 정면으로 볼 수가 없다.

"그럼 난 학교 갈 준비할게."

나는 랑이를 내려놓았다. 씻는 건 나중으로 미루고 책가방을 싸자.

"성훈아, 갑자기 왜 그러느냐."

"랑이도 들어가서 씻겨 달라고 해. 알겠지?"

나는 그렇게 말하고 도망치듯이 랑이를 놔두고 방으로 들어갔다.

　냥이가 한 말. 랑이는 왜 나를 사랑하는 것일까. 그건 여러 가지 이유가 있을 수 있다. 먼저 갓난아기일 때 호랑이 모습의 랑이를 보고도 겁에 질리지 않았다는 것. 그리고 기억하는 첫 만남에서도 나는 랑이를 두려워하지 않았다. 그것이 호감을 불러일으켰을 수도 있다. 또한 랑이는 나를 만나기 전부터 자신의 봉인이 약해지는 지금, 운명의 짝이 찾아온다는 것을 알고 있었다. 아니, 그렇게 알고 있었다. 그리고 같이 지내다 보니 그 짝이라는 녀석이 알고 보니 랑이가 보기에 **우연히** 마음에 쏙 드는 녀석이었던 거다. 그 마음이 점점 커져 갈 때. 정미 누나, 엄밀히 따지면 웅녀가 곰의 일족을 이용해 나를 죽이려 들었다. 그리고 랑이는 깨달았다. 한 가지 사랑을. 희생하는 사랑을 말이야.

　모두 세희의 계획대로였다. 이제야 확신이 들었다. 세희는 이 모든 일을 계획했다. 그렇지 않고서는 설명이 되지 않는다. 아니, 그게 세희다운 일이다. 조작. 계획. 첫 번째 답을 찾고 나니 냥이가 어째서 내게 두 번째 질문을 던졌는지에 대한 답은 쉽게 나왔다. 나는 입술을 깨물었다. 나래의 버릇이 옮은 걸까. 살짝 피비린내가 난다.

　"오라버니? 뭐하시는 거예요?"

　정신을 차리고 보니 치이가 있었다. 언제 들어온 거지?

"학교 갈 준비하고 있다."

"계속 가만히 있던 거예요."

……난 두 가지 일을 동시에 하는 거를 잘 못 하니까. 나는 농담으로 사실을 숨기기로 했다. 치이가 걱정하면 안 되니까.

"학교 가기 싫어서 그래."

"아우우? 오라버니는 바보라서 학교 안 가면 답이 없는 거예요."

"공부 못한다고 바보는 아니다."

"오라버니는 잔머리는 좋으니까요."

"이 녀석이?"

나는 치이의 귀 위 머리카락을 붙잡아서 머리 위로 들어 올렸다.

"꺄우우? 뭘 하시는 거예요?!"

"이렇게 하니까 웃겨서."

발찌가 짤랑이는 소리와 함께 치이가 내 정강이를 걷어찼다.

"아프잖아!"

"흥! 몰라요! 오라버니는 바보!"

거센 콧김을 내쉬며 치이가 방에서 나갔다. 아프긴 했지만 나름대로 잘 둘러댄 것 같아서 다행이다.

맛을 그리 못 느낄 아침 식사가 끝나고 학교로 가려는 내게 랑이가 말했다.

"나도 같이 가겠느니라."

굳은 의지가 느껴지는 올곧은 눈동자와 꽉 다물어진 입술.

반론은 허락하지 않겠다는 눈치다. 눈치가 빨라도 너무 빠르다니까? 하지만 랑이가 잘못 생각하고 있는 건 네가 그 말을 해야 하는 건 내가 아니라 나래라는 거다.

"그럴까?"

나는 깜짝 놀라서 나래를 보았다.

왜?

그걸 나한테 묻는 거야?

나래도 뭔가 눈치챘다는 거지. 하지만 의외로 랑이는 나래의 손을 거절했다.

"나는 성훈의 대답이 듣고 싶으니라."

나래를 핑계로 도망칠 수도 없겠군. 다른 핑계를 대도 상관은 없지만 그렇게까지 랑이를 피하고 싶은 생각은 없다. 지금은 얼굴 보기가 조금 껄끄러운 것도 있지만 내 문제를 핑계로 댈 수 있겠냐? 나는 한숨을 쉬며 말했다.

"교문까지만이다?"

"알겠느니라."

"집에 갈 때는 혼자 가야 하는데 괜찮아?"

랑이가 꼬리를 부풀린다.

"나, 나는 어린애가 아니니라!"

그런 의미가 아니었는데. 그래도 볼이 통통해진 녀석을 보니 기분이 많이 나아졌다. 나는 손가락으로 랑이의 볼에 가득한 공기를 뺐다.

"푸~우."

풍선에서 바람 새는 소리 같네.

"가자."

"응."

 사람들의 시선이 이쪽에 집중돼도 할 말이 없다. 나래야 워낙 미인에 교복이 무색해질 정도로 몸매가 좋고, 몸이 커진 페이도 시선을 끄는 드레스와 고귀해 보이는 이미지까지 있다. 치이는 귀엽고 사랑스러운 아이인 데다가 한복을 입고 있어서 눈에 띄고 랑이는 꼬리와 귀를 숨겼다고는 하지만 특이한 옷과 머리카락 색, 거기에 타고난 귀여움 가득한 외모가 사람들의 시선을 모은다. 그리고 그 가운데 혼자 있는 나. 이상한 그룹인 거다. 나를 가운데 놓고 나래와 랑이가 왼쪽과 오른쪽을, 뒤쪽에 치이와 페이가 손을 잡고 가는 이 수상한 무리에 신경이 안 쓰인다면 그건 이상한 거지.

 "……내일은 차로 갈까?"

 나래도 신경이 쓰였는지 슬쩍 내게 물어 온다.

 "학교에 승용차로 등교하는 건 금지되어 있는 거 아니었습니까?"

 "오토바이나 그렇지, 차는 괜찮아."

 "나는 이렇게 손잡고 걸어가는 게 좋으니라!"

 넌 내일도 같이 갈 생각이냐. 하지만 나는 나래의 의견에 소중한 한 표를 던지겠다. 나도 걸어가는 게 싫지는 않은데 사람들의 시선이 너무 부담스러워서. 특히 남자들의 시선이 무서워. 세상에 세현 같은 녀석이 하나만 있을 거라는 생각은 하지 않는다. 어디서 갑자기 그런 자식이 날아올지 모를 일이야.

"죽어라, 인류의 적!!"

지금처럼. 친구는 나를 인류의 적으로 규정하고 정면으로 달려들었다. 그와 동시에 랑이의 눈이 번쩍였다. 위험해! 나는 재빨리 랑이의 눈을 가렸다.

"으냐앗?!"

랑이는 깜짝 놀라 했고 세현은 주먹을 쥔 상태로 하늘을 날았다. 내 옆에 있는 게 랑이 혼자만은 아니었으니까. 나래는 어제와 같은 일은 두 번은 허용하지 않는다는 듯, 세현의 팔목을 잡고 달려오는 힘을 그대로 이용해 업어 치기를 해 버렸다. 쿵! 하는 소리가 너무 커서 이 자식에 대한 걱정이 들었다.

"괜찮냐?"

"봐줬으니까 괜찮을 거야."

나래는 그렇게 말했지만 땅바닥에서 지렁이 댄스를 추는 녀석을 보면 전혀 괜찮아 보이지 않는다.

"전 저 사람 싫은 거예요."

"이상한 사람."

그러지 마라. 그렇게 나쁜 녀석은 아닌데 요즘 들어서 조금 과격해진 거니까.

"부, 부러운 자식."

세현은 유언 같은 소리를 내뱉으며 그대로 눈을 감았다. 주위에서 이 소동을 보고 있던 사람들이 고개를 끄덕인다. 객관적으로 봐도 주관적으로 봐도 부러운 상황이긴 하지만, 야. 야, 인마. 네가 할 말은 아니잖아? 그래도 다행인 것은 바보 녀석의 갑작스러운 등장에 내 기분이 많이 풀렸다는 것이다. 덕분에 교문에서 랑이와 잠시 헤어질 때는 진심으로 웃어 줄 수 있었다.

"그럼 가겠느니라."

"그래. 차 조심하고 모르는 사람이 같이 가자고 해도 딴 데 가면 안 된다."

"······우. 성훈이는 가끔 나를 어린애 취급하느니라."

너 애 맞다.

"걱정돼서 그런 거야."

몸을 낮춰 랑이의 머리를 쓰다듬어 준다. 랑이는 눈을 가늘게 뜨고 즐거워하더니 고개를 가로젓고 나를 똑바로 올려다보며 말했다.

"성훈아."

"응?"

진지한 모습에 살짝 긴장이 되었고.

"네가 나를 생각하는 것만큼 나도 너를 생각하느니라."

그러는 바람에 얼굴이 화악 달아올랐다.

"그러니까 무슨 고민이 있다면 내게 말해 주는 것이니라. 나는 너의 지어미, 너는 나의 지아비니까 말이다!"

랑이는 내가 대답을 하기 전에 그 자리에서 뛰어올라 내 목을 두 팔로 끌어안으며 내 볼에 **뽀뽀**를 하고 바람처럼 내 앞에서 사라졌다. 볼에 남아 있는 희미한 감촉만이 랑이가 방금 내게 한 행동을 말해 주고 있었다.

"……이젠 할 말도 없어."

"아우우, 오라버니는 수치심이라는 게 없는 거예요."

"공공장소의 애정 행각. 사형."

……내가 했냐.

랑이가 눈치챈 일을 나래가 모를 리 없다. 학교에 생각보다 일찍 왔기에 시간이 충분한 것이 나의 불행이었다.

"잠깐 괜찮아?"

평소라면 두려움에 떨면서도 기쁨으로 답하겠지만 지금은 불안감밖에 남아 있지 않다. 뒤쪽에서 폐이와 실뜨기를 하며 놀고 있던 치이가 슬쩍 이야기에 끼어들었다.

"무슨 일인가요, 나래 언니?"

"응. 별거 아니야. **둘이서** 할 이야기가 있어서 그래."

둘이서, 라는 말을 강조하는 게 무섭다고 할까. 치이도 뭔가 묻고 싶은 것 같지만 나래의 기세가 같이 가고 싶으면 깃털을 한 움큼 뽑을 각오를 하라는 것같이 느껴졌는지 아무 말도 하지 않았다. 하지만 폐이는 말했다.

"독점은 나쁜 거. 그래도 이번은 봐줌."

"……그런 거 아니니까."

나래가 폐이의 볼을 꾸욱 누른다.

"아바."

아파도 말은 제대로 해라.

"그리고 얘가 못 하는 소리가 없어."

"먹이를 노리는 곰의 눈."

"이런 거?"

나는 위치상 나래의 눈을 보지 못했지만 치이와 폐이가 서로 꽉 끌어안는 걸 보니까 대충 알 것 같았다. 무섭다. 아무리 애들이라고 해도 눈빛만으로 요괴들을 제압해 버리다니. 나중에 나래가 가슴이 더 커지고 나이가 들면 곰의 일족의 수장을 차지하는 거 아니야?

······하하하. 그럴 리가 없지. 성장기는 예전에 끝났을 테니까 나래의 가슴이 여기서 더 커질 일은 없을 거다.

'아직 C컵인 것 같군요. 하지만, 이 크기. 몇 년이 지나지 않아 D컵으로 성장할 가능성이 높습니다.'

쓸데없는 기억은 오래갑니다.

"가자. 시간도 별로 없으니까."

위험해 보인다. 일단 시간을 벌고 도망치자.

"수, 수업 준비가!"

"내가 대신."

폐이, 너 이 자식! 네놈의 우정을 위해 몸을 바친 내게 네놈이 그래도 되는 거냐?

"언니 거는 제가 준비하는 거예요. 다녀오시는 거예요."

치이, 너마저! 내가 너를 위해 얼마나 많은 애를 썼는지 까먹은 거야? 이 오빠는 슬프다! 도망갈 구석을 완전히 차단당한 나는 자리에서 일어났고 밖으로 나가려는데 마침 문을 열고 들어오시는 선생님과 마주쳤다.

"어디 가냐?"

아, 맞다. 아직 아침 조회 안 했지. 내게는 선생님이라는 마지막 아군이 있다는 걸…….

"잠깐 성훈이하고 할 이야기가 있어서요."

"갔다 와라."

……잊고 있던 건 이 사람이 도움이 안 되기 때문이다. 나는 결국 나래에게 손목을 잡힌 채 복도의 으슥한 자리로 끌려갔다. 랑이를 데리고 왔을 때 말한 적 있지? 지금 내가 딱 그 꼴이다. 나는 나를 탐색하듯 보는 나래에게 마른 웃음을 흘리며 말했다.

"하하하. 왜 그러십니까, 나래 님."

"몰라서 묻는 거면 화낼 거고 알면서 그러는 거면 화낼 거야."

뭐가 다른 거냐.

"살아남을 구멍은 좀 만들어 주시죠."

"사실대로 말하면 화 안 낼게."

나는 진지하게 코끼리를 냉장고에 집어넣는 방법을 생각해야 할 것 같다.

"너, 무슨 일 있었어?"

나래는 앞의 말이 모두 농담이라는 것처럼 상냥하게 내게 물어 왔다. 하지만 속지 마라. 지금 나를 걱정해서 상냥한 어투로 말하는 나래도, 방금 무시무시한 협박을 한 나래도 둘 다 내 사랑하는 소꿉친구다.

"대답은?"

봐. 나래가 슬쩍 손을 내 옆구리에 가져다 대잖아. 대답에 따라서 내 옆구리 살의 안전이 달려 있는 것 같다. 거기다 상대는 나래. 내 거짓말이 통하지 않는 상대다. 그렇다고 뮤지컬을 하듯이 노래하며 대답했다가는 창밖으로 줄 없는 번지 점프를 하게 되겠지.

"있었는데요."

"무슨 일?"

나는 세희의 18번을 빌려 썼다.

"말씀 드릴 수 없습니다."

나래는 내가 세희한테 하고 싶은 행동을 실제로 했다.

"아얏!"

나래는 내 옆구리를 꼬집은 상태로 바짝 다가와서는 내가 정신을 둘 곳도 마땅치 않게 만들었다. 왜냐고? 나래는 가슴이 커서 조금만 가까워져도 닿는다고!

"나, 네가 숨기는 일이 있는 거 싫거든?"

"그 전에 닿아요, 가슴 닿습니다, 닿는다니까요."

"그건 나중에 때려 줄 거야."

"내 잘못도 아닌데?!"

가슴에서 가슴으로 전해지는 나래의 풍만하고 부드럽고 말랑말랑하고 푹신하고 따스한 감촉과 옆구리에서 올라오는 찌릿한 통증이 공존하는 내 머릿속은 터질 것 같았다. 이대로 있으면 제대로 된 생각을 못 할 것 같다. 그게 나래의 목적일까.

"숨긴 건 네 잘못이잖아."

한 발자국 더 앞으로 밀어붙인다. 나는 뒤로 물러났지만 이미 내 등은 벽에 닿아 있는 상태. 더 이상 갈 곳도 없다. 이것이 코너에 몰린 아웃복싱 스타일 복서의 심정인가.

"너무 가깝잖아! 좀 떨어져 줘!"

이미 나래의 얼굴은 홍시만큼……. 아니다. 나래는 진지했다. 지금 자신의 가슴이, 아. 자꾸 가슴가슴가슴 하니까 좀 이상해진 것 같지만 어쨌든 가슴이 짓눌러진 건 상관하지 않는 듯 나를 똑바로 바라보고 있었다. 오로지 나에 대한 걱정만이 가득한 두 눈동자로. 그걸 본 순간 나도 피할 생각만 하고 있을 수는 없게 되었다.

"그렇게 걱정돼?"

"너 때문에 랑이가 불안해하잖아. 치이하고 페이도 네 눈치 살피는 거 못 봤어?"

못 봤는데요. 제 뒤에 있는데 그걸 어떻게 봅니까. 그런 생각을 하고 있자니 나래가 고개를 숙이며 기어 들어가는 목소리로 말했다.

"나도 그렇고 말이야……."

사과하자.

"미안."

"미안하면 말해 봐. 어젯밤에 무슨 일 있었어? 내가 조금 세게 때린 것 때문에 마음 상한 거야?"

나는 급히 부정했다.

"아니. 그런 건 아니야. 나는 네가 때려 주면 기쁜걸."

급히 말하느라 말이 헛 나왔다. 내 말에 나래는 내 옆구리에 댄 손을 떼고 샤샤샥 뒤로 물러났다. 이런 적은 한 번도 본 적이 없을 정도로 나래의 얼굴이 새파랗게 질렸다. 무슨 오해를 하고 있는 겁니까?

"미, 미안. 나 아무리 그래도 그런 쪽은 좀……."

대답해 줄 필요는 없는데.

"그게 아니라! 그만큼 네가 날 편하게 대해 주는 것 같아서 기쁘다는 뜻입니다! 저도 그런 쪽 취미는 없다고요!"

필사적인 호소가 통한 것 같다.

"다행이네."

휴. 그러면 잠시 딴 곳으로 샌 이 기세를 몰아…….

"그럼 뭘 숨기고 있는지 말해."

나래는 언제나 나보다 한 걸음 앞서 간다.

"아니, 그게요. 이게 말하기는 상당히 곤란한 일이라 저도 세희한테밖에……."

실수였다. 그것도 대실수.

"……세희?"

나래의 눈동자에 불길이 일어난 것이다. 등 뒤에서 큰 곰 한 마리가 나야말로 지상 최강의 생물이다! 라고 외치며 사람 하나, 나로 추정되는 인물을 앞발을 휘둘러 핏덩어리로 만드는 환상이 보인다.

"세희한테는 말했는데 나한테는 못 하겠다고?"

"그, 그게 말이죠. 그 녀석이 그렇게 보여도 머리는 정말 좋은 데다가 이런 쪽으로는 의지할 만한……."

세희와 말싸움을 벌일 수 있는 게 나래라는 사실을 잊지 말았어야 했다.

"요괴하고 관련된 일이네."

나는 입을 다물었다. 나래가 패왕의 눈빛, 일자가 된 눈으로 나를 바라보았다. 이 위기를 어떻게 헤쳐 나갈지 고민하고 있던 그 때. 1교시 준비종이 울렸다. 하늘은 스스로 돕는 자를 돕는다!

"저기, 슬슬 시간이……."

"1교시는 째."

하늘을 찢어 버릴 기세다. 모범생인 나래 입에서 저런 말이 나왔다는 건 지금 나래가 얼마나 날 생각해 주고 있는지에 대한 반증이라 기쁘기는 하지만 걱정되는 것도 사실이다. 이 일은 나에 대한 일이기도 하지만 나래와도 긴밀하게 연관이 된 일이기도 하니까. 그래서 나래에게만은 절대로 말하고 싶지 않다.

"일단 따라와."

나는 나래에게 손목을 잡힌 채 도살장으로 끌려가는 신세가 되었다. 그렇게 도착한 곳이 1층의 양호실.

"회장 선배하고 관련된 일이라서 그런데 잠깐만 자리 비워 주세요."

나래는 회장의 권력이 강한 우리 학교에서나 가능한 거짓말로 선생님을 내쫓고 문을 잠갔다.

"자, 잠깐만요. 정말 아파서 오는 애들이 있으면 어쩔 겁니까? 거기다 그건 거짓말이잖아요?"

"거짓말은 아니야. 나 내년에는 학생회에 들어갈 거니까. 그러니까 내 일은 회장 선배하고 관련된 일이기도 해."

억지다!

"그리고 선생님도 밖에 계시니까 상관없을 거야."

"그럼 이야기하기가 곤란하잖아?"

나래는 내 말에 가슴팍에서 밧줄을 꺼냈다. 아니, 밧줄이라고 하기에는 너무 얇아서 새끼줄이라고 하는 게 맞겠지. 새끼줄에는 검은 숯덩이가 사이사이 끼어 있었고 나래는 그것을 양호실 문 쪽에 걸었다.

"그거 뭐야?"

"결계."

어머니. 제 소꿉친구가 점점 이상한 쪽으로 파고들어 가고 있습니다.

"요술만으로는 아직 힘이 모자라지만 도구를 이용하면 이 정도는 가능해."

"그런 건 어디서 배웠어?"

"인터넷 강의."

우리나라 IT는 대단해!

"농담이야. 전에 정미 언니한테 전화로 배웠어."

그거나 이거나 별다를 게 없다고 생각된다.

"그런 이야기는 됐고."

어떻게든 시간을 끌어 나래의 마음이 가라앉기를 기대했는데 너무 얕은 수였나. 나는 나래의 손에 잡혀 양호실 침대에 앉았고 소꿉친구께서는 앉으실 생각이 없으신지 내 앞에 섰다. 팔짱까지 끼고 왼발로 바닥을 툭툭 치는 게 꽤나 기분이 나쁜 것 같다.

"확실히 나는 제대로 된 곰의 일족도 아니고 다른 애들만큼 힘이 강한 것도 아니야. 하지만 나는 널 도와줄 수 있어. 그러니까 무시하지 마."

걱정은 했지만 무시한 적은 없습니다.

"그게 무시하는 거야."

"나 아무 말도 안 했어."

"표정에 다 드러난다니까."

나는 두 손으로 얼굴을 가렸다. 나래는 내 발을 밟았다. 아프다.

"장난하지 말고."

"장난 아닌데."

나래가 아랫입술을 깨물었다.

"알았어. 미안해."

"그러면 말해 줘."

더 이상 미룰 수도 없는 것 같다. 그래 봤자 나래의 화만 더 돋울 것 같고. 나는 나래에게 말할 수 있는 것만 머릿속에서 재빠르게 간추렸다. 그리고 말했다.

냥이가 찾아왔다는 것. 그리고 내게 알 수 없는 질문을 했다는 것. 그것에 대한 생각 때문에 좀 안 좋았다는 것.

당연하겠지만 나래는 내게 물었다.

"제대로 설명해. 냥이가 무슨 질문을 했는지, 네가 무슨 생각을 했는지."

여기까지 말했는데 나래가 묻지 않을 거라는 생각은 하지 않았다. 그렇다고 말을 돌릴 수 있을 거라는 헛된 바람 같은 것도 없다. 내게 남은 건 당당한 강행돌파. 정면으로 부딪쳐 나아가는 방법밖에 남아 있지 않았다. 왜냐하면 나래는 머리가 좋으니까. 조금이라도 사실을 말하면 이 일이 자신과 관계가 있다는 걸 순식간에 눈치챌 정도로.

"말할 수 없어."

나래는 역시나 내 소꿉친구였다.

"때려도 말 안 할 것 같네."

스파이 부대는 뭐하냐. 여기 고문 쪽으로 뛰어난 재능을 보이는 사람이 있다.

"중요한 일이야?"

내 눈치를 살피며 묻는 나래에게 고개를 끄덕인다. 나래가 아랫입술을 살짝 깨물었다.

"그런데 말 안 할 거라고?"

"그만큼 중요한 일이니까."

"랑이하고 관련된 일이야?"

나는 보란 듯이 입꼬리를 살짝 올렸다. 한 번 당한 일을 두 번 당할 것 같냐.

"유도 신문은 안 통합니다."

나래는 가슴팍에서 전에 본 무광택 너클을 꺼냈고 나는 바로 고개를 숙이고 기도하듯 두 손을 맞잡고서 용서를 빌었다. 눈이 진심이었다고!

"죄송합니다! 제가 너무 기어올랐습니다!"

"조금만 늦었어도 한 대 맞았어."

그러면 나는 당당하게 양호실을 이용할 수 있었겠지.

"그래도 말할 수 없는 일이지?"

나래의 목소리가 부드러워진 것에 안심하며 고개를 들었다. 물가에서 놀고 있는 자식을 바라보는 어머니처럼 나래는 나를 걱정이 가득한 눈으로 내려다보고 있었다. 나래는 상냥하니까. 나는 고개를 끄덕였다. 나래는 한숨을 쉬고는 내 옆에 앉아서 내 마음을 두근거리게 만들더니,

"아, 몰라."

그대로 뒤로 드러누워서 내 눈이 자연스럽게 눕혀진 언덕으로 향하게 만들었다.

"마음대로 해. 나중에 잘못돼서 울며불며 도와달라고 해도

난 몰라. 네가 말 안 해 준 거니까 안 도와줄 거야. 흥!"

나래의 귀여운 투정에 나는 미소가 지어졌다. 나래가 볼 수 없어서 다행이다. 봤으면 화를 냈을 테니까. 어쩔 수 없잖아. 지금 나래의 모습은 어린아이처럼 너무 귀여운데. 어렸을 때의 모습이 살짝 엿보이기까지 한다. 그래. 어렸을 때의 나래는 지금과는 다르게 내게 말도 안 되는 투정을 많이 부렸다. 그런 나래의 성격이 바뀌게 된 건……

그 생각은 지금 하지 말자. 나는 생각을 돌리기 위해서 나래에게 농담을 건넸다.

"그런데 너, 나랑 둘이 있는데 너무 무방비한 거……. 아니, 아닙니다."

"분위기 띄우려고 한 농담이라면 빵점이야, 바보야."

나는 경멸까지는 아니더라도 포도를 너무 많이 먹어서 담벼락에 뚫려 있는 구멍에서 빠져나가지 못하게 된 여우를 바라보는 시선으로 나를 보는 나래에게 할 말이 없었다. 그 대신이라고 할까. 나는 나래의 오른손에 내 왼손을 겹쳤다. 살짝 놀라는 게 손을 타고 느껴진다.

"고마워. 걱정해 줘서."

"……알면 잘해."

나래는 보기 드물게 솔직하게 자신의 마음을 전하고, 그게 또 부끄러웠는지 뺨을 붉히고서는 왼팔로 얼굴을 가리고 고개를 돌렸다.

이미 1교시는 수업에 들어가기에 너무 늦어서 나와 나래는

2교시에 각자 교실로 돌아갔다. 양호실에서는 나래의 손을 잡고 있어서 그런지 시간이 어떻게 가는지도 몰랐다. 아, 오해할까 봐 말하겠는데 손만 잡고 있었습니다. 그 이상은 뭘 하고 싶은 마음이 들지 않았다. 사람이란 자신의 분수를 알고 한계를 알아야 하는 법이다. 나는 탄탄한 돌다리를 건너는 걸 좋아하지 까딱 잘못하면 떨어지는 외줄 위를 아무런 기술도 없이 가고 싶지는 않다고. 물론 그런 기술이 있다면……. 헤헤헤헤헤.

[야한 생각.]

눈앞에 둥둥 떠다니는 페이의 글에 정신이 들었다. 수업 시간에 이상한 생각을 한 건 내 잘못이다. 하지만 잠시 멍~하니 있었다고 야한 생각을 했다는 글을 쓰는 페이의 행동은 그냥 넘어갈 수 없다! 사실이긴 하지만 기분의 문제야! 여기서 강하게 반박을 하면 치이와 페이가 생각하는 내 이미지에 어느 정도 좋은 영향을 주겠지. 요 녀석들은 그 소문에 대해 어느 정도는 믿고 있는 것 같으니까. 나는 펜을 들어 공책에 글을 썼다.

[야한 생각은 무슨 야한 생각이냐. 난 미래의 내 자신과 내 꿈에 대해서 깊은 사색에 잠겨 있었다고.]

페이의 눈이 가늘어진다. 이런 눈을 하면 더욱더 사람을 깔보는 분위기가 물씬 풍기게 된다. 어째서 이 녀석은 이렇게 사람을 내려다보는 시선이 이렇게 잘 어울리는 거야?

[그런데 그런 표정?]

[내 표정이 뭐?]

페이는 말없이 자기 공책에 연필로 쓱쓱 뭔가를 그렸다. 잠시 후. 페이가 보여 준 공책에는 얼빠진 표정으로 헤헤거리며 능글맞아 보이는 미소를 짓고 있는 내가 그려져 있었다.

[이게 너.]

[그럴 리가 없다.]

부정한다. 절대로 내가 이런 표정을 지을 리가 없어. 나래가 나는 생각하는 게 표정에 모두 드러난다고는 했지만 그래도 이 정도로 엉망일 리가 없다. 나는 페이의 공책을 내 쪽으로 가져와서 눈썹을 날카롭게, 눈동자를 똘망똘망하게 덧칠했다. 조금 엉망이긴 하지만 그래도 조금 전보다는 나아진 모습이다.

[적어도 이런 모습이겠지.]

페이가 눈썹을 찡그렸다. 낙서에 손봤다고 조금 화났나 보다.

[예술 작품 훼손.]

그것도 말도 안 되는 이유를 대면서.

[네가 무슨 예술가냐.]

[그림 경력 300년 달인.]

요괴들은 오래 살아서 한 가지만 제대로 파고들면 그 성과가 나오는 것 같다. 그런데 우리 집 최고 연장자인 랑이는…… . 아니, 그 녀석은 최고로 귀여우니까 괜찮다. 문제는 랑이가 아닌 다른 놈에게 있을 거다. 그 망할 귀신 말이야.

[이번에는 이런 표정.]

어느새 페이는 자신의 말에 의하면 내가 망쳐 버린 예술 작품에 쓱쓱 덧그렸다. 그러자 눈썹 사이에 깊은 골이 생겨난 인상 험악해 보이는 내가 있었다.

[이건 좀 믿을 만하네.]

페이는 뿌듯하다는 듯 허리를 폈다. 그게 실수였다.

"페이라고 했지? 나와서 이 문제 풀어 보렴."

반 아이들의 절반이 낮잠을 자고 있는 가운데 혼자서 올바른 자세를 하듯 허리를 펴니 수학 선생님의 눈에 띈 것이다. 안 그래도 눈에 띄는 녀석이 눈에 띌 만한 짓을 하니까 그렇지. 자고로 학교에서는 길거리에 굴러다니는 돌멩이처럼 눈에 안 띄는 것이 좋은 법이다. 선생님이야 이 비루한 말들이 가득한 C반에서 혼자 푸른 초원을 달리는 건장한 야생마같이 기운찬, 거기다 자신감 넘치는 페이를 시킨 것뿐이겠지만,

"윽!"

페이는 동요했다. 얼마나 동요했냐면 풀어서 길게 내린 머리카락이 들썩이기 시작할 정도로. 만화도 아니고 머리카락이 마구잡이로 움직이면 무슨 소리를 들을지 모르기에 나는 급히 페이의 등 뒤로 손을 돌려 그 끝을 붙잡았다.

"그리고 성훈이, 너도."

다시 말하겠습니다. 학교에서는 길거리에 굴러다니는 돌멩이처럼 눈에 안 띄는 것이 좋은 법이다.

"뭐해? 안 나오고."

모른다 해도 일단 나가야 한다. 안 그랬다가는 교권 위협이

라는 누명이 씌워져 교무실로 내려갈 수도 있으니까. 비록 칠판에 적혀 있는 게 영어단어와 수칙연산과 선의 기묘한 조합이지만 나가고 볼 일이다. 나는 자리에서 일어났다. 내가 일어나자 친구 따라 우리 집에 온 전적이 있는 까마귀도 덩달아 일어났다. 그리고 우리들의 싸움터인 칠판으로 나섰다.

우리들의 유배지인 복도로 나갔다. 나는 워낙 중학교 때부터 놀고먹어서 x는 x고 y는 y인데 어째서 그다음인 w가 없는 대신 z가 있는가, 하는 현실 도피나 했고 폐이는 분필로 칠판에 멋진 그림을 그리기에 당한 벌이었다. 그렇다고 선생님이 단순히 문제를 못 풀어서 나가 있으라고 하신 건 아니다. 내보내기 전에 이런 것도 모르면서 딴짓하지 말라고 하셨으니까. 그래도 내 옆에 서서 기분 좋아 보이는 미소를 짓고 있는 걸 보니 폐이는 복도에 서 있는 게 그리 싫은 것 같지가 않아 보인다. 나는 작은 목소리로 살짝 폐이에게 물어보았다.

"뭐가 그렇게 좋냐?"

폐이는 말 대신에 두 손을 스치더니 한창 유행하는 NBS 3D 게임기를 꺼냈다.

[게임.]

당당한 녀석일세. 벌 받으러 나왔는데 거기서 게임을 하다니. ……잠깐.

"야, 너 요술로 그거 숨기면 안에서도 할 수 있지 않냐?"

페이는 입에서 연기로 만든 한숨을 내뱉더니 글을 썼다.

[이런 거 숨기는 요술, 어려워.]

조금씩 지식이 늘어나는 것 같아서 기쁘다. 그게 이 세상이 아니라 저 세상에 대한 지식이라는 게 슬프지만. 이런 걸 보면 냥이의 말대로 내가 요괴에 대해 너무 무관심했던 거로 보일 수 있다. 실제로도 그렇다. 내가 세희를 믿었기 때문에? 아니, 그 전의 문제다.

나에게 랑이는 그저 랑이. 나를 사랑해 주는,

너무나 귀엽고 사랑스럽고 확 깨물어 주고 싶고 볼을 쪽쪽 빨아 주고 싶고 끌어안아 주고 싶고 비행기 태워 주고 싶고 뱃살 만지고 싶고 목마 태워 주고 싶고 엉덩이 두드려 주고 싶고 손을 잡고 싶고 머리 쓰다듬어 주고 싶고 간지럼 태우고 싶고 같이 놀러 가고 싶고 겨드랑이 사이에 손을 넣어 들어 올리고 싶고 자기 전에 무서운 이야기해서 혼자 못 자게 하고 싶고 목욕시켜 주고 싶고 밥 먹여 주고 싶고 잠들 때까지 책 읽어 주고 싶고 동요 가르쳐 주고 싶고 같이 썰매 타고 싶고 꼬리로 장난치고 싶고 군고구마 껍질 까 주고 싶고 구운 감자를 호호 불면서 같이 먹고 싶고 베개싸움하고 싶고 귀여운 옷 입혀 주고 싶고 머리카락 가지고 장난치고 싶고 머리 빗겨 주고 싶고 다른 사람들에게 자랑하고 싶고 사랑한다는 말을 듣고 싶고, 또 해 주고 싶은 아이.

그런 아이일 뿐이니까. 이 마음은 부정하지 않겠다. 그런 아이가 랑이니까. 랑이가 단군신화에서 잠깐 나오고 역사의 뒤

안길로 사라진 호랑이라든가, 그 충격으로 인간의 세상을 멸
망시키려고 하다가 봉인당했다거나, 하는 자잘한 사실 따위
는 아무래도 좋다. 그런 것은 내가 랑이를 사랑하는데 어떠한
문제도 되지 않는다. 문제가 되는 것은 랑이의 정신 연령과
그에 따른 신체적인 문제다. 그것만 아니었다면 나는 지금 이
미 유부남이 되어 있겠지. 아니면 나래에게 셋이서 가정을 꾸
리자! 라는 헛소리를 해서 한탄강에 뿌려지는 한 줌의 재가
되든가.

 ……하지만 이 마음이 진짜일까. 냥이의 말은 그런 의문을
들게 만들기 충분했다. 뒷이야기. 내가 알지 못하는 배후의
이야기가 있었으니까.

 그런 생각을 하고 있을 때 손이 잡아당겨졌다. 옆을 돌려 보
니 페이가 뭔가 곤란한 표정을 짓고 있었다.

 "왜?"

 페이는 연기로 구급차에 달릴 만한 사이렌을 그리고서 글을
썼다.

 [삐용삐용.]

 무슨 뜻인지는 알 것 같다. 내가 상태가 안 좋아 보인다는
거겠지.

 [진지한 얼굴. 이상해.]

 ……만난 지 얼마나 됐다고 그러냐. 사람이 좀 진지하게 있
으면 아, 이 사람은 이런 멋진 모습도 보여 줄 수 있구나, 하
고 생각해 주면 안 되는 거야? 왜 다들 내가 진지해지면, "왜,

왜 그러느냐?!", "무슨 일 있어?", "안 어울리는 거예요.", [이상해.], "약 먹었습니까?" 같은 말을 하는 걸까. 그래요. 지금까지 조금씩 무시당하는 것이 마음속 깊은 곳에 쌓여 있었습니다. 아, 말은 안 했지만 아마 바둑이라면 이렇게 말하지 않을까. 세상만사에 걱정할 거리가 없다는 해맑은 표정으로 "도련님, 머리 쓰다듬어 주세요."라고. 그러면 기쁜 마음으로 쓰다듬어 주겠지. 하지만 여기에 있는 건 폐이였다.

"그러는 네 얼굴이 더 이상하다."

매번 퉁명스럽거나 화가 나 있거나 뾰루퉁해 있거나 사람을 비웃거나 잘난 척하던 녀석이 남을 걱정하니까 이상하다고. 그래. 지금처럼 볼을 부풀리고 불만스러워하는 게 이 녀석에게는 어울린다. 계속 그렇게 있어 줘라.

[바보.]

요즘 들어 정강이가 수난이다. 옆구리가 환호를 부르는 소리가 여기까지 들리는 것 같다.

"야, 인마!"

정강이에서 올라오는 통증에 잠시 정신이 나갔나 보다.

"강성훈, 엎드려."

지금이 수업 시간이라는 걸, 그리고 나는 벌을 받고 있는 중이라는 걸 까먹고 큰 소리를 내 버렸으니까.

점심시간. 어제 내린 비 때문에 학교 뒤편의 화원이 아닌 옥상으로 올라가게 되었다. 그제까지만 해도 없었던 파라솔과 테이블이 있어서 조금 놀랐다. 그런 내 눈치를 보고는 나래가 말했다.

"선배가 어제 여기서 점심을 먹으려고 가져다 놨대."

나래가 앞뒤 자르고 선배라고 부를 만한 사람은 회장밖에 없다.

"⋯⋯회장이?"

그 작은 체구로?

"세현이 시켜서."

삼가 세현의 명복을 빕니다. 그 자식, 회장에게 여러모로 당하고 있구나. 그래서 요즘 들어 정신 상태가 안 좋아진 건가. 나중에 유통기한 지난 우유나 사 준 다음 신세 한탄이나 좀 들어 줘야겠다. 뭐, 어찌되었건 고맙게 잘 쓰겠습니다.

테이블은 4명이 앉기에 충분했고 파라솔은 우리들에게 시원한 그늘을 줄 만큼 넓었다. 옥상이라 바람도 많이 불어서 참 좋다.

[⋯⋯머리카락.]

"아우우, 폐이는 잠깐 기다리는 거예요."

바로 앞쪽에서 바람을 뒤에서 받고 있는 폐이의 긴 생머리가 휘날리는 바람에 마치 귀신같이 보였지만 치이가 머리끈으로 묶어 주자 많이 나아졌다. 각자 가지고 온 도시락을 꺼내서 테이블 위에 올려놓고 뚜껑을 열려고 하니, 치이가 내게 말을 걸어왔다.

"오라버니."

"응?"

"폐이가 할 말이 있는 거예요."

……그러면 직접 말하지 왜 치이를 통해서 말하는 거냐. 그런 불만이 들었지만 폐이가 나를 제대로 보지 못하고 고개를 숙이고 있는 모습에 금방 사라졌다.

"뭔데?"

폐이는 어울리지 않게 손을 꼼지락거리며 볼을 살짝 붉힌 채 고개를 숙이고 말했다.

[오늘은 내가 네 도시락 준비.]

나는 진지하게 고민했다. 오늘은 매점에서 사 먹을까.

돌 던지지 마. 요리라는 것은 그리 쉬운 일이 아니다. 괜히 주부가 힘들다는 말이 있는 게 아니야. 언제나 치이에게 모든 일을 맡기고 자기는 소파에 앉아 노트북을 두드리던 폐이가 제대로 된 요리를 할 리가 없잖아?! 그런 생각을 하고 있는데 옆구리가 따끔했다.

"아얏!"

무슨 생각 하는 거야?

아니, 고마운 건 고마운 거지만요.

그래서?

……쑥스럽다고요.

이런 생각이라도 하지 않으면 안 될 정도로 부끄러운 게 내 솔직한 마음이다. 어린애라고는 하지만 여자애가! 그것도 그

귀찮은 걸 싫어하는 페이가 나를 위해 도시락을 싸 줬는데 내가 아무리 멍청해도 거기 담긴 마음을, 숨길 수 없는 호감을 눈치 못 채겠냐?! 거기다 그 당사자는 바로 앞에서 얼굴만 붉히고 있고!

"어, 응……."

그렇지만 여기서 너무 당황하면 안 된다. 부끄러워하고 있는 것도 들키면 안 된다. 겉모습 연장자로서 어른다운 대처를 할 필요가 있다고! 가뜩이나 까마귀 요괴는 어른이 되는 방법이 또 하나 있어서 내가 조심하지 않으면 여러모로 위험하다고!

"자, 자, 자, 잘 머, 먹을게."

하지만 아직 청소년인 내게 그건 말처럼 쉽지 않았다.

"……아우우. 평소에 상을 차려 드린 저는 찬밥인 거예요."

"……너도 그런데 나는 어떻겠니."

어째서 나래와 치이의 시선이 따가워졌는지 모르겠다.

결론부터 말하자면 페이가 싸 준 도시락은 맛있었다. 조금 서툰 부분, 계란말이에 껍질이 들어가 있다거나, 김치가 이어져 있다거나, 동그랑땡이 탔다거나 하는 자잘한 실수가 주부의 눈에 들어오긴 했지만 모두 용납할 수 있는 수준이었다. 그게 신기해서 나는 배를 식힐 겸 수다를 떨다가 페이에게 슬쩍 물어보았다.

"그런데 도시락은 언제 싼 거야? 요리는 원래 그렇게 잘했어?"

아침만 해도 부엌에는 세희밖에 없었다. 그렇다고 페이가 한 반찬들이 내가 씻거나, 바둑이와 놀거나, 방 안에 있었던 짧은 시간 내에 할 수 있을 만큼 간단한 것도, 상에 올라왔던 반찬들로 이루어진 것도 아니라서 호기심에 물어봤지만 페이는 놀라운 대답을 해 줬다.

[새벽 5시. 치이가 도와줬어.]

"엄청 빨리 일어난 거예요."

치이가 친구의 응원을 해 준다. 매번 늦게 일어나는 녀석이 새벽 5시에 일어나다니. 대단하다. 아, 그래서 평소에는 잠잘 시간에 나래하고 같이 씻고 있던 건가.

[그래서 쿨.]

3교시하고 4교시 때 숙면을 취한 이유가 여기에 있다는 듯 페이는 글을 썼다. 하지만 그건 수업이 지루해서 잠에 들었다고 생각하는 게 옳을 것이다. 어제도 그랬으니까.

"요리하는 건 안 힘들었냐?"

페이는 치이의 손을 잡았다.

[치이, 똑똑한 아이. 잘 가르쳐 줘.]

"페이가 손재주가 있어서 금방 배운 거예요."

치이가 조금 부럽다는 듯 말했다. 확실히 치이의 도움이 있다고 해도 내 생각이지만 아마 요리를 처음 해 보았을 페이가 그 정도의 맛을 살리는 건 나로서도 조금 시기심이 일어날 만한 일이다.

[치이 도움 커.]

"폐이가 잘한 거예요."

사이좋은 모습이 보기 좋다. 비록 지금은 그 크기가 달라도 말이야. 나와 나래도 저렇게 사이좋은 친구 관계가 되면 얼마나 좋을까 하고 고개를 돌렸다.

"김칫국 마시지 마."

그렇다고 하십니다.

"그런데 오라버니. 잠깐 괜찮으세요?"

"응? 뭐가?"

"오라버니께서 좋아하시는 바, 반찬이라거나, 취미라거나, 어, 어쨌든 할 말이 있는 거예요!"

그런 거라면 여기서 말해도 되지 않냐, 고 말하려고 했지만 나는 치이가 뭔가 다르다는 것을 눈치챘다.

"그럼 잠깐 갔다 올게."

나래는 자기도 눈치챘다는 듯 별말 하지 않았고 그건 폐이도 마찬가지였다. 우리는 좋은 소꿉친구를 사귄 것 같다.

나를 5층으로 내려가는 계단으로 이끌고 간 치이는 말하기도 전에 귀 위 머리카락을 파닥였다. ……하기 힘든 말이라도 있나?

내 생각은 틀리지 않았다.

"오라버니, 요즘에, 그, 너무 힘드신 거예요?"

단순히 그 말만 보면 요즘 들어 기분이 안 좋은 나를 걱정해주는 내용일 뿐이지만 원래 말이라는 건 그 말을 하는 사람의 태도, 말투, 상황 등에 맞춰서 그 속뜻을 읽어야 하는 법이다.

그렇다면 잠시 치이를 보자. 치이는 마치 애들은 보지 말아야 하는, 하지만 어떻게든 보게 되는 비디오를 보다가 딱 걸린 것처럼 시선을 마주치지 못한 채 얼굴을 붉게 물들이고 강풍 버튼을 누른 것만큼 귀 위 머리카락을 격하게 파닥이고 있다. 그리고 이 녀석은 알 것 모를 것 다 아는 애늙은이에 발랑 까진 꼬맹이다. 지금 무슨 생각을 하고 있는지 짐작이 갈 것 같다. 그런데 이 녀석이 갑자기 왜 그런 생각을 하게 되었을까?

······왜긴 왜냐. 이런 때에도 변함없는 귀신의 짓거리겠지. 나는 깊은 한숨을 내쉬었다. 그게 치이에게 잘못 받아들여진 것 같다.

"역시 세희 언니가 말한 대로인 거예요."

역시 그 자식인가. 비빌 언덕이 없을 정도로 독보적인 음흉함을 자랑하는 그 녀석은 왜 그렇게 날 못살게 굴지 못해서 난리야?

나는 치이에게 네가 생각하는 것과 내가 요즘 기분이 안 좋은 것은 전혀, 요만큼도, 네놈의 표정 관리만큼 없다고 말하려고 했다. 하지만 치이가 한 발 더 빨랐다.

"그러면 오, 오라버니!"

사실 말하려면 지금이라도 말할 수 있다. 하지만 치이의 부끄러워하면서도 어떻게든 말하려고 하는 모습이 귀엽고 사랑스러워서 장난을 치고 싶어졌다. 이상하게 치이한테는 이런 장난을 치고 싶단 말이야. 치이는 내가 자신을 골려 먹을 준비 중이라는 건 눈곱만큼도 알아채지 못하고 이제는 귀까지

빨개져서는 허둥지둥대며 말했다.

"그, 그, 그, 그런 욕구를 푸는 건 운동이 가장 좋은 거예요!"

……이건 또 생각하지 못한 발상이다. 확실히 그것도 운동은 운동이지만……. 나는 애를 앞에 두고 무슨 생각을 하는 거냐. 잠깐. 아니지. 난 생각도 못 하냐? 자가발전운동에 대한 생각도 못하냐고!

알 수 없는 누군가, 정확히 말하면 내 죄의식에게 변명하는 건 그만두자. 치이가 또 말도 안 되는 소리를 하랴.

"난 운동은 별로 안 좋아하는데. 그리고……."

네가 생각하는 건 그 전제 자체가 틀렸다고 말하려고 했지만 치이는 가을 하늘 같은 깊은 푸른색 눈동자로 나를 올려다보며 각오에 찬 목소리로 내 말을 끊었다.

"저도 달리는 건 안 좋아하는 거예요."

그야 넌 새니까. 날개가 있는 녀석이 달리기를 해서 뭐하냐. 하늘을 나는 데 활주로가 필요한 것도 아니고.

"그래도 오라버니를 위해서는 같이 달려 드리는 거예요. 오, 오라버니가 그런 쪽으로 힘들어하면 제가 위험하니까요!"

거참, 기특한 녀석일세. 비록 방향은 잘못 잡았지만 나를 생각해 주는 치이가 고맙다. 그리고 나 자신을 돌아보게 되었다.

냥이가 한 질문은 내 인생을 그 뿌리째 흔들 만한 답을 내포하고 있다. 실제로 내가 지금까지 쌓은 관계를 처음부터 다시 시작하고 싶은 마음이 아주 조금은 생길 정도였다. 하지만 그것이 나라는 녀석의 그늘에 몸을 웅크려 있는 호랑이와 등을 기대고 있는 곰, 지친 날개를 내리고 쉬고 있는 까치와 까마귀에게 쉼터를 빼앗는 것이라는 생각이 나를 막고 있다.

그걸 알고 있음에도 내 마음은 확실하게 정해지지 않는다. 나는 나래도 랑이도 치이도 폐이도 사랑하지만 그건…….

정말 나의 마음일까.

그렇지 않다면 지금 내가 걱정하는 것 자체가 의미 없는 것 아닐까.

"오라버니. 무슨 생각 하는 건가요? 운동하는 게 그렇게 싫은 거예요?"

아차. 치이를 앞에 두고 생각이 길어졌구나. 치이가 불안한 마음에 머리카락을 추욱 내리고 있다. 치이를 걱정시켜서야 쓰겠냐. 나는 고개를 흔들어 생각을 멀리 날려 버리고 내가 왜 그러는지 몰라 눈치만 살피고 있는 치이를 확 끌어안았다.

"꺄우우?!"

내가 갑자기 이럴 줄은 상상도 못 했는지 당황한다. 나는 그대로 치이의 겨드랑이 사이에 팔을 집어넣고,

"꺄옷?"

그대로 들어 올려 나와 눈높이를 맞추며 말했다.

"생각해 보니까 운동 안 해도 다른 방법으로 풀 수도 있을 것 같아서."

음란함은 마음속에 있나니. 세희에게 언질을 받은 치이는 가을 홍시처럼 붉어져서는 재주도 좋게 두 팔로 가슴을 가리며 병아리처럼 삐약거렸다.

"꺄우우우! 오, 오라버니! 무, 무슨 생각을 하는 거예요? 안 돼요! 안 되는 거예요! 학교에서는 안 되는 거예요!"

발까지 바동바동거리는 걸 보니 내가 자기에게 못된 짓을 할 거라고 생각하는 것 같다. 아서라, 요 녀석아. 묘하게 색기 있는 페이에게도 안 넘어간 나다. 그런데 친동생같이 보는 네게 그런 짓을 하겠냐? 네가 어른이 돼도 안 한다.

안 하겠지?

……안 하겠지.

"뭐가 안 돼?"

"오라버니!"

깜짝 놀라 하는 치이를 모른 체하며 말을 잇는다.

"확실히 요즘에 학교 때문에 너희들하고 많이 못 놀아서 욕구가 쌓이기는 하지만 꼭 같이 운동할 필요는 없잖아?"

치이의 눈동자에 물음표가 떠오른 것같이 보인다.

"아우우?"

나는 요 앞서 가는 꼬맹이의 등에 팔을 두르고 꽈악 껴안았다. 치이나 페이를 안아 줄 때는 가슴 부분의 부드러운 느낌이 기분 좋다. 꼭 말랑말랑한 빵 반죽이 닿은 것 같아.

"이런 포옹만으로도 충분한데."

치이가 당황해하는 틈을 타서 덤으로 뺨에 쪽! 하고 뽀뽀도 해 버렸다.

"꺄우우우우!!"

그거에 정신을 차렸나 보다. 치이는 어느 때보다 귀 위 머리카락을 격하게 파닥이면서 온몸을 흔들어댔다. 야, 인마. 잘못하면 놓치겠다!

"뽀, 뽀뽀는 왜 하는 거예요?!"

귀여워서.

"너도 전에 했으면서 뭘 그래?"

"그, 그건 은혜 갚기의 일종인 거예요!"

"그럼 이것도 은혜 갚기라고 해 둬."

"그건 전에 갚은 거예요!"

"그러면 그냥 오빠의 애정 어린 스킨십이라고 생각해라."

날이 갈수록 얼굴에 철판이 깔리는 것 같다. 이게 다 랑이 때문이다. 매번 달려드는 고 녀석 때문에 스킨십 쪽으로 너무 개방되어 가는 것 같다. 아니면, 뭐. 세희의 요술이라고 해도 괜찮다. 치이의 볼에 입을 맞출 수 있다면 그런 이유야 아무래도 상관없잖아? 나는 다시 한번 입을 맞추고 그것으로는 모자란 감이 있는 것 같아서 볼을 쭈욱 빨아 당겼다.

"그만하는 거예요!!"

부끄럼쟁이 녀석에게 결국 한 대 제대로 맞고 말았지만.

종례가 끝나고 집으로 돌아가는 행복한 시간. 하지만 나는 집에 혼자 가야 하는 그다지 행복하지 않은 상황에 맞닿게 되었다. 주모자는 나래였다.

"애들하고 같이 할 이야기가 있으니까 먼저 가. 좀 있다가

차 타고 갈게."

나는 랑이를 흉내 내서 눈을 깜빡깜빡거려 봤다. 나래가 팔짱을 꼈다. 더 하면 한 대 맞을 것 같다고 생각해서 이번에는 머리카락을 손으로 잡아 파닥여 봤다. 치이의 발찌가 잘그락거렸다. 정강이의 안전을 생각해서 공책을 꺼내 [왜?]라고 글을 썼다. 페이가 느낌표를 만들어 손에 쥐었다. 애들 반응이 다 왜 이래?

"난 장난도 못 해?"

"재미없어."

"재미없는 거예요."

[편집.]

"그런데 갑자기 무슨 이야기?"

"여자애들끼리의 일이야."

사회적으로 문제인 집단 따돌림의 시발점인가. 물론 그럴 리는 없겠지만 내심 아쉬운 게 사실이다. '나도 이야기에 끼워 줘! 나도 사실은 여자란 말이야!' 이런 것까지는 아니지만 나한테 숨기는 이야기가 있는 것 같아서……. 내가 할 말이 아니지.

"알았어."

그렇게 나는 혼자 터덜터덜 하굣길을 걸어갔다. 여름 방학 전에는 너무나 당연한 일이었는데 왜 이렇게 쓸쓸한지 모르겠다. 워낙 평소에 주위가 복작복작해서 그런가? 랑이도 치이도 페이도 가만히 있는 성격은 아니니까. 나래도 약간 그런

면이 있고. 랑이는 똥고발랄한 아기 고양이같이 활발한 녀석이고 치이와 페이도 잘 보고 있으면 재미난 행동을 하는 게 많다. 의식 안 하고 있는 척하면서도 내가 뭔 짓을 하면 귀 위 머리카락을 움직이거나 키보드 두드리는 소리가 커지며 양 갈래 머리가 빙빙 돌아가려고 한다거나 하는 것같이. 나래는 참 신기한 게 자신이 할 일에 집중해 있으면서도 내가 말실수를 하거나 맞을 짓을 하면 바로 제재에 들어가신다. 한 가지 일에 집중하면 주위가 안 보이는 나와는 다르게 여러 가지 일을 동시에 할 수 있나 보다. 그래. 나는 이렇게 생각에 잠기면 주위 상황을 눈치채지 못한다. 그래서 내 옆에 누군가가 있다는 것을 지금에야 깨달았다. 그건 교복을 입은 학생들이 가득한 하굣길에는 너무나 어울리지 않는 복장의 여자였다. 아니, 이곳이 아니라 해도 주위에 스며들지 못하는 옷이라 하는 게 맞을 것이다. 하지만 그 누구도 이쪽을 신경 쓰지 않는다. 나는 순간적으로 요술로 그 이상한 곳으로 끌려갔나 의심해 보았다. 하지만 그것과는 뭔가 다르다. 어린이 공원에서의 그 결계와도 다르고 냥이가 있던 놀이터와도 다르다. 그러니까 이 여자, 냥이의 창귀가 자신의 모습을 숨기고 있다고 생각하는 것이 맞을 것이다. 어찌되었건 위험하기는 매한가지. 나는 잽싸게 주머니에 손을 집어넣어 세희의 솥뚜껑을……

"저를 보았다 하여 도망갈 생각부터 하시다니. 소저, 슬프옵니다."

내 팔목은 어느새 창귀에게 잡혀 있었다. 솥뚜껑은 손가락에 닿지 않았다. 팔은 꼼짝달싹하지 않는다. 위험하다. 등 뒤가 땀으로 흠뻑 젖는다. 그런 나와는 다르게 창귀는 언제나와 같이 싱글벙글한 얼굴로 내게 말했다.

"주인님께서 해치시지 않는 당신을 소저가 어찌 해하겠습니까? 그러니까 계속 걸으시옵소서. 사람들이 이상하게 생각하옵니다."

나는 그 말에 냉정을 되찾았다.

"네가 걱정할 일이 아닐 텐데."

"그러면 마음대로 하시옵소서. 당신이 미친놈 취급당해도 소저는 아무 문제없사옵니다."

……창귀는 다들 이렇게 얄미운 성격인가? 세희의 무표정도 그렇지만 이 웃고 있지만 웃는 느낌이 안 드는 미소도 은근히 짜증난다.

"어머나, 당신 정도의 분이 남의 시선에 신경이 쓰이옵나이까?"

왜 이 귀신은 갑자기 나타나서 내 속을 긁고 있는 걸까.

"이미 호랑이님에 곰의 일족, 까치에 까마귀까지 공공연하게 자기 거라고 자랑하는 것 치고는 이상하옵나이다."

나는 목소리를 낮춰 중얼거리듯 말했다.

"자랑한 적 없다. 그리고 그딴 말 하려고 왔냐?"

창귀는 입가의 미소를 한층 더 짙게 지었다.

"예의범절이 없으시나이다."

예의 차릴 상대에게는 차린다. 네놈이 거기에 들어가지 않을 뿐이야. 나는 주위의 시선에 신경 쓰며 말하는 게 싫어 발걸음을 빨리 해 인적 드문 골목길로 들어갔다. 주위에 아무도 없는 걸 확인하고 입을 열었다.

"자기 스스로 이런 곳에 오다니, 당신은 생각보다 멍청하시나이다."

바로 닫혔다. 어느새 그녀의 손에는 사극에서나 볼법한 창이 들려 있었다. 잠깐. 내가 뭔가 잘못 생각한 건가? 그래. 세희도 랑이의 허락 없이 독단적인 판단으로 움직일 경우가 많다.

"이러면 놀라시겠죠?"

하지만 창귀가 그런 말을 하며 창을 사라지게 만드는 것으로 난 혼란에 빠졌다. 세희도 알 수 없는 녀석이지만 이 녀석은 한술 더 뜬다.

"······무슨 짓이야?"

"방금 건 당신의 어리석음을 알려 주기 위한 간단한 광대놀음이었사옵니다. 소저는 당신과 이야기를 나누러 왔사옵니다."

요즘 광대놀음은 창을 들고 하나 보다. 하지만 그 효과는 있었다. 나는 이 창귀가 위험하다는 것을 깨달으면서도 마음 한편에는 지금만은 안전하다는 결론을 내 버리고 말았으니까. 그 결론에 기초해서 창귀에게 말한다.

"넌······."

"가희. 소저의 이름은 가희이옵니다. 인간일 때의 이름이었지요."

"안 물어봤다."

"나이도 어린 것에게 너라는 말을 들으니 앞뒤 안 보고 팔다리 하나 정도는 잘라 버리고 싶은 생각이 들어서 말씀 드린 것이옵니다. 이야기가 끝난 뒤 요술로 이어 드리면 되니까 말이옵니다."

등골이 오싹했다. 이미 죽기 직전까지 갔던 나를 세희가 요술로 되살린 사례가 있다. 랑이의 창귀인 세희가 가능했던 일을 그 언니인 냥이의 창귀가 하지 못할 리 없다. 땀이 미친 듯이 흐른다.

"이래서 인간은 싫사옵니다. 자기 안전에 관련된 일이라면 금방 소극적이 돼서 말이죠."

가희가 살짝 인상을 찌푸린 것도 잠시. 금방 다시 원래의 웃는 낯으로 돌아갔다. 나는 몸의 떨림을 무시하며 말했다.

"아픈 게 싫은 건 당연한 거다."

"거기다 뻔뻔하기까지."

어깨를 으쓱하며 고개를 가로젓는다.

"정말, 당신 같은 인간과 독대하게 된 제 신세가 한탄스럽나이다."

보란 듯이 깊은 한숨을 내쉰다.

"그런 너도 인간이었잖아?"

창귀란 호랑이에게 잡아먹힌 인간이 되는 귀신이다. 그러니까 가희도 전에는 인간이었다는 말이다. 하지만 냥이의 창귀는 고개를 저었다.

"소저는 천민. 일종의 재산이었나이다."

그 말에는 내가 이해할 수 없는 복잡한 감정이 녹아 있었다. 내가 유일하게 알 수 있는 건 그것이 절대로 좋은 감정이 아니라는 것이다.

"사실 소저가 당신과 연이 깊어질 것도 아니옵고 그런 건 상관없지 않사옵니까?"

나도 알고 지내는 창귀는 한 놈으로 족하다.

"그러면 온 이유나 말해."

"소저는 당신과 이야기를 하기 위해 왔다고 이미 말씀 드렸사옵니다."

나는 세희로 길러진 인내심 때문에 견딜 수 있었다. 세희야, 고맙다.

"무슨 이야기?"

"지금 나누고 있는 이야기 말이옵니다."

지금 하고 있는 이야기.

"잡담?"

"수다라고도 하옵니다."

모르겠다. 가희가 무슨 생각을 하고 있는지 짐작도 못 하겠다. 내 적이라고 할 수 있는 냥이의 창귀. 그런 녀석이 내가 혼자 있게 된 하굣길에 갑자기 나타나서는 나와 수다나 떨기 위해서 왔다고 하면 믿어지겠냐? 그런 생각이 표정과 태도에 그대로 드러났다.

"사실이옵니다. 보시다시피, **당신**의 창귀도 묵언해 주고 있지 않사옵니까?"

"세희가 왜 튀어나와?"

가희는 깜짝 놀라 했다. 겉으로 보기에는 진심으로 놀랐다고 생각할 만큼 자연스러웠지만 나는 그 표정조차 거짓이라는 것을 어렵사리 눈치챌 수 있었다. 눈치 살피는 거에는 이골이 났다고.

"어머나. 아직도 주인님의 첫 번째 질문에 대한 답을 생각하지 못하였사옵니까?"

내가 냥이에게 말했을 때 이 녀석이 없었다는 건 사실이었나 보다. 아니면 전에 봤듯이 냥이와 가희의 관계가 그다지 좋은 것이 아니라든가. 그것도 아니라면 사실을 알고 있으면서도 나를 떠보는 거겠지. 이게 객관식 문제라면 나는 3번을 찍을 거다.

"알고 있으면서 왜 묻는데?"

"알고 있으시면서 그런 말씀을 하시다니……. 아! 자신의 일거수일투족을 감시당하고 있는데도 미치지 않으려면 당신 같이 무신경하고 생각이 없는 성격이 아니라면 힘들 것이라 생각하니, 소저. 이제야 이해되옵니다."

"……뭐?"

몸이 굳었다.

"세희 님이 어떤 귀신인지 당신도 알고 있지 않사옵니까? 그런데 이제 와서 당신을 감시하지 않을 것이라 생각하셨사옵니까? 소저, 세희 님이라면 당신이 화장실에 가는 횟수……."

"천한 것이 멋대로 제 이야기를 하니 귀가 간지러워 살 수가 없군요. 무엇보다 제 정신은 그 정도로 견고하지 못합니다."

세희가 갑자기 나타나는 것은 하루 이틀 일이 아니지만 이번에는 조금 놀라고 말았다. 하필 지금, 세희에 대한 이야기를 하는 도중이라는 이유가 컸다. 자리에 없으면 나라님도 욕한다고 하는 것과는 다르다. 그래. 세희의 갑작스러운 등장은 가희의 말에 신뢰성을 부여한 것이다.

"어머나, 세희 님. 천한 핏줄인 저 때문에 친히 왕림하시다니요."

"시대가 어느 시대인데 핏줄을 이야기하는 겁니까? 그리고 그 말투는 여전히 듣기 거북합니다. 시대에 맞춰 변화하시죠."

그건 네가 할 말이 아니다.

"또한, 제가 천한 것을 천한 것이라 부르는 건 그 천성이 천하고 자기 비하에 찌들어 남을 음해하고 저주하는 것밖에 모르는 말을 섞는 것만으로 입이 더러워지는 잡스러운 것이 가희, 당신이기 때문입니다."

오랜만에 들어 보는 세희의 독설이다. 세희는 내 앞에 서 있기 때문에 그 표정은 볼 수 없었지만 왠지 모르게 알 것 같았다. 지금 내 두 다리가 후들거리고 있으니까. 그에 비해 가희는 여전히 싱글벙글한 미소를 짓고 있었다.

"그보다 세희 님. 세희 님의 주인님께서 두려워하고 계시는데 괜찮사옵니까? 맨 정신에 바지라도 지리면 고개를 못 들고 다닐 것이옵니다."

"매일 아침마다 벌떡벌떡 잘도 고개를 들어 주인님의 엉덩이를 찌르곤 하니까 천한 것이 걱정할 것 없습니다."

아, 아니! 생리 현상을 그렇게 아무렇지 않게 음담패설로 인용하지 마!

"그보다 이제 그만 사라지시지요. 제 이야기에 천한 것이 등장하는 것은 마음에 들지 않으니까요."

"그러면 왜 이제야 오셨사옵니까? 소저가 세희 님의 주인님께 천박한 입을 놀리기 전에 오시면 되는 일 아니었사옵니까?"

"레이드 뛰다가 나올 수는 없는 법입니다."

……넌 제발 게임 좀 그만해라. 그게 농담이라는 걸 알면서도 평소에 게임하는 걸 생각하면 진담이라고 믿어 버릴 것 같으니까.

"지금 잠시 화장실 갔다 온다고 이야기하고 나왔으니 긴 시간을 끌 생각이 없습니다. 더 할 이야기가 있다면 그 입에 도련님의 뻐꾸기시계를 물려 드리지요."

뻐꾸기시계? 그건 또 뭐냐? 어차피 세희의 농담일 테니까 깊게 생각하지 말자. 그보다 중요한 건 세희가 입고 있는 한복을 반으로 찢었다는 것이다. 저번에 봤던 그 말도 안 되는 요술이다. 반으로 갈라진 한복은 마치 살아 있다는 듯 일어나 자세를 잡았다.

"지금 당장 사라지지 않는다면 지그시 어깨를 눌러 드리겠습니다."

세희의 말에 가희는 쓰고 있는 삿갓 같은 것을 뒤로 넘기고 창을 꺼내 두 손으로 쥐며 말했다.

"소저, 그럴 생각도, 그 솜씨 좋다고 이름난 세희 님의 요술을 상대할 자신도 없사옵니다."

"그러면 5초 드리겠습니다."

그 말과 동시에 한복이 가희에게 달려들었다. 내가 본 것은 반사되는 빛과 재로 변한 한복. 그리고 반으로 갈라져 땅에 떨어진 가희의 창이었다. 무슨 일이 일어났는지 제대로 보지도 못했다.

"5초는 주신다는 말씀은 어디 갔사옵니까?"

"상대할 자신이 없다고 하지 않았습니까?"

"제 무기는 반쪽이 났으니 거짓말은 아니옵니다."

"이 밑에 속옷밖에 없는 것이 아쉽군요."

"어머나. 한 번 보고 싶사옵니다."

"돈 받습니다."

"그러면 사양하겠사옵니다."

조금 전에 칼부림이 있었다고 믿기지 않을 정도로 태평한 대화를 나누고 있다. 이 창귀들의 머릿속은 나 같은 범인이 짐작할 수 없을 것 같다.

"소저는 이만 사라지겠사옵니다. 부디, 이곳에서 만수무강하시기를……."

가희는 그 말을 남기고 부러진 창대를 발로 걷어차 올려 소매 안으로 집어넣고 등을 돌렸다. 세희는 더 이상 신경 쓰지 않겠다는 듯 몸을 돌려 나를 향해 섰다. 나는 세희에게 묻고 싶은 것이 있었다. 나는 거두절미하고 물었다.

"사실이야?"

세희는 되물었다.

"사실이라면 어찌하실 생각입니까."

"……글쎄다."

좀 우스울지는 몰라도 가희에게 그런 이야기를 들었을 때는 거리낌과 불쾌감이 강하게 들었지만 이내 그 자리를 대신한 것은 안도였다. 방법이야 어쨌든 세희가 내 안전을 위해 신경을 써 주고 있다는 말이니까. 그렇게 보니 그리 나쁜 것도 아닐 것 같다. 그런 생각을 하고 있자니 세희가 살짝 미소를 지었다.

"신경이 동아줄이십니까."

하지만 나도 할 말은 있다.

"프라이버시는 보장해 주고 있다고 생각하니까. 그래도 화장실은 너무한 것 같은데."

"도련님. 같은 집에 살다 보면 화장실 가는 것 정도는 알기 싫어도 알게 됩니다."

……그야 그렇죠.

"그런 연유로 원하지 않아도 저는 도련님께서 평소 주위에 아무도 없을 때 무슨 행동을 하는지 알게 되는 겁니다."

"논리의 비약이 심하다. 거기다 그렇게 말하면 내가 꼭 애들 없을 때 무슨 짓을 한다는 것처럼 들리잖아."

"아, 시간이 벌써 이렇게 되었군요. 조심해서 돌아오시길.

저는 이만 먼저 가 보겠습니다."

"야!"

세희는 나타날 때처럼 소리 소문 없이 사라졌다. 어쩌겠냐. 나는 한숨을 쉬고 집으로 가는 걸음을 다시 디뎠다.

집에 도착하니 나를 따돌리고 숙녀들의 대화를 나누신다던 나래와 아이들의 신발이 보였다. 다행이라고 하면 다행일까. 나하고 같이 집에 갔다면 가희와 만났을 가능성도 있었을 테 니까. 그렇게 생각하니 마음이 조금 나아졌다. 소, 소심한 게 아니다. 그냥 좋아하는 나래와 귀여운 치이, 페이에게 관심이 많이 가서 그런 거야. 조금이라도 더 오랜 시간을 같이 있고 싶은데 상대는 잘 몰라주는 상황에 살짝 토라진 것 같은 풋풋 한 마음이라고 생각해 줘. ……무슨 애정 결핍 환자 같군.

"다녀왔습니다~."

형식적인 인사를 하고 신발을 벗으려는데 뭔가 달려오는 소 리가 들렸다. 내가 무슨 100m 달리기의 골이라도 된다는 듯 전력으로 질주하는 랑이였다. 마치 아버지가 퇴근하는 길에 치킨을 사 가겠다고 약속을 하고 집에 왔을 때처럼 눈을 어두 운 바다 위의 오징어잡이 불빛같이 빛내면서 달려오니, 모르 는 사람이 보면 좀 무서워할 것 같다. 내가 잡아먹히는 줄 알 고 말이야.

"성훈아~! 나 보고 싶었느니라!"

'나를 보고 싶었느냐?' 와 '나는 네가 보고 싶었느니라!' 라는 말이 하나로 합쳐진 것 같다. 나는 높이 뛰어오르는 랑이를 두 팔로 받아 주었다. 랑이는 마치 코알라같이 두 다리로 내 허리를 감아 딱 달라붙어 목을 감싸 안고 볼을 비볐다. 하지 마라. 아직 안 씻어서 땀 냄새 난다. 그런 생각을 하면서도 나는 랑이의 등을 토닥여 줬다.

"그래, 나도 보고 싶었다."

랑이는 내 말에 살짝 머리를 뒤로 젖혀 똘망똘망한 눈동자로 나를 찬찬히 살펴보더니 함박웃음을 지었다.

"응! 성훈이니라!"

"내가 언제는 내가 아닌 적 있었냐."

……뭐, 랑이가 무슨 뜻으로 그런 말을 했는지 모르지는 않지만 조금은 투덜거리고 싶었다. 나는 그런 생각을 하며 오른손으로 길게 땋은 머리의 끝을 잡아 랑이의 코를 간질였다.

"가, 간지럽…… 엣츄!"

이런 걸 축구로 따지면 자살골이라고 해야겠지.

"미, 미안하느니라."

"괜찮다."

랑이가 재채기를 하는 바람에 그 침이 얼굴에 잔뜩 묻었다. 손수건을 꺼내서 닦으려는데 그런 나를 랑이가 말렸다.

"내가 닦아 주겠느니라."

한복 저고리 비스무리한 옷으로 닦아 주려나 생각해 가만히 있던 게 실수였다. 나는 아직까지 랑이를 너무 우습게 보고 있었어. 이 녀석은 당당하게 혀를 내밀고 내 볼을 핥았다. 따듯하면서도 간지러운, 그리고 끈적거리는 느낌이 볼을 스쳤다. 이래서야 침을 닦는 건지 침을 바르는 건지 모르겠네.

"이제 성훈은 내 거이니라!"

머리가 좋아지는 학습지라도 하는 거냐.

"그걸 확인해야 아냐."

나는 퉁명스럽게 대꾸해 주며 랑이를 내려놓고 머리에 손을 올렸다.

"집에서 뭐하고 있었어?"

"공부하고 있었…… 앗! 이건 비밀이니라!"

공부를 하는 것이 왜 비밀인지 모르겠지만 랑이는 입을 두 손으로 막았다. 나쁜 일을 한 것도 아니기에 나는 더 묻지 않기로 했다. 할 일도 있고 말이야.

"그럼 난 씻고 옷 좀 갈아입고 온다."

랑이의 입이 다시 열렸다.

"같이 들어가고 싶으니라."

나와 똑같은 생각을 한 사람이 한 명 더 있었으니 소파에 앉아 있던 나래였다.

"안 돼, 랑이야. 그러면 못써."

"우~. 나래는 너무하느니라. 그 정도는 괜찮지 않느냐."

"안 괜찮아."

랑이는 손가락을 입에 물고 슬쩍 뒤로 빠졌다. 나래가 안 된다고 하면 나도 허락해 주지 않는다는 걸 반복 학습을 통해 이제 알았나 보다.

"성훈이 너도 간식 나온 강아지처럼 있지 말고 씻으러 가기 전에 잠깐 이리 좀 와 봐."

나래가 손을 까닥이며 나를 불렀다. 나는 문득 장난기가 돋아 그대로 주저앉아 개처럼 네 발로 나래에게 달려가며 말했다.

"주인님. 부르셨어요, 머억!"

멍이 억소리로 변했다. 나래의 어퍼컷은 아팠고 잘못했으면 혀를 깨물었을 뻔했다. 사람을 생사 길로 보낼 뻔한 나래는 얼굴을 붉히며 화를 냈다.

"그러니까 네가 맞는 거야! 매를 벌어요, 매를 벌어!"

할 말이 없습니다.

"아우우, 오라버니, 오는 길에 이상한 거 드셨어요?"

치이는 내 머리를 걱정하는 척하며 놀려댔고,

[똥개. 똥 먹었어.]

페이는 코를 쥐고 손사래를 쳤다. 이 자식들이. 나는 아픈 턱을 매만지며 일어나 앉았다.

"장난 좀 쳤다고 때리……는 건 올바른 선택이셨습니다."

누가 나래한테 저 너클 좀 뺏어 주세요.

"장난이었으니까 그 정도야."

요즘 나래는 황소하고 힘 싸움을 해도 이길 것 같다.

"그래서 왜?"

"……아니야. 됐어. 신경 꺼."

나래가 팔짱을 끼고 다리를 꼬며 새침하게 고개를 휙 돌리는 것에서 나는 뭔가 이것을 그냥 넘어가면 안 될 것 같다는 감이 팍! 들었다. 그건 아마 10년 동안 소꿉친구로서 같이 지낸 경험을 토대로 한 것이 아니었을까.

"그러지 말고. 응? 내가 잘못했으니까."

나는 나래의 발치에 가까이 다가가 겉으로 보기에는 가녀린 발목을 잡고 볼을 비볐다.

"우와, 비굴해 보이는 거예요."

[……Load. 인생의 Load 필요.]

거기 까막까치는 가만히 있어라. 나도 보기 안 좋은 건 알고 있으니까. 그래도 내 저자세가 불쌍해 보이기는 했는지 나래가 후~ 하고 한숨을 내쉬고 귀가 솔깃해질 만한 이야기를 꺼냈다.

"날씨가 더워서 수영이라도 하러……."

"언제?"

나는 벌떡 일어나 두 손으로 나래의 손을 잡았다. 나래가 깜짝 놀라며 손을 뒤로 빼려고 했지만 나는 쉽사리 놓아주지 않았다.

"수영 좋지. 수영장에는 언제 가게? 내일? 아니면 모레?"

"오늘이긴 한데……. 잠깐, 성훈아. 일단 손은 놓고 말해!"

하지만 얼굴을 붉힌 나래의 말은 내 귀에 들어오지 않았다. 내가 저번에 백화점에 갔을 때 잠깐 존 사이, 수영복을 골랐다는 사실을 듣고 얼마나 후회했던가. 나래가 나를 아래층으

로 보낸 이유를 생각하지 못한 내 어리석음과 옷을 고르고 후
딱 위로 올라가지 않은 내 바보스러운 행동. 거기다 졸아 버
린 한심한 내 육체. 말은 안 했지만 그에 대한 후회가 가슴에
응어리져 버릴 정도였다.

수영이라고?

수영이라고 하면 당연히 수영장이고, 수영장이면 당연히 수
영복을 입는 것이 상식이다. 그렇다. 수영복. 이미 알몸을 봤
으면서 수영복 가지고 무슨 호들갑을 그리 떠느냐고 생각할
수도 있다. 하지만 그런 말을 한다면 나도 한 마디 해 주마.

이 어리석은 것!

인간은 옷을 입는 문명을 발전시키며 살아왔다. 그렇다. 문
명 하에서는 옷을 입는 것이 어느 순간부터 당연시 여겨진 것
이다. 그 면적이 좁아진다 해도 그것이 옷이라는 분류에 들어
간다는 것에는 다름이 없다. 그런 가운데 탄생한 수영복은 인
류 최대의 발명품이며 상식의 역전이며 사고의 전환이라 할
수 있다.

옷에는 두 가지 종류가 있다. 남에게 보여 줘도 상관없는 겉
옷. 그리고 몸을 보호하기 위한 속옷. 사람들은 겉옷을 드러
내는 것에는 아무런 거리낌이 없지만 속옷을 보여 주는 것은
상식적으로 부끄러운 일이라 여긴다. 그 이유는 몸의 소중한
부분을 보호하는 의복이라는 것도 있지만 그 면적이 매우 적
기 때문이기도 하다. 속이 비쳐 보이는 것도 이유 중 하나지
만 그건 다음 기회에 이야기하자. 어쨌든 여기서 수영복의 위

대함이 드러난다. 그 면적은 속옷과 그다지 다를 것이 없지만 장소를 한정 지으면 당당해질 수 있는 게 바로 그 수영복이다. 수영복을 입고 해변이나 수영장을 돌아다닌다고 홍보하는 사람은 없다. 하지만 속옷이라면? 경찰 아저씨에게 잡혀가게 되겠지. 어째서? 그 면적은 다를 것이 없는데? 그렇기에 수영복은 위대한 것이다. 이것은 옷, 남에게 보여 줘도 상관없는 겉옷이다. 그런 약속인 것이다. 이율배반. 겉으로 보기에는 남들에게 함부로 보여 줘서는 안 되는 속옷과 다름없지만 남에게 보여 줘도 상관없다는 복장이라는 것이 수영복의 위대함이다! 아, 물론 이 모든 것은 비키니를 기준으로 하는 말이다. 원피스 수영복은 그 나름대로 다른 멋진 이유가 있지만 나는 비키니를 좋아하기 때문에 넘어가겠다. 왜 비키니를 좋아하냐면 나래가 입으면 정말 잘 어울릴 것 같거든!

나는 이 모든 생각을 나래의 발밑에 깔려 있는 상태로 했다. 수영이라고? 라는 생각을 했을 때 나래는 내 손을 비틀고 팔목을 잡아서 내 발목 쪽에 발바닥을 대고 그대로 멋진 업어치기를 성공시킨 것이다. 그것으로 모자란지 괴로워하면서도 딴생각에 잠긴 내 가슴에 발을 올려 누르기까지 했다.

"이런 상황에서도 무슨 생각을 하는 거야?!"

……글쎄요. 제가 잠시 이상한 것에 씌었나 봅니다. 나는 머리를 긁적인 후, 나래의 발을 공손히 내려놓고 일어나 앉았다.

"그런데 지금 가기에는 좀 늦지 않았어?"

"갈 만한 곳이 있긴 한데……. 너 때문에 가기 싫어졌어."

[간다는 거 취소.]

옆에서 페이가 하늘이 무섭지도 않은지 천벌 받을 소리를 했다. 너, 진짜로 안 가게 되면 나한테 혼쭐이 날 줄 알아라.

"꺄우우우……. 오라버니 눈이 번쩍 빛난 거예요. 야한 생각 하는 거예요."

치이야. 너까지 왜 이 오라버니를 괴롭히니. 그리고 내가 보고 싶은 건 나래의 수영복이지 너희들이 아니다!

"……너 자꾸 그러면 진짜 안 가는 수가 있어."

나는 냉정을 되찾았다. 조금 일부러 들뜬 모습을 보여 주려고 하다 보니 너무 막 나간 것 같다.

그래. 믿기지 않겠지만, 내가 생각해도 변명으로밖에 들리지 않지만, 조금은 의도한 것이다. 들뜬 건 사실이지만 금방 왜 나래가 수영하러 가자는 말을 꺼냈는지 눈치챘으니까. 상냥한 나래는 고민이 있는 나를 걱정해서 나를 먼저 보내고 내 기분을 풀어 줄 방법을 치이와 페이하고 같이 고민한 거다. 그래서 나온 것이 수영 이야기겠지. 안 그러면 뜬금없이 수영하러 가자는 말을 지금 같은 평일, 놀러 가기에도 늦은 이 시간에 할 리가 없으니까.

그러니까 그 일에 대한 생각은 잠시 잊자. 잊어버리자. 혼자 있게 될 때까지 잊도록 하자. 나는 그렇게 자신에게 다짐했다.

"성훈아, 성훈아."

나는 랑이의 목소리에 상념을 끊고 고개를 뒤로 젖혔다. 머리카락으로 물음표를 만든 랑이가 내 볼을 두 손으로 잡고 내려다보며 말했다.

"수영장이라는 게 무엇이느냐? 예전에 놀러갔던 계곡 같은 것이느냐?"

일반 상식을 가르쳐 주는 데 한 10년은 걸릴 것 같군.

랑이에게 간단하게 수영장이라는 곳은 물속에 들어가서 노는 곳이라는 설명을 해 주고 나래에게 수영장에 언제 놀러 갈 거냐고 묻자 이런 대답이 돌아왔다.

"수영장 아니야."

"예?"

"세희하고 이야기해 보니까 남태평양에 자기가 사 놓은 무인도가 있다고 거기 가재."

세희가 달나라에 랑이의 얼굴이 그려진 깃발을 꽂고 왔다 해도 놀라지 않을 자신이 있는 나는 다른 것에 초점을 맞췄다.

"어떻게 가게?"

자기가 한 질문에 자기가 답했다.

"요술이냐."

"생각나는 즉시 입에 담으시지 마시고 뇌를 한 번 거르시는 것을 추천합니다."

무시하자.

"그런데 난 요술 자체를 모르는데."

"걱정하지 않으셔도 제가 요술로 모셔다 드릴 겁니다."

나는 타당한 질문을 던졌다.

"또 그거냐."

랑이 앞에 도시락으로 던져 주는 요술 말이야. 그 요술은 조금 꺼려진다. 세희와 끌어안아야 쓸 수 있는 요술이라 마음에 들지 않거든. 아무리 내가 세희에게 아무런 감정이 없고, 또 요즘 안 좋은 감정들이 생겼다고 해도 세희는 여자다. 난 남자다. 나래는 무섭다. 이 사실들이 달라지지는 않는다.

"도련님과 달리 **사람들은** 발전이라는 것을 합니다."

왜 나하고는 다른데.

"나도 사람이다. 그리고 넌 요괴잖아."

세희는 입꼬리를 올렸다.

"그렇기에 저는 일 분 전의 저보다 진화합니다."

진화의 끝이 거대괴수가 아니기를 빈다.

"그래서 괜찮다는 거야?"

"그때와는 많은 것이 달라졌으니 괜찮을 겁니다."

무엇이 달라졌냐고 묻기도 전에 세희가 말했다.

"그러면 이제 요술을 부리겠습니다."

그 순간. 우리들은 해변에 서 있었다. 푸른 하늘과 작열하는 태양. 그리고 불어오는 짠 내 나는 바람. 그 끝이 보이지 않는 수평선과 발밑에 있는 고운 모래까지. 조금 전에 집에 있었다는 게 믿기지 않을 노릇이다.

"세희 언니는 대단한 거예요."

[귀신이 곡할 노릇.]

뭔가 요술에 대해 아는 듯한 치이와 페이는 세희를 동경과 선망의 시선으로 바라보았다. 나래는 주위를 돌아본 뒤 조금 놀라며 세희를 보고 아랫입술을 깨물었다. 무슨 생각을 하는지 알 것 같지만, 나래야. 세희는 우리하고 살아온 시간의 자릿수가 달라. 그리고 세희와 자릿수가 비슷한 랑이는 놀라워했다.

"세희는 이런 요술도 쓸 수 있구나!"

"……너는 모르냐?"

내 말에 랑이는 고개를 끄덕이며 순박해 보이는 미소를 지었다.

"모르느니라!"

너무나 당당해서 할 말이 사라질 뻔했다.

"그럼 저번에는 어떻게 그리 빨리 왔냐?"

"응? 당연히 달려서 왔느니라."

남태평양까지 순식간에 올 수 있는 요술을 쓰는 세희보다 빨리 달릴 수 있는 요괴가 여기 있다.

"도련님이 생각하시는 것처럼 대단한 요술은 아닙니다. 나중에 올 일이 있을 것 같아 예전에 경치가 좋은 곳마다 준비를 해 놓은 것이니까요."

"준비성도 철저하다."

"모두 주인님을 위해서입니다."

"응! 알고 있느니라!"

랑이가 귀를 쫑긋 세우고서는 까치발을 해서는 세희의 머리를 쓰다듬기 위해 손을 뻗었다. 세희는 랑이가 편하도록 허리를 굽혔고 손이 머리에 닿는 순간 정말 알아보기 힘들 정도로 얼굴을 살짝 붉혔다. 그런 둘의 모습은 어울리지 않아 보이지만 이상하게 어울리는 광경이었다. 지켜보는 쪽이 부끄러워질 정도로. 나는 시선을 돌렸다.

그건 그렇고 남태평양의 무인도라고 했는데 섬에는 작은 오두막 두 채가, 안쪽에는 별장 같은 것이 있었다. 나는 무인도라는 단어의 뜻을 모르는 것 같은 세희에게 말을 걸었다.

"무인도라고 했는데 저건 뭐냐? 사람 있는 거 아니야?"

"제가 예전에 준비해 둔 주인님과 도련님의 안락하고 편안한 러브 하우스, 실례, 러브호텔 같은 곳입니다."

나는 세희가 이곳을 어떤 용도로 만들었는지 알 것 같았다.

"……여긴 신혼 여행지였냐."

"무슨 말씀을 하시는지 모르겠습니다. 제가 분명 이곳은 주인님께서 9박 10일간 사랑하는 낭군님과 서로 사랑을 나누기에 좋은 곳이라 생각되어 준비해 둔 휴양지라고 말씀 드리지 않았습니까?"

"그런 말 한 적 없다."

하지만 정말 경치 자체는 정말 아름다웠다. 백사장이라는 말이 어울리는 고운 모래가 가득한 해변. 치이의 눈동자 색을 닮은 바다와 그 밑에 보이는 색색의 열대어들과 산호초. 그리고 멀리 수면 위로 보이는 세모난 지느러미.

"두둥. 두둥. 두둥두둥두둥."

세희가 CD플레이어로 전 세계적으로 유명한 음악을 튼다.

"상어도 있냐."

"가끔 나타나긴 하지만 나래 님의 물렁한 가슴 지방에 이빨도 박지 못할 정도로 약하니 걱정할 것 없습니다."

나래는 이제 상어와 싸워 이길 정도로 강해진 거구나.

"그러면 나는?"

"죽을 것입니다."

물에는 웬만해서는 혼자서 들어가지 말자.

"그것보다 이거나 받으시지요."

남태평양의 푸른 바다까지 와서 귀신과의 이야기가 너무 길어졌다. 나는 세희의 소매에서 튀어나온 '도련님 수영복'이라고 수놓아진 가방을 받았다. 이제 보니까 나를 제외한 다른 애들은 아무런 짐도 가지고 있지 않았다. 다른 건 몰라도 그마술 같은 요술은 배우고 싶어진다. 이제 수영복으로 갈아입고 다 같이 놀면⋯⋯. 아. 나는 지금까지 잊고 있었던 아이의 이름을 입에 담았다.

"그런데 바둑이는?"

["""아."""]

"쳇."

결국 세희가 귀찮은 듯 귀를 파며 잠시 사라지고 인간의 모습으로 변한 바둑이를 들고 온 뒤 우리는 수영복으로 갈아입게 되었다.

그리고 나는 나래의 수영복 차림을 감상하며 자기도 모르게 두 손을 쥐었다 펴며 입을 헤~ 벌리고 침을 흘리다가 기절하고 말았다.

세 번째 이야기

정신을 차리고 보니 나는 모래에 묻혀 있었다. 상처는 요술로 치료해 준 것 같지만 목 밑에서 느껴지는 싸늘한 한기는 서서히 내 생명을 갉아먹는다. 아라도 이런 기분이었을까. 나는 아라는 미처 하지 못했던 말을 꺼냈다.

"사, 사람 살려."

그 녀석은 요괴니까. 내 구원 요청을 들었는지 눈앞에 작은 발이 보였다. 발목에 발찌를 하고 있는 걸 보니 치이다! 내 사랑하는 동생! 이 오라비와 함께 생사의 위험을 함께한 치이라면 나를 도와주겠지! 치이는 내 앞에 무릎을 모아 쭈그려 앉아서 내 머리를 툭툭 두드렸다. 자기 딴에는 날 놀리려고 하는 짓 같았지만 이 녀석은 내 눈이 상당히 낮은 쪽에 위치한다는 걸 생각 못 한 게 틀림없다. 너무 가까이 있어서 자세하게 보이잖아. 나는 치이를 위해서 시선을 돌리고서는 모르는 척 넘어가 주기로 했다.

"정신 차린 거예요?"

"응. 그러니까 일단 좀 여기서 빼 주면 안 되겠냐?"

[나래 언니, 무서운 언니.]

공감 가는 글이 눈앞에 나타났다 사라졌다. 머리 뒤에서 기척이 느껴지는 걸 보니 페이인 것 같다.

"그러니까 못 도와드리는 거예요."

그렇다면 별수 없다.

"나래는 어디 있는데?"

날 묻은 본인에게 살려 달라고 빌 수밖에.

"여기."

나래의 목소리가 들려 옆을 돌아보았다. 나래의 한쪽 다리가 보인다. 하지만 나머지 하나는? 그 의문은 내 머리가 짓눌리는 것으로 풀어졌다. 나래는 내 머리를 밟고 그 위에 무게를 실으며 말했다.

"성훈이 어린이. 다음부터 그런 눈으로 볼 거예요, 안 볼 거예요?"

"안 볼 거예요!"

거짓말이지만 베드로도 살기 위해 예수를 부인하고 호랑이가 인간이 된 이 마당에 내가 무슨 말을 못 하겠냐.

"거짓말."

하지만 그 전에 나래에게는 거짓말이 안 통한다는 걸 까먹고 있었다. 싸늘한 나래의 목소리에 나는 필사적으로 외쳤다.

"무, 물론 나도 노력은 해 보겠지만 그게 마음대로 될 리가 없잖아?! 눈앞에 좋아하는 여자애가 수영복 차림으로 있는데 그런 생각이 안 들면 내가 성인군자지!"

"그런 생각이 뭔데?"

나는 침묵은 금이라는 말은 모른다는 듯 반사적으로 대답하고 말았다.

"야한 생각이요!"

"10분 추가."

"나래 님! 잠깐 타임! 제게 변명의 시간을!!"

하지만 이미 내 머리를 짓누르고 있던 발과 함께 나래는 몸을 돌려 해변에 깔아 놓은 돗자리에 누워서 일광욕을 즐기기 시작했다.

[매를.] "버는 거예요."

너희는 참 쿵짝이 잘 맞는다.

결국 10분 더 벌을 받고 모래에서 쑤욱 뽑혀 나온 나를 기다리고 있는 건 랑이의 재촉이었다.

"성훈아! 성훈아! 같이 저거 타자꾸나!"

"뭘 같이 타?"

"저거 말이니라!"

랑이가 앙증맞은 손가락으로 가리킨 것은 무인도에 있어서는 안 되는 거대한 워터 슬라이드였다. 도대체 저런 게 왜 무인도에 있는 거야? 거기다 웃긴 건 워터 슬라이드는 나선형으로 있는 내려가는 곳과 타는 발판을 제외하면 공중에 둥둥 떠 있었다. 이런 것이 가능한 귀신이 세상에 둘이나 있을 리 없다. 뒤를 돌아보자 일광욕을 하고 있는 세희가 선글라스를 슬쩍 아래로 내리며 눈빛으로 말했다.

뭐.

아, 그렇습니까.

"그런데 어떻게 올라가게?"

"응?"

나는 순진하게 고개를 갸웃거리는 랑이에게 내가 평범한 인간이라는 것을 언급하는 것보다 음료수를 빨며 여유로운 한때를 보내는 세희에게 말하는 것이 더 나을 것이라는 것을 알고 있다.

"방법 없냐?"

"에스컬레이터로 올라가시면 됩니다."

나는 아무 말 없이 고개를 돌렸다. 조금 전까지 없던 에스컬레이터가 눈앞에 나타났다. 그 끝은 워터 슬라이드의 꼭대기. 나도 이제는 별것 아닌 일에 눈 하나 깜빡하지 않게 됐구나.

그렇게 도착한 곳은 인간이 가장 공포를 느낄 것 같은 33m. 여기서 미끄러져 내려가는 건가.

"그런데 이건 어떻게 타는 것이느냐?"

랑이는 시간이 아깝다는 듯 흥미진진해 보이는 눈동자를 반짝이며 물어 왔다. 사실 나도 이런 걸 타 본 적이, 아니, 바닷가는 고사하고 수영장에도 놀러 간 적도 없기 때문에 상식적인 면에서 가르쳐 주었다.

"그냥 미끄럼틀이라고 생각하고 타면 돼."

"미끄럼틀?"

손가락으로 볼을 콕 찌르는 랑이가 너무 귀여워서 확 끌어안고 싶었지만 이번에는 가까스로 참았다. 둘 다 수영복이니까. 응. 저 밑에서 일광욕을 하면서 이쪽을 바라보는 나래의 시선을 느낄 수 있기 때문이 아니다.

"그냥 거기에 앉아서 미끄러져 내려가면 되는 거야."

"오! 그런 것이었구나!"

랑이는 고개를 끄덕이며 말했다.

"그러면 성훈아! 같이 타자꾸나!"

……같이 타도 되는 건가? 아니, 그건 위험하겠지. 다른 의미로 말이야.

"이건 혼자 타야 하는 거야."

랑이의 귀가 살짝 접힌다.

"우……."

당장이라도 그러면 싫다고 말할 기색이다.

"그러지 말고 혼자서 먼저 타 봐. 재미있을 테니까."

나도 타 본 적은 없지만.

"응. 알겠느니라."

그리고 랑이는 자리에 앉아 뒤를 돌아보며 내게 미소 지어 준 다음에 그대로 미끄러져 내려갔다. 순식간에 랑이의 모습이 사라졌다.

"으냐아아아아아아~."

즐거워하는 랑이의 목소리가 점점 멀어져 간다. 목소리만 들어도 꽤나 재미있어한다는 걸 알 수…….

"으냐앗?"

……응? 뭔가 이상한 소리에 아래를 봤다. 랑이가 날고 있었다. 힘차게 하늘을 날고 있었다. 랑이 자신도 왜 하늘을 날고 있는지에 대해 궁금한지 만세를 부른 상태에서 두 눈을 깜빡깜빡거리면서 주위를 둘러보며, 하늘을 날고 있었다. 몸이 너무 가벼워서 떠 버린 건가? 젠장! 실수했어! 같이 탈 걸 그랬다!!

"랑이야!!"

내 비명 같은 소리가 크게 울렸다. 그 소리에 랑이는 바로 눈앞에서 귀를 쫑긋거리며 물어 왔다.

"불렀느냐?"

……어? 랑이는 바로 내 코앞에 서 있었다. 랑이가 하늘을 날고 있던 곳에 만화로 치면 점선이 반짝반짝거릴 정도로 선명하게 잔상이 남아 있는데 말이야. 온몸이 물에 젖어 있는 것만이 조금 전까지 랑이가 워터 슬라이드를 탔다는 게 꿈이 아니라고 말해 주고 있다. 그렇다. 랑이는 요괴다. 몇 분 만에 지구 반대편에서 내가 있는 곳까지 올 수 있는 대요괴 말이다.

"으어……."

나는 긴장이 확 풀려서 다리까지 풀려 버렸다. 내가 도대체 누굴 걱정한 거야. 워낙 순진하고 귀엽고 사랑스러운 애라서 잠깐 잊고 있었다. 확 끌어안아 쓰다듬어 주고 싶은 랑이가 흐물흐물해진 나를 콕 찌르며 말했다.

"왜 그러느냐?"

대답할 기운도 없는 나를 보고서 무슨 생각을 했는지 모르겠지만 랑이는 꼬리를 일자로 세웠다.

"아! 그렇구나! 잠깐도 나와 떨어져 있기 싫었던 거구나!"

오해도 이 정도면 병이 아닐까. 하지만 그런 말을 하기에는 조금 전의 충격이 너무나 컸다.

"그래, 이 녀석아."

나는 랑이를 꽈악 끌어안았다. 위치상 내가 랑이의 허리에 얼굴을 묻는 꼴이 되었지만 그런 걸 의식할 신경이 내게는 남아 있지 않았다.

"서, 성훈아?"

랑이에게는 있었던 것 같지만.

"조, 조금 이상하게 가슴이 두근거리느라. 자, 잠깐만 놓아주어라."

마음이 안정되자 나도 조금 민망해져서 랑이를 놓아주었다. 랑이는 두 손을 맞잡고 몸을 배배 꼬며 부끄러워하는, 평소에는 보기 드문 광경을 보여 주었다.

"네가 안아 주면 언제나 여기가 두근두근하고 뛰었는데 지금은 이상하게 쿵쾅쿵쾅하였느니라."

랑이는 오른손으로 왼쪽 가슴을 살짝 누르며 그렇게 말했다. 그 모습이 또 사랑스러운 걸 보니 나도 팔불출이 다 됐나 보다.

이미 한 번 랑이의 고공 낙하쇼를 봤기 때문에 두 번째는 같이 타기로 했다. 내가 뒤에서 랑이를 끌어안은 위험한 자세로 내려갈 준비를 한 뒤 지지대를 잡고 있던 손을 놓았다.

"우와아아아아!!"

"으냐아아아아~!"

속도가 뭐 이렇게 빨라?! 이러다가 나도 튕겨 나가겠다! 거기다 은근히 엉덩이가 아파! 랑이의 엉덩이가 내 어딘가를 누르는 걸 신경 쓸 정신도 없어! 도대체 이런 건 왜 타는 거야?!

"성훈아! 이제 재미있는 곳이니라!"

정신없는 나와는 다르게 두 번째라 그런지 여유가 있는 랑이의 말에 정신이 들었다. 보통 이런 상황에서 재미있다고 하면 그건 한층 더 스릴이 있는 거겠지! 내 생각은 맞았다. 저 앞쪽은 무슨 발사대같이 끝이 올라가 있다는 것을 보는 순간! 엉덩이가 허전해졌으니까. 그러니까 밑이 없다. 아무것도 없다. 비었다. 허공이다.

"어?"

밑에서 봤을 때는 확실하게 있었던 워터 슬라이드의 아래 부분이 사라진 것이다! 이게 무슨 놀이공원 경영 시뮬레이션 게임이냐?! 올라올 때만 해도 있었던 게 왜 없어지는데? 그런 생각을 할 수 있는 건 아주 잠시였다. 나는 중력 가속도의 위대함을 느끼는 순간, 랑이의 가슴을 확 끌어안으며 비명을 질렀다. 그건 조금 특이한 비명이었다.

"세에에에에히이이이이의!!"

워터 슬라이드의 충격으로 정신적인 녹초가 되어 버린 나는 파라솔 그늘에 뻗어 버리고 말았다. 랑이는 아쉬워하는 눈치였지만 내 눈치 보느라 못 놀면 내가 마음이 아프다는 말에 바둑이와 함께 물놀이를 하러 갔다.

"우리 헤엄치러 가자꾸나!"

"멍!"

랑이와 바둑이가 물에 들어간 지 채 일 분도 되지 않아서 순식간에 시야에서 사라졌지만 물놀이의 일종이라 생각하자. 나도 잠깐만 쉬고 다시 놀아야겠다. 일단은 수분 보충이다. 나는 해변 벤치에 누워서 언제부터인지 칵테일 잔에 **레몬소주**를 마시고 있는 세희에게 물어보았다.

"물 있어?"

세희는 소매에서 자그마한 가방을 꺼내서 내게 건네줬다.

"필요한 게 있으시면 거기 있는 가방에 손을 집어넣으시고 꺼내시면 됩니다."

상당히 세희 편의주의적인 가방이다.

"……넌 요술로 못 하는 게 뭐냐."

"저도 궁금합니다."

나는 그늘로 돌아가 앉아 가방에서 차가운 얼음물을 꺼내 마시고 주위를 둘러보았다. 나래는 비키니 끈을 풀어 놓는 매력적이며 도발적인 자태로 선탠을 하고 있었고 페이는 예술 작품이라 칭할 수 있는 거대하고 정교한 모래성을 장인의 손길로 만들고 있었다. 그런데 치이는 어디 갔지?

"빈틈인 거예요!"

뒤에서 들린 목소리에 깜짝 놀라 돌아보니 치이가 색색들이 예쁜 어린이용 플라스틱 양동이를 들고 있었다. 아니, 거기에 담겨 있는 물을 내게 뿌리고 있었다. 물을 맞는 순간, 나는 예전에 했던 물총 놀이가 바로 생각이 났다. 하지만 그때와 달리 물맛은 짧고, 치이는 진심으로 웃고 있었다.

"꺄우우~! 여기까지 와서 뭘 그렇게 멍하니 있는 거예요?"

나는 물에 젖은 머리카락을 뒤로 넘기며 말했다.

"나는 늙었으니 앉아 있으면 어떠리."

"애늙은이인 거예요."

"애는 아니지."

"늙은이인 거예요."

그건 또 나름대로 마음에 안 드네.

"잠깐 쉬고 있었던 거야."

"지금도요?"

말은 안 했지만 치이가 뭘 바라는지 알 것 같았다. 나는 빙긋 웃고 치이의 손을 잡고,

"아우우?"

해변으로 달려갔다. 짐을 둔 곳이 바다에 가까웠기에 물속

으로 들어가는 건 순식간이었다.

"잠깐만요, 오라버니!"

나는 복수도 할 겸 치이의 말을 무시하고 물이 허리까지 닿는 곳으로 들어가 손을 놓고 물세례를 끼얹을 준비를 했다. 하지만 그만두었다.

"어푸! 저, 어푸, 수영, 어푸푸, 못하는 거예요!"

……까치는 물새가 아닙니다. 나는 손 장구를 치며 물속에서 파닥이는 치이의 손을 잡았다. 치이는 내가 구명튜브라도 되는 듯 손을 잡고 그 반동으로 내 허리를 꽈악 달라붙었다. 치이의 입술이 누른 부분이 많이 위험해서 나는 살짝 허리를 잡아 위쪽으로 들어 올려 뭍 쪽으로 데려갔다. 이런 거 가지고 장난치면 안 된다. 위험하니까. 이제야 조금 정신이 들었는지 치이는 두 손으로 내 가슴을 밀어 밑으로 내려온 뒤 물에 젖은 귀 위 머리카락을 파닥여 물방울을 뿌리며 화를 냈다.

"매, 매너 꽝인 거예요!"

나는 솔직하게 사과했다.

"미안."

"그것 때문에, 때문에……. 꺄우우우!! 로리콘 변태 성추행 오라버니! 도대체 뭘 갖다 대는 거예요?!"

치이가 사람을 범죄자로 만들며 얼굴을 가렸다. 뭐라고 할 말이 없다. 의도한 건 아니지만 그 원인 제공을 내가 했으니까. 단순한 해프닝으로 넘어가 줬으면 좋겠지만 세상이 나 좋을 대로 흘러갈 리가 없다.

[무슨 일?]

치이의 둘째가라면 서러운 친구의 등장으로 사건은 커져만 갔다.

"오라버니가 물속에서 몹쓸 짓을 한 거예요!"

치이의 말을 곡해해서 들은 나래가 끈을 묶으며 이쪽을 돌아보았다. 나는 손을 내저었다. 아닙니다. 진짜 제 목숨을 걸고 아니에요. 이건 진짜 사건 사고였습니다. 제 고의는 절대 없었어요. 믿어 주세요. 나래는 나를 관찰하듯 노려보다가 다시 드러누웠다. 휴…….

[몹쓸 짓?]

"저를 발이 안 닿는 깊은 물에 끌고 간 거예요!"

그것보다 먼저 말해야 할 나쁜 일이 있을 텐데.

[튜브 없이?]

"그런 거예요."

[몹쓸 짓. 나쁜 놈.]

치이와 페이는 한마음 한뜻이 되어 반달 같은 눈으로 나를 노려보았다. 이거 은근히 압박이 강하다.

"잘못했어. 좀 봐줘라."

"그게 끝이 아닌 거예요! 거기다, 거기다…….'"

치이는 뭔가 또 말을 하려다가 얼굴을 붉히고 귀 위 머리카락을 파닥이며 페이에게 귓속말을 했다. 고개를 끄덕이던 페이는 깜짝 놀라 하며 양 갈래 머리를 빙빙 돌렸다. 또 나에 대한 평가가 나빠지겠구나.

[진짜?]

"진짜인 거예요!"

[치이, 부러워.]

"……어?"

"……아우우?"

페이의 남다른 반응에 나와 치이는 당황했다.

[어른 될 수 있는 기회. 부러워.]

농담이라는 걸 알면서도 참 무섭다. 응. 농담. 농담이겠지. 나는 말을 돌렸다.

"그것보다 수영 못 하면 내가 가르쳐 줄까? 수영할 줄 알면 나중에 쓸 데가……."

"없는 거예요."

[없어.]

두 녀석 다 새니까.

한시도 날 혼자 놔두지 않는 아이들 때문에 시간은 어떻게 흘렀는지도 모를 정도로 순식간에 지나갔다. 어느덧 해가 저물어 가기 시작하자 지금까지 꼼짝하지 않고 광합성과 음주에 한창이던 세희가 선글라스를 소매에 집어넣고서는 의자에서 일어나며 말했다.

"그러면 슬슬 저녁을 준비하겠습니다."

간식으로 과일이나 국수 같은 걸 먹었지만 어디까지나 간식. 밥도 안 먹고 잘도 놀았구나. 우리들은 샤워를 하러 각자 오두막으로 들어갔다.

샤워기에서 뿜어져 나오는 차가운 물로 몸을 씻자 열기가 사그라지며 마음이 다시 가라앉기 시작했다. 내가 신경 써야 할 문제가 하나둘씩 떠올랐지만 기분은 썩 나쁘지 않았다. 왜 냐고? 오늘 아이들과 같이 놀면서 느낀 것이 있기 때문이다. 각오가 섰다고 해야 할까.

아이들의 미소에는 그만 한 가치가 있다.

샤워를 마치고 밖으로 나왔지만 주위에는 아무도 없었다. 애들은 아직 씻고 있나 보다. 기다리는 동안 뭘 할까 생각하고 있자니 어디선가 밥 짓는 냄새가 풍겨 왔다. 세희가 펜션에서 식사 준비를 하는 것 같다. 마침 잘됐군. 도와주며 이야기하자. 거절당하면 그냥 말하면 되는 거고. 나는 펜션의 부엌으로 들어갔다. 꽤 좋은 설비의 부엌에서 세희는 귀여운 아기 호랑이가 그려져 있는 흰색 앞치마를 하고 감자를 껍질을 까고 있었다. 그 옆에 놓여 있는 게 양파, 당근, 마늘, 감자, 고기인 걸 보아……. 오늘 저녁은 카레인 것 같다. 맨 구석에 있는 카레 분말만 봐도 알 수 있지만 말이야.

"도와줄까?"

세희는 정말 의외로 내 제안을 받아들였다.

"당근이라도 손질해 주시겠습니까."

나는 고개를 끄덕이고 부엌칼을 잡았다. 정말 오랜만에 하는 손질인 것 같지만 내 몸은 그 짧은 시간 동안 지금까지의 기억을 잊기에는 그동안 지내 왔던 날들이 너무나 지옥 같았다는 듯 익숙하게 움직였다. 이렇게 대화를 하면서 할 수 있을 정도로.

　"생각을 해 봤는데."

　"그런 사랑 고백은 거절해 달라는 말과 똑같습니다."

　부엌칼이 미끄러지지 않아서 다행이다.

　"어떻게 이런 상황에서 내가 너한테 고백할 거라는 생각을 할 수 있냐?"

　"일부러 카레를 준비했는데 눈치 못 채셨습니까?"

　"카레를 준비한 게 고백하고 무슨 관계가 있는데?"

　"용과 호랑이가 나오는 라이트노벨에서……."

　아, 그쪽이냐.

　"모른다."

　"청춘을 헛사셨군요."

　"책 한 권 안 읽었다고 인생을 헛살았다는 결론이 나오는 건 이상하다. 그보다 내 청춘은 아직 한창이야."

　"하려던 말씀이나 하시지요."

　"네가 말 돌렸잖아!"

　"아, 껍질을 다 벗기시면, 야해라, 깍둑썰기로 해 주시죠."

　"자기 말에 자기가 야한 농담 하지 마라."

　나는 투덜거리면서도 랑이도 먹기 편하게 조금 작게 잘랐다.

"그래서 말인데."

어째서 나는 이야기를 하기 위해서 이렇게 멀리 돌아와야 했는가. 물론 이유는 알고 있다. 세희 때문이지.

"루프하고 있는 기분이군요."

여기에 말려들어 가면 조금 전에 있었던 일의 반복이기 때문에 나는 내가 할 말만을 하기로 했다.

"생각을 해 봤는데 네가 나한테 무슨 짓을 했는지에 대한 건 상관없다는 결론이 나왔다."

세희의 칼질이 멈췄다.

"상관없다는 말씀이십니까?"

놀랄 만한 이야기겠지. 세희가 내게 한 행동은 내가 욕설을 내뱉고 연을 끊어 버린다고 해도 이상하지 않을 정도니까. 냥이의 언급이 없었다면 나는 평생 눈치도 못 챘을 것. 냥이는 내 인생이 기구하다 생각하지 않냐, 고 내게 물었다. 그리고 그 답에 대한 도움이라고 세희가 언제부터 나를 알고 지냈는지 생각해 보라 했다. 그래. 일종의 힌트다. 두 번째의 질문 같은 말은 첫 번째의 답을 유추할 수 있도록 준 힌트라는 말이다. 이렇게까지 노골적으로 말해 주면 아무리 나라 해도 알수 있다. 세희는 내가 어렸을 때, 태어난 지 얼마 지나지 않은 갓난아기일 때부터 나를 알고 있었다. 그리고 내 인생은 그때부터 꼬여 버렸다는 말이다.

내 생각은 이렇다. 지금까지 알고 지낸, 내가 지금까지 봐온 세희는 그 속을 알 수 없을 만큼 생각이 깊고 넓다. 내가 바로 코앞에 닥친 일에 정신이 팔려 있을 때 이 귀신 녀석은 그 이야기의 끝을 짐작해 버린다. 랑이와의 일, 치이와의 일, 나래와의 일, 페이와의 일, 심지어 지금도 그럴 것이다. 그 모든 것을 알고 내가 모르게 뒤에서 손을 쓰고 있는 것이 랑이의 창귀, 5천 년을 넘게 살아온 귀신. 그게 세희다. 그리고 세희는 랑이를 그 누구보다도 아낀다. 랑이의 행복을 위해서는 못 하는 일이 없다. 그렇게 싫어하던 내게 단지 랑이의 남편이 될 사람이라는 이유만으로 혼란을 틈타 농담 같은 한 마디로 주인이라는 자리를 넘겨 버릴 정도다. 그런 녀석이 랑이의 안전이 위험해지는 이때 태어난, 곰의 일족의 눈치를 보지 않고 손을 쓸 수 있는 유일한 인간. 지킴이 일족의 후예이면서 남자아이인 나를 가만히 놔두었을까? 그 세희가? 그럴 리가 없다. 그건 세희에게 맞지 않는다. 그렇기 때문에 내 인생은 기구해진 것이다. 세희의 개입으로 내 인생 자체가 세희가 깔아 놓은 레일 위를 달리는 꼴이 되었단 말이다. 냥이는 말했다. 내가 산삼인지 인삼인지도 모르는 녀석이라고. 산삼은 산에서 자연이 기른 삼을 말하고 인삼은 인간의 손으로 가꾸어진 삼을 말한다. 냥이는 말하고 싶었던 거다. 내 인생 자체가 세희의 손에 길러진 것이라고. 이것은 두 번째 냥이의 질문과 이어진다. 랑이가 왜 나를 그렇게 사랑하는지에 대한 답과. 솔직히 지금에 와서는 랑이를 처음 봤을 때 내가 두려워하지 않은 게 내 천성이 그런 건지 아니면 세희의 술수 때문인지도 알 수 없다. 하지만 그건 그리 중요하지 않다. 그것은 어디까지나 첫 만남이니까. 그 후 내가 랑이와 만나고 서로를 알아가게 되었을 때가 중요하다. 이런 말을 내 입으로 하기는 좀 부끄럽지만 랑이는 내게 홀딱 반했다. 그게 언제였을까. 내가 랑이의 손을 잡았을 때? 아니면 랑이의 어리광을 받아 주었을 때? 아니면 랑이를 되찾으러 호랑이 굴에 들어갔을 때? 그것까지는 모른다. 하지만 확실한 건 랑이는 내게 반했다. 그럴 수밖에 없지. 나는 세희의 손에 의해서 랑이의 이상형에 가까운 성격으로 자랐을 테니까. 귀신의 보이지 않는 손으로 자란 게 나란 말이다. 내 인생에 세희가 개입한 것은 랑이에게 안성맞춤으로 잘 빚어진 그릇이 되기 위한 절차였다는 말이다. 부모님의 사랑을 받지 못한 것이, 그 때문에 나래에게 지워지지 않을 상처를 남긴 것이, 이모와 사촌 동생들에게 폐를 끼친 것이, 그 모든 것이 다! 모두 다! 세희의 노림수였다는 거다. 단 하나. 나를 랑이가 좋아할 만한 사람으로 만들기 위해서! 나는 알고 보니 동물원에서 태어난 성훈이라는 이름의 동물이었다는 말이다. 그런데 내가 화가 안 나게 생겼냐? 고민 안 하게 생겼어? 내 인생 자체가 세희에게 조종받았다는 말인데?

그런데도 나는 말했다.

"그래. 상관없어."

요 며칠, 이것 때문에 많은 고민을 했다. 중학교 때 끝난 자아 확립을 고등학생이 돼서 다시 할 줄은 몰랐지만 해야만 했다. 그리 긴 시간도 아니었고 깊은 생각도 많이 하지 못했다.

내가 고민하고 있으면 어떻게 눈치를 챘는지 주위에서 가만히 놔두지 않으니까. 심지어 오늘은 나를 위해서 이런 곳까지 오지 않았냐. 이대로 고민이 계속되면 그 걱정에 무슨 일을 할지 모를 지경이다. 그래서 나는 지금의 상황으로도 만족하기로 했다. 지금까지 내가 세희에게 길러졌다고 해도 그 결과가 지금의 상황이다. 나는 랑이를 구했고 사랑을 가르쳐 주었다. 나는 치이를 구했고 그 짐을 덜어 주었다. 나는 폐이에게 있을 곳을 다시 한번 깨닫게 해 주었다. 세상에 과정이 중요하다는 말이 있지만 지금만은 그 말을 부정하고 싶다. 세희 때문에 내가 도와줄 수 있었던 아이가 셋이다. 그렇다면 세희가 한 일은 모른 척 넘어가 줄 수도 있다.

물론 거짓말이다. 나는 이런 생각을 하는 지금도 세희에게 부엌칼의 새로운 용도로서의 사용법을 가르쳐 주고 싶은 마음도 있다. 나와 나래의 일마저 세희의 의도였을 테니까. 하지만 그렇다고 해도 내가 이 분노를 이 자식에게 쏟아부을 수 없는 것은 결국 나래에게 상처를 준 것이 나라는 점이다. 그래. 나다. 이건 나와 나래의 문제라는 점이다. **세희가 개입했다 해도 그건 나와 나래의 선택이었다.** 그건 부정할 수 없는 사실이다. 또 요즘 들어 세희가 나를 존중해 주기 시작했다는 느낌이 들거든. 정확히 말하면 내가 랑이를 구한 이후. 자신의 마음대로 나를 장기짝으로 쓸 수 있었던 상황이 많았지만 그런 행동을 보인 적이 없다. 나를 도와주려고, 나 스스로 깨닫게 하려고 노력하는 모습만 보였다. 이것마저 의도되었을 행동이라 의심할 수도 있겠지만 그러고 싶지 않다. 아니, 못 하겠다. 나는 그렇게 사람을 의심하며 살아갈 수 있는 성격이 아니란 말이야. 그래서 나는 다시 한번 말했다.

"네가 내 인생에 무슨 짓을 했는지, 그거 때문에 내가 무슨 고생을 하고 험난한 인생을 살아왔는지 그 모든 게 상관없다는 말이다."

그렇게 생각하기로 한 이유는 또 있다. 먼저 냥이의 속셈. 냥이의 입장에서는 세희만큼 꺼림칙한 녀석이 없을 거다. 그래서 내가 세희와 사이가 안 좋아지는 것을 첫 번째로 노렸을 것이다. 그런데 내가 세희가 마음에 안 든다고 스스로 호랑이 입에 머리를 집어넣을 생각은 없다. 둘째, 내가 그렇게 결론 내지 않으면 다른 애들이 걱정하게 된다. 상냥한 나래와 귀여운 랑이는 둘째가라면 서러울 정도로 내 기분을 잘 눈치챈다. 둘 다 야성의 감일까. 또한 치이와 페이도 그 둘에 비하면 조금 모자라지만 내가 기분이 나쁘면 금방 알아챈다. 그런데 내가 침울하거나 화를 내거나 고민만 하고 있을 수 있겠냐. 그런데 세희는 내 일생일대의 용서를 듣고도 인상을 찌푸린 채 나를 노려보고 있었다.

"겨우 그것뿐입니까?"

그 목소리에는 짙은 실망감이 묻어 있었다. 사람을 벌레 보듯이 보는 세희의 시선에 나는 당황했다. 이, 이 자식이. 방귀 뀐 놈이 성낸다더니, 지금 세희가 딱 그 꼴이다. 네가 지금 그렇게 나를 볼 상황이 아닐 텐데? 엎드려서 절이라도 해야 하는 거 아니냐? 그런 내 생각을 가득 담아 인상을 찌푸리며 말했다.

"아니. 이건 어디까지나 내 이야기다. 하지만 나 때문에 피해를 받은 나래하고 이 일에 관련이 있는 랑이에게는 나하고 직접 이야기하고 사과하도록 해. 그게 낭이의 계획을 수포로 만들기 가장 좋은 방법 같으니까."

나는 당연히 해야 할 일을 말했다고 생각했지만 세희의 인상은 찌푸려졌다.

"……하아."

마음에 들지 않는다.

"내가 지금 한숨 쉴 말을 했냐?"

"그렇습니다."

세희는 아예 칼을 내려놓고 나를 향해 정면으로 섰다.

"도련님께서 그런 결론을 내셨을 것 같아 말을 피했지만 굳건히 자신의 발언에 대한 의지를 가지시기에 제 소중한 시간을 허락해 드렸는데 결국은 제 고막을 뚫어 버리고 싶은 말이라고 하기에도 아까운 바둑이 짖는 소리, 실례. 바둑이가 짖는 것에는 밥 달라는 뜻이라도 담겨 있으니 예가 맞지 않군요. 그렇습니다. 도련님께서는 바닷물이 방파제에 부딪히며 나는 소리같이 아무런 뜻도 의미도 없는 말씀을 하셨습니다. 그런데 제가 한숨을 쉬지 않을 수 있겠습니까?"

세희에게 이렇게 화가 나는 건 오랜만인 것 같다. 당장이라도 저 무표정한 얼굴에 주먹이라도 한 방 먹여 주고 싶었지만 나는 냉정해지려 애쓰며 말했다.

"아니, 그러면 나보고 어쩌라는 건데? 여기서 네가 내 인생을 엉망으로 만들었다고 주먹이라도 들까? 내 인생 물어내라고 화낼까? 아니면 그 잘난 주인이라는 입장을 이용해서 네게 치욕스러운 일이라도 시킬까? 그게 좋겠냐? 응? 그렇게 잘난 듯이 내려다보지만 말고 뭐라고 말 좀 해 보시지?"

하지만 그게 제대로 될 리가 없고 세희도 지지 않고 말했기에 내 감정은 점점 더 커져만 갔다.

"차라리 그랬다면 저도 조금은 기뻤을 겁니다. 제 예상을 벗어난 도련님께서 드디어 자신의 마음에 솔직해지셨다고 생각했을 테니까요. 저와의 관계에 변화라도 줄 각오를 하셨다는 말이니까요. 하지만 지금 도련님의 모습은 그 어느 때보다 추하며 추악합니다. 그런 핑계를 통해 자기 합리화를 시키고 제게 은혜라도 베푸는 식으로 말씀하시며 저보다 우위에 있다는 것을 표출하여 지금까지 제가 도련님의 인생에 간섭한 것이 내게 있어 별것 아니라는 듯 허세를 부려 지금까지 쌓아 온 현실에 안주하며 한 발자국도 나서지 않으며 그 자리에, 실례, 뒤로 물러나서 그런 것 따위는 나와 상관없다는 내가 고민하고 마음을 닫고 있으면 아이들이 걱정하니까 어쩔 수 없다는 수동적이며 방관적인 모습으로 상황을 극복해 나가려는 그 일그러진 일면에 저는 도련님께 깊은 혐오감이 들었습니다."

"……뭐?"

"너무 어렵습니까? 그렇다면 알기 쉽게 말씀 드리겠습니다. 잘 들으시죠. 도련님께서 사라지게 된 것은 생각하는 뇌가 첫째요, 뜨거운 가슴이 둘째요, 사람의 말을 들을 수 있는 귀가 셋째라는 말입니다. 제가 이렇게까지 말씀 드렸는데 귀가 있으면 들으시고 마음이 있으면 느끼시며 뇌가 있다면 생각하시길 바랍니다. 아니면 영영 제게 돌보아지는 가축으로 남고 싶습니까? 주인님의 눈도 다하셨군요. 도련님 같은 개돼지를 범이라 생각하시다니. 아니, 오히려 그것이 낫겠습니다. 도련님은 그렇게 주인님의 관심과 사랑을 받으며 그 살을 뒤룩뒤룩 찌워 재롱이나 떠는 개나 되시지요."

세희의 독설을 나는 더 이상 참을 수 없었다. 머리가 아닌 몸이 움직이고 말았다. 하지만 내 주먹은 세희에게 막혔다.

"아직 짖으실 때가 아닙니다, 도련님. 제 이야기가 아직 끝나지 않았으니까요. 측간에서 떨어지는 배설물이나 핥아 먹는 도련님은 지금 상황이 얼마나 위험한지 모르고 그딴 헛소리나 지껄이셨나 본데 어디에 가야 먹을 것이 있나 생각하는 그 머리로 생각을 좀 해 보시지요. 냥이님의 말을 모두 믿고 있는 자신의 어리석음을, 어째서 도련님께 제가 이런 말씀을 **또다시** 드리는지, 지금 **도련님께서 간과하고 계시는 사실**이 무엇인지 말이죠. ……아니, 죄송합니다. 가축, 실례, 가축님이 그럴 만한 지능이 있다면 제가 이렇게까지 고생하고 있지 않겠지요. 죄송합니다, 돼지님. 그저 지금처럼 그런 인간쓰레기만도 못한 마음을 간직한 채 주인님의 품 안에서 아무것도 생각하지 않고 어린아이같이 행복하게 지내시길 바랍니다. 싫으시다면 제게 조종받는 허수아비가 되시는 것은 어떻습니까? 이후의 일은 제가 모두 알아서……."

이번에도 내 주먹은 막혔다.

"이러실 필요 없습니다, 쓰레기님. 그저 제게 명하시면 됩니다. 제게 명하시면 저는 약조에 따라 명을 충실히 따를 테니까요. 무엇을 원하십니까? 명하신다면 지금이라도 퇴비님의 앞에 석고대죄를 하겠습니다. 아, 죄송합니다. 그런 것으로 용서될 리가 없겠지요. 그렇다면 분노를 성욕으로 푸시는 것은 어떻습니까? 제가 비록 가슴이 작다 하여도 처녀의 몸. 꽤나 즐기실 수 있을 것입니다. 나중에 하실 변명을 위해 술을 준비해 드리겠습니다. 자. 명하시지요, 주인님. 그리고 자신이 쓰레기라는 것을 증명해 주시길."

그 말에 나는 화가 머리끝까지 치밀어 올랐다. 세희의 말대로 주인으로서 명령을 내리고 싶다. 용서를 빌라고. 지금 한 말을 취소하라고! 하지만, 하지만! 알고 있다. 이런 일에 주인으로서 명령을 내리는 것 자체가 세희의 말대로 나 자신을 깎아내리는 것이라는 걸. 정말 그것까지 하는 건 내 자존심상 용납할 수 없다.

"꼴에 알량한 사내의 자존심은 있으시군요."

하지만 세희의 비웃음에 언성이 높아지는 건 어쩔 수 없었다.

"강세희, 너!!"

"무슨 일이야?"

나래의 목소리. 아차. 그러고 보니 시간이 이미 오래 지났다. 애들이 왔을지도 모른다는 생각은 전혀 못 했다. 고개를 돌려 보니 당혹스러워하는 나래를 선두로 그 옆에 불안해하는 랑이가, 그 뒤에서 치이, 페이가 오들오들 떨며 나와 세희를 보고 있었다. 이런 상황에서도 표정 관리가 제대로 안 되는 건 나만의 이야기였다. 세희는 내 주먹을 놓아주고 입꼬리를 살짝 올렸다.

"별것 아닙니다, 나래 님. 카레에 들어가는 고기가 소고기인지 돼지고기인지, 맵게 할 것인지 달게 할 것인지에 대한 의견 차이 때문에 조금 언성이 높아졌을 뿐이니까요."

세희의 말도 안 되는 변명을 믿을 사람과 요괴는 없었고 걱정은 한층 더 심해졌다. 그 시선을 견딜 수 없었다.

"칫."

결국 나는 도망치듯 부엌에서 뛰쳐나갔다.

"성훈아, 어딜 가는 것이느냐."

그런 내 옷자락을 랑이가 잡았다. 이 자리를 한시라도 빨리 벗어나서 감정을 가라앉히고 싶은 마음은 굴뚝같지만 지금 나가면 랑이가 내 걱정에 안절부절못할 모습이 눈에 선하다. 그렇다면…….

그래. 이건 나만 알고 있어서는 안 되는 이야기다. 이 기회에 사실을 이야기하자. 그리고 다음 문제를 생각하자.

마음의 결정한 나는 일단 랑이를 지나쳐 불면 날아갈 것 같은 새끼 새들의 머리를 툭툭 두드려 주었다.

"세희하고 좀 싸웠지만 너희들이 걱정할 건 아니야. 그러니까 너무 겁먹지 마라."

"오라버니……."

[난 괜찮아.]

신경 써 줘서 고맙다. 나는 나래에게 시선을 돌렸다.

"머리 식히고 와."

내 소중한 소꿉친구는 말하지 않아도 내 마음을 알아준다. 나는 고개를 끄덕이고 해바라기처럼 나만 바라보고 있는 랑이에게 말했다.

"랑이야, 잠깐 같이 가자. 괜찮지?"

랑이는 내 권유에 살짝 놀랐다가 곶감과 싸우러 가는 듯 굳은 결의를 한 표정으로 고개를 끄덕였다.

"응."

밤의 바닷가는 그리 낭만이 넘치는 곳은 아니었다. 인공적인 불빛 없이 달빛을 따라 밀려오는 파도 소리와 함께 계속해서 걷는다. 내 옆을 따라 걷고 있는 랑이의 손만이 오로지 따스하다. 뭐라고 한 번 말해 볼 만한데 지금까지 입을 꼬옥 다물고 기다려 주는 랑이가 기특하다. 어느새 이렇게 커 버린 걸까. 조금씩 조금씩 어른이 되어 가는 걸까. 그런 의미에서 나는 아직 어린아이 같다.

"좀 쉬자."

랑이가 고개를 끄덕였다. 나는 모래사장에 털썩 주저앉았고 랑이는 내 옆에 살짝 거리를 놓고 앉았다. 이 녀석이 평소하고 달리 왜 이러냐.

"랑이야."

나는 말을 하면서 내 허벅지 위를 툭툭 두드렸다. 랑이는 귀를 쫑긋 세우고 내 허벅지를 한 번 보고는 시선을 올려 나를 보더니 고개를 획획 내저었다.

"괘, 괜찮으니라."

그러냐? 나는 다시 한번 두드렸다. 꼬리가 살랑 움직인다.

"……괜찮으냐? 기분이 안 좋은 것 아니었느냐?"

"그게 왜?"

내가 기분이 나쁜 거하고 랑이가 내 위에 앉는 거하고 무슨 상관이냐. 한 번 더 거절하면 말랑말랑한 배를 잡아 들어 포동포동한 엉덩이를 내 위에 억지로 올리려고 했지만 아쉽게도 랑이는 조심스럽게 엉덩이를 들이댔다. 실례합니다~라고 말하는 것 같은 기분이 든다. 랑이가 옆으로 앉고 나서 나는 내 품 안에 들어온 작은 새끼 호랑이를 꼬옥 껴안아 주며 머리에 턱을 대고 나지막하게 속삭였다.

"랑이야. 넌 날 좋아하니?"

랑이가 움찔 떠는 것이 온몸을 통해 느껴진다. 하지만 이윽고 왜 그런 당연한 걸 물어보는지 궁금하다는 듯 나를 올려다 보며 대답했다.

"응. 많이많이 좋아하느니라. 아니, 이런 말로는 내가 너를 좋아하는 마음을 모두 담을 수 없느니라. 으냐아~. 그러니까…… 자, 잠깐만 기다리거라."

나는 말없이 고개를 끄덕였다. 랑이는 뭔가 곰곰이 생각하고 나서야 입을 열었다.

"그렇다! 잘 들어라, 성훈아. 나는 저 하늘에 떠 있는 해와 달로 관을 만들어 네게 씌워 주고 하늘로 옷을 만들어 별로 수를 놓아 주며 내 등에 태워 이분이 내 지아비 되실 분이라고 삼라만상에게 자랑하고 싶을 정도로 너를 사랑하느니라."

입이 떡 벌어졌다. 랑이가 이렇게 말을 잘했나? 내가 아무런 말도 없자 랑이가 슬쩍 나를 올려다보며 양 볼을 붉히며 웃었다.

"헤헤헤. 언젠가 너를 기쁘게 해 주고 싶어서 막 찾아보고 공부하였느니라. 어떠느냐. 기쁘느냐?"

나는 말 대신 행동으로 보여 줬다.

"귀, 귀에는 그러지 말거라. 이, 입술에…… 흐에엥~."

녹아내린다, 녹아내려. 아, 무슨 짓을 했는지는 말 안 하겠다. 나는 흐물흐물해져서 내게 몸을 기댄 랑이에게 말했다.

"그러면 말해 주고 싶은 게 있는데 괜찮을까?"

"응."

내가 세희와 싸우게 된 이유를 랑이가 이해하기 쉽게 설명하는 것은 어려웠다. 심지어 냥이에 대한 이야기를 숨겨야 했으니까. 조금은 긴 시간이 걸리게 되었지만 랑이는 좋은 청자로서의 역할을 충실히 수행하며 내 이야기를 들어주었다. 이야기를 마치며 나는 내 속마음을 전했다.

"그래서 나는 너를 향한 내 마음이 진짜인지 가짜인지 모르겠어."

랑이는 겁에 질린 표정으로 머리카락으로 물음표를 만들었다.

"서, 설마 그래서 너는 내가 싫다는 것이느냐?"

전달력이 낮아서 힘들구나. 웅변 학원에 등록하자.

"아니, 이야기가 왜 그렇게 되는데. 당연히 난……."

"그러면 무엇이 문제여서 싸우게 되었느냐?"

조금 단도직입적으로 말해야 하는 걸까. 나는 마음을 굳게 다지고 말했다.

"그러니까 세희의 계획으로 내가 널 사랑하게 되었다는……."

생각에 세희와 싸우게 되었다, 라는 말은 랑이의 단언에 입안으로 들어가게 되었다.

"그럴 리가 없다."

"에?"

"그, 어려운 이야기라서 잘은 모르겠지만 먼저 세희가 옛날부터 네게 이상한 짓을 한 건 주인 된 입장에서 내가 사과하겠느니라."

랑이는 머리를 꾸벅 숙였다. 사과가 참 간단하지만 그만큼 마음에 와 닿았다.

"하지만 나는 잘 모르겠느니라. 왜 그런 일에 마음고생을 하고 있는 것이느냐?"

"그야 당연히……."

"성훈아."

랑이가 자그마한 손으로 내 손을 감싸 안았다.

"묻겠느니라."

"응."

"그런 일이 없었다면 너는 나를 사랑하지 않았을 것이느냐?"

"아니."

생각보다 말이 빨리 나왔다. 세희의 간섭이 없었다고 해도 나는 결국 랑이를 사랑하게 되었을 거다. 그 과정과 시간에 차이는 있을지 몰라도 그것은 달라지지 않는 사실이다. 이 귀여운 소녀를 사랑하지 않을 수 있을까.

"그렇다면 무엇이 문제인 것이느냐. 네 진심을 말해 주거라. 무엇이 너의 걱정이느냐. 무엇이 너를 슬프게 만드느냐."

그것이 어디까지나 나의 입장이라는 것. 랑이에게 있어서는 다른 이야기일 것이란 두려움을 숨길 수 없었다.

"하지만 그건 내 이야기니까. 너는 다를 수……."

"내 마음을 아직도 모르느냐! 만약 네가 지금하고 다르다 해도! 나를 괴롭히는 나쁜 성훈이었다 해도! 나는 결국 지금처럼 너를 사랑하게 되었을 것이니라!"

그 순간, **랑이는 어른이 되어 있었다.** 확연한 어른. 나보다 나이가 많아진 랑이의 모습에 나는 넋을 잃었다. 비록 가슴의 크기는 거의 변화가 없었지만 키가 커지고 뚜렷해진 이목구비와 갸름해진 얼굴선. 그리고 깊이가 있어진 호박색 눈동자에 나는 모든 것을 빼앗겼다. 정작 당사자는 자신이 성장했다는 것을 모른다는 듯 사랑에 빠진 눈으로 나를 **내려다보고** 있을 뿐. 내 모든 것을 받아 줄 것 같은 어른스러운 그 모습에, 나는 랑이의 마음을 알면서도 지금까지 쌓아 온 고민을 토해내듯 말했다.

"하지만 세희가 꾸민 일이잖아. 심하게 말하면 나는……."

하고 싶은 말은 정말 많았다. 하지만 랑이는 허락하지 않았다.

"너는 나의 지아비이니라. 이미 나와 같은 범이 되었다 이 말이니라. 이 나를 살쾡이로 만들지 말거라."

그것은 내 고민을 한 번에 머릿속에서 지워 버리는 말이었다.

"나는 너를 사랑하느니라. 너의 모든 것을 사랑하느니라. 이 마음은 **한낱 창귀**의 농간으로 시작할 수 있는 것이 아니니라. 내가 너를 사랑하는 이 마음은 나의 것이니라. 천지신명이라 해도 너를 사랑하는 내 마음에는 어떤 짓도 할 수 없느니라. 고백하느니라. 모든 것을 굽어 살피는 하늘 아래에서, 모든 것을 끌어안아 주는 대지 위에서 나는 내 마음을 다시 한번 고백하느니라."

랑이의 부드러운 두 손이 내 얼굴을 부드럽게 감싸 안았다. 금은보화보다 값지다는 듯 나를 소중하게 여겨 주는 마음이 피부와 피부를 타고 느껴진다. 랑이는 내 눈을 똑바로 내려다보며 말했다.

"사랑하느니라. 너를 사랑하느니라. 내 모든 것을 바쳐 너를 사랑하느니라. 하늘에 점지여 받은 나의 이름, 범이의 이름을 걸고 맹세하느니라. 이 사랑은 오로지 나의 것이며 너의 것이니라. 그 누구도, 그 무엇도 내 사랑에 간섭할 수 없느니라."

잠시 랑이가 말을 멈춘 것은 내게 마음의 준비를 하라는 배려였다. 그렇지 않았다면 나는 행복에 질식해 죽어 버렸을 테니까.

"나는 너를 사랑하기 위해 태어났으니까."

랑이의 맹세에 나는 마음으로 깨달았다. 내가 세희에 의해 랑이가 좋아하기 좋은 성격으로 자라게 되었다고 해도, 랑이에게 반하기 좋은 성격으로 자라게 되었다고 해도 그런 것은 별 의미가 없다는 것을. 과정과 결과. 지금만은 세희의 말에 손을 들어 주고 싶다. 나는 랑이를 사랑하고 랑이는 나를 사랑한다. 그것으로 충분하다. 그것으로 행복하다. 냥이의 말은 나와 랑이의 관계에는 의미가 없는 것이었다. 우리는 언제, 어디서, 어떻게 만났더라도 서로를 사랑할 수밖에 없었을 것이다. 그러니까 그것으로 충분하다.

그것을 깨닫는 순간 나는 웃음이 흘러나왔다. 혼자 고민했던 나 자신이 바보 같아졌다. 랑이에게 내 고민을 털어놓았다면 이렇게 간단하게 해결되었을 것을 혼자 싸매고 고민했던 내가 바보였다. 혹시나 모를 두려움을 가지고 있던 내가 바보였다.

그래. 나는 두려웠다. 사실을 알고 랑이가 나를 더 이상 사랑하지 않는 것이 무서웠다. 나는 더 이상 랑이가 없는 삶은 상상할 수 없으니까. 그래서 지금은 내 마음을 그대로 털어놓기로 했다.

"사랑해, 랑이야. 평생 내 곁에 있어 줘."

"당연한 말은 하지 말거라. 성훈아. 사랑하느니라."

나는 자연스럽게 랑이의 목덜미에 팔을 둘렀다. 랑이는 내 마음을 눈치챘는지 수줍게 웃고는 두 눈을 감고 살며시 내게 가까이 다가왔다. 나는 그 어느 때보다 두근거리는 마음을 가득 담아 랑이와 키스했다.

그 어느 때보다 길고 달콤하게.

아쉬운 일이지만 랑이는 시간이 지나자 자연스럽게 어린아이의 모습으로 돌아갔다. 예전에 세희는 사춘기니까, 라는 말로 넘어갔지만 나는 랑이가 성장하게 되는 이유를 얼핏 알 것 같은 느낌이 들었다. 그래서 다시 랑이가 어린아이가 되었어도 아쉬운 느낌은 전혀 들지 않았다. 아니, 지금부터 어른이 되면 내가 곤란하다고. 하지만 그건 나의 이야기.

"우…… 어째서 다시 작아진 것이느냐."

랑이는 자신의 손을 내려다보며 울상을 지었다. 나는 피식 웃고는 랑이를 달래며 오두막으로 돌아갔다.

문을 열자 처음으로 맞이해 준 것은 치이와 페이였다.

"오셨어요, 오라버니?"

[너 기다리느라 배고파.]

치이와 페이는 불안해하는 모습을 첫 날갯짓하는 힘까지 써서 열심히 숨기며 애써 밝은 모습으로 말했다. 죄책감이 가장 먼저 들었지만 그건 곧 이어지는 고마움에 사라졌다. 내 눈치를 살피며 무슨 말과 글을 말하고 쓸까 고심하고 있는 두 녀석을 와락 끌어안는 거로 그 마음을 표현하기로 했다:

"뭐, 뭐하는 거예요?!"

[멘탈 붕괴?!]

뭐라고 하는 건 신경 쓰지 않는다.

"걱정시켜서 미안. 난 화 다 풀렸고 세희하고도 좀 있다가 화해할 거니까 걱정하지 마라. 애들은 싸우면서 크는 거라고 하잖아?"

"그 얼굴로 애라니, 우습군요."

"너한테도 적용되는 말이다."

나는 갑자기 나타난 세희에게 쏘아 주며 일어났다.

"하실 말씀은 많으시겠지만 일단 나중으로 미루지요. 식사가 많이 늦었습니다."

"그래. 일단 밥 먹자."

그 말에 한 명과 세 마리의 배가 사이좋게 울렸다. 우리는 서로를 바라보며 웃었다.

이미 알고 있겠지만 늦은 저녁은 카레였다. 어린애들의 입맛에 맞게 맵지 않고 달달해서 랑이는 카레를 입 안에 들이붓

듯이 먹었다. 치이와 페이는 그래도 어느 정도 예의를 차리고 있었고 나래는 한 숟가락 뜨고 나를 노려보고 한 숟가락 뜨고 나를 노려보는 것으로 내 위장의 건실성을 시험하셨다. 그런데 밥 먹을 때면 어김없이 보이던 바둑이가 보이지 않는다. 나는 세희에게 물어보았다.

"바둑이는?"

또 사료 줬다고 하면 이번에는 진짜 때릴 거다. 랑이의 팔목을 잡아서 주인님의 손으로. 하지만 내 귀에는 차라리 그랬으면 좋을 이야기가 들렸다.

"피곤하다 해서 먼저 재웠습니다."

"바둑이가?"

밥 짓는 냄새만 풍겨도 쏜살같이 달려오는 바둑이가 밥을 마다하고 잠을 자러 갔다고?

"오늘 너무 무리해서 놀았으니 어쩔 수 없습니다."

"무리해서 놀아?"

"응? 그렇게 많이 안 놀았느니라."

랑이가 내 시선에 자진 납세해서 고개를 가로저었다.

"그런 뜻이 아닙니다, 주인님. 단지 지금 상황이 어떤지도 모르고 눈앞의 고기에 정신이 팔려 평소처럼 전력으로 달린 것뿐이니까요."

랑이는 숟가락을 입에 물었다.

"우……. 너는 가끔 너무 어려운 말을 하느니라."

"저와 함께 공부하시면……."

"괜찮으니라!"

기겁하는 랑이 덕분에 식사 분위기는 다시 화기애애해졌다. 나만 빼고는. 나는 세희에게 들었던 독설이 마음 한구석에 남아 있었으니까.

식사를 마치고 내일 학교에 가기 위해 잠은 집에 가서 자야 하지 않겠냐는 내 주장은,

"주무셨을 때 옮겨 드리겠습니다."

위와 같은 말로 무시되었다. 별장지에서의 하룻밤도 나쁘지 않고 내가 한 행동도 있기에 나는 더 이상 세희에게 아무 말도 하지 않았다.

오늘은 랑이와 나래, 치이와 페이가 각각 한방을, 나와 세희는 독방을 쓰게 되었다. 물론 그렇다고 가만히 있을 녀석이 아니기에 오늘도 어김없이 랑이는 몰래 내 방으로 들어왔지만 결국 문 옆에 숨어서 기다리고 있던 나래에게 안겨서 손발을 바동거리며,

"오늘만큼은! 오늘만큼은 같이 잘 것이니라! 오늘은 봐줘도 되지 않느냐?!"

같은 말을 남기며 끌려갔고, 치이와 페이는 지금 내 눈앞에 있다. 내가 까막까치의 방에 들어간 게 아니라 요 녀석들이 내 방으로 들어온 거다. 오해하지 말자.

"같이 자게?"

물론 진담 섞인 농담을 건넨 건 나 맞다.

"자기 전에 인사하러 온 거예요."

[로리콘 눈에는 애만 보여.]

그러면 다행이군. 난 나래도 볼 수 있으니까.

"그래, 피곤할 텐데 잘 자라."

그런데 인사를 하고도 방에서 나갈 생각을 하지 않는다. 아니, 뭔가 여전히 할 말이 있는 눈치다. 치이는 팔꿈치로 페이의 옆구리를 쿡쿡 찌르고 있고 이에 지지 않겠다는 듯 페이도 연기로 화살표를 만들어 치이의 볼을 찌른다. 해석하자면 네가 총대를 메라고 할 수 있겠지. 그렇다면 내가 메 주마.

"뭐 할 말 있어?"

"아우우……."

[…….]

치이와 페이는 서로의 눈치만 살피다가 서로의 손을 꽉 잡고 내게 다가왔다. 그러고선 누가 먼저라고 할 것 없이 나를 양쪽에서 껴안아 주었다. 침대에 앉아 있는 나는 자연스럽게 두 녀석의 작지 않은 가슴에 얼굴이 묻히는 행복한 경험을 불의불식간에 당하게 돼서 깜짝 놀라기 전에 얼굴부터 붉어졌다.

"히, 힘내라는 주문인 거예요!"

[나, 너 좋아해.]

이 녀석들도 나를 생각해 주고 있다는 거지. 그렇다고 그 마음을 꼭 이렇게 보여 줄 필요가 있을까. ……솔직히 고맙고

기쁘고 행복하지만. 나는 그 마음을 담아 두 녀석을 안아 주었다.

"어, 어딜 만지는 거예요?!"

[엉덩이 더듬지 마.]

오해다. 엉덩이를 더듬는 건 이런 걸 말하는 거라고.

"꺄우-우-우?!"

[변태!!]

얼굴이 해님처럼 변한 까막까치가 방을 나서자 방에는 현실의 달님같이 변한 나 혼자 남게 되었다. 아, 그 녀석들. 장난으로 슬쩍 훑어 내렸다고 진심으로 때리다니.

"들어갈게."

그런 자잘한 불만을 할 상황이 아닌 것 같다.

"어."

방에 들어온 나래는 이제 막 잘 생각이었는지 분홍빛 귀여운 파자마를 입고 있었다. 파자마에 그려진 아기 곰이 상당히 귀엽다. 나래는 방문을 닫고 다가와 내 옆에 앉았다. 표정이 상당히 진지해 보여서 나는 기분을 풀어 주기 위해 농담을 건넸다.

"이런 야밤에 남자 혼자 있는 방 침대에 앉는 건 위험한데."

"네가?"

그러네. 우리는 피식 웃었지만 그 분위기는 나래의 한 마디에 순식간에 깨졌다.

"말해. 네가 지금까지 무엇 때문에 고민했는지, 세희하고
왜 싸웠는지."

"응."

내 생각은 변했다. 랑이가 가르쳐 주었으니까. 서로를 마주
보며 이야기를 나누면 별것 아닌 일이라는 사실을 말이야. 나
는 입을 열었다.

소리는 나오지 않았다. 소리가 나오지 않았다.

사실은 무서우니까. 멋있게 뭐라고 말했어도 사실은 두렵
다. 내가 세희를 원망했듯이 나래가 나를 원망하게 되는 것
이. 그래서 지금까지 나래에게만은 알려 주고 싶지 않았다.
알고 있다. 나래는 나를 원망하지 않을 거다. 내가 미친 고백
을 했을 때도 내 곁에 남아 주었던 나래다. 그럼에도 나는 두
려웠고 무서웠으며 겁에 질리고 말았다.

그런 겁쟁이의 손을 나래가 겹쳐 왔다. 손가락 사이사이를
타고 느껴지는 나래의 온기, 깊은 유대감이 내게 용기를 부여
해 줬다. 그래. 치이가 페이를 아끼듯이 나래 역시 나를 아낀
다. 페이에게 그런 말을 한 내가 자신의 입에 담은 말도 못 지
켜서야 되겠냐. 나는 용기를 내서 나래에게 지금까지 일어났
던 모든 일을 말했다.

그리고 맞았다.

첫 시작은 오른뺨을 강타한 강렬한 주먹이었다. 이가 나가지 않은 게 요행이었다. 그대로 쓰러지려는 내 몸을 잡아당기며 이어지는 박치기에 머리가 울려 뭐가 뭔지 분간을 할 수 없었다. 그런 가운데에 이어지는 무릎 찍기. 도망치려고 해도 나래가 잡은 손이 수갑이 되어 피할 수도 없었다. 나는 정말 비 오는 날에 먼지 나듯 신 나게 나래에게 맞았다. 아니, 쥐어터졌다. 내게는 점심시간 전의 5분과 같이 느껴지던 시간이 흐른 후, 나는 반죽음 상태가 돼서 침대에 뻗어 버렸고 나래는 얼마나 열심히 때렸는지 거친 숨을 내쉬며 내게 말했다.

"어이구, 그러셨어요?"

입술이 터지고 입 안이 헐어서 말도 제대로 안 나온다. 그래도 말해야겠다. 나래가 왜 이렇게까지 화를 내고 있는지 알고 있으니까.

"죄, 죄송합니다."

"그것도 봐준 줄 알아. 어느 정도 이해할 수 있으니까 그랬지, 안 그랬으면 진짜 여기서 확!"

"히이익!"

주먹을 들어 올리는 나래에게 본능적인 두려움을 느껴 몸을 웅크렸다. 추, 추하다. 하지만 아픈 건 아픈 거라고. 이제나 저제나 나래의 주먹이 떨어질까 두려워하고 있는데 내게 와 닿은 건 주먹이 아니었다. 나래는 두 손으로 내 볼을 감싸 안았다.

"성훈아."

"예."

"지금부터 내가 하는 이야기 잘 들어."

나는 고개를 끄덕였다. 눈이 통통 부어 부어올라 잘 보이지도 않는 나래의 표정은 사람 하나를 반쯤 죽여 났다는 게 믿기지 않을 정도로 자애로웠다. 두 얼굴의 나래가 말했다.

"만약 세희가 그때의 일에 연관이 있다고 해도 나는 세희를 미워하지 않을 거야. 당연히 너도."

그건 내 머리로는 이해할 수 없는 말이었다.

"왜⋯⋯?"

"알아. 보통은 화나겠지. 하지만 알고 있지? 내가 얼마나 못된 아이였는지."

그건 내 이야기다.

"내 이야기도 해."

내 속을 그대로 읽은 나래에게 할 말이 없었다.

"하지만 그날 이후에 나는 조금씩 변했어. 너도 그렇고. 그날의 일은 내게 있어서 정말 소중한 추억이야. 깊은 상처이기도 하지만. 너도 그렇지?"

나는 고개를 끄덕였다.

"그래서 그런 소중한 추억을 선물해 준 세희에게 난 화가 나지 않아. 그 일이 없었다면⋯⋯. 내가 널 좋아할 리가 없을 테니까."

나래는 얼굴을 확 붉혔다. 사람의 얼굴을 다른 의미로 붉게 만든 나래라고 해도 귀여운 건 귀여운 거다.

"이, 이건 어디까지나 전의 이야기야! 그 바보 같은 고백 전의 이야기니까!"

나래는 손을 휘저으며 부정했다. ……꼭 그러실 필요가 있습니까.

"그러니까 너도 세희에게 화만 내지 말고 다른 식으로 생각해 봐. 그 심한 말도 그 능구렁이 같은 애가 그냥 했을 리가 없으니까."

나래의 말대로다.

"응."

"그리고!"

나래는 목소리를 높였고 나는 겁먹은 거북이가 되었다.

"이런 **별것도 아닌 일** 가지고 다시 한번 그렇게 큰일이라도 있는 것같이 숨기고, 걱정시키면 그 때는 진짜로 죽을 줄 알아!"

나래 역시 별것 아닌 일이랍니다. 내가 머리 싸매고 이제 난 어떻게 해야 하는지, 세희의 손으로 이루어진 나와 랑이의 관계는 지금 이대로도 괜찮은지, 이런 게 사랑이라고 할 수 있는지, 계속해서 나를 괴롭혔던 그 모든 고민들이 별것 아닌 일이랍니다. 그 호쾌한 말에 나는 웃음이 터져 나왔다.

"왜, 왜 그래?"

나는 당황하는 나래에게 신경을 못 쓰고 계속 웃었다.

아, 정말.

곰과 호랑이가 너무 닮았잖아!

나는 이제는 뚱한 표정이 돼서 주먹을 쥐는 나래에게 손을 들어 말리고 얼마나 웃었는지 눈가에 맺힌 눈물을 닦았다.

"뭐야, 진짜. 너무 많이 맞아서 정신이 나간 줄 알았잖아."

그걸 아시는 분이 그러셨어요?

"미안. 너무 웃겨서."

"뭐가?"

"고민하고 있던 내가."

내 눈치를 살피는 나래를 안심시키기 위해 피식 웃어 주었다.

"그러면 너한테는 도대체 뭐가 큰일인데?"

나래는 고심하더니 진지한 얼굴로 말했다.

"⋯⋯네가 랑이를 덮치는 거."

"예?"

"내색은 안 했지만 난 진짜 그건 줄 알았단 말이야."

⋯⋯그건 정말 심각한 일이라고요.

"그럼 오늘은 그만 자. 이상한 짓 하지 말고."

나래는 빙긋 웃으면서 방을 나섰고 나는 혼자가 되었다. 그동안 지고 있던 짐을 내려놓은 듯이 마음이 홀가분해졌다.

그렇게 나는 나래와 랑이의 도움으로 냥이의 계획을 무산시킬 수 있었다.

끝마치는 이야기

······라고 이야기를 끝낼 수 있었다면 얼마나 좋을까.

어느새 시간은 새벽이 되어 있었다. 나는 나래를 보낸 다음 잠도 못 자고 오늘부터 냥이를 처음 만났을 때까지의 모든 일들을 머릿속에서 되돌리려고 노력하는 데 시간을 보냈다. 그것은 세희가 했던 독설 때문이었다. 그냥 듣고 넘기기에 세희의 독설에는 뼈가 있었다. 그 뼈에 살집을 붙일 수 있게 된 후에야 나는 말할 수 있었다.

"세희."

"예, 도련님."

세희는 언제나 그렇듯이 어느새 내 옆에 서 있었다. 나는 침대에 누운 채로 세희를 올려다보며 말했다.

"물어보고 싶은 게 있는데."

"대답해 드리겠습니다."

이 녀석이 너무 고분고분하니까 등골이 서늘하다.

"딱히 도련님을 위해서 그런 건 아니니까 착각하지 마시기 바랍니다."

팔짱을 끼고 고개를 휙 돌리며 삐친 것처럼 말하는 세희를 보자니 마음의 안식이 찾아왔다.

"참으로 신기하신 분이군요."

"딱히 너 때문에 그런 건 아니니까 착각하지 마라."

세희는 싸늘한 눈초리로 나를 내려다보았다. 장난은 그만 하자.

나는 확실한 답을 알기 위해 다시 한번 물었다.

"냥이가 태운 부적은 도대체 내게 무슨 짓을 한 거냐."

"내일 아침까지 묻지 말라고 말씀 드리지 않았습니까."

"내일이 되면 스스로 깨닫게 되는 거고?"

"그렇습니다."

그 말을 듣는 순간 수수께끼가 풀렸다. 하지만 그건 너무도 어이없는 결론이었다.

"자신 없으신 겁니까? 없으면 손 털면 됩니다."

이 녀석은 이제 도박까지 하는 건가.

"……믿기지가 않아서 그런다."

앞뒤가 대충 맞아떨어진다고는 해도 나온 답이 이렇다면 어이가 없을 지경이다. 하지만 내가 이제 안경을 껴야 하는 건지 방 안이 어두워서인지 모르겠지만, 내가 보기에는 세희의 입가에 살짝 걸려 있는 초승달 같은 흐뭇해 보이는 미소가 내가설이 정답이라는 믿음을 주었다. 겨우 세희의 미소 따위에 이런 생각을 한다는 것 자체가 웃기지도 않는 일이지만.

"제 미소는 3천억입니다."

비싸다. 넌 절대 패스트푸드점에서 일하지 마라. 손님이 영수증을 보고 기절할 테니까.

"그래도 이건 말이 안 되잖아."

뭔가 반응이 있을까 봐 잠시 입을 다물었지만 세희는 오히려 내 말을 기다렸다.

"내 생각이 사실이라면 너는 지금까지 뭘 하고 있던 건데?"

"술 마시고 있던 것 못 보셨습니까."

……몇 번 본 적이 있었지. 난 결계라도 치는 줄 알았는데 그게 아니었나.

"무리였냐?"

"제가 무슨 대유기생명체콘택트용휴머노이드인터페이스라도 되는 줄 아십니까? 저는 단순한 창귀일 뿐입니다."

"지금 그 말을 나보고 믿으라는 거냐."

"믿는 자에게 구원이 있습니다."

사이비 교주 같은 소리나 하고 있다.

"다시 말씀 드리지만, 저라고 모든 것을 할 수 있는 것은 아닙니다. 하지만 도련님의 인식 정도는 바꿔 드리겠습니다. 도련님. 주인님께서는 순수한 요력만으로는 그 어느 요괴도 따라올 수 없을 정도로 강력하신 분입니다. 비록 그 작고 귀엽고 사랑스러운 외관에 정신이 팔려 있으실지 모르겠지만 그것이 사실입니다."

랑이가 귀여운 건 사실이지. 응.

"그쪽이 아닙니다, 도련님."

"뭐가?"

"……아무것도 아닙니다, 도련님."

세희는 쓴웃음을 지으며 이 로리콘 새끼라는 흘려 넘길 수 없는 말을 중얼거린 다음 말을 이었다.

"그런 주인님의 언니 되시는 분이 냥이님이십니다. 요술에 능하기로는 냥이님을 넘어서는 요괴가 없고 그 요술 하나만으로 주인님과 쌍벽을 이루는 대요괴가 되신 분입니다. 그런 분이 몇 번의 사전 준비를 통해 발하신 요술은 아무리 저라 해도 막지 못합니다. 억지로 막았다면 어떤 로리콘이 폐인이 되었겠지요."

멀리 돌아오긴 했지만 그건 내 질문에 대한 대답이었다.

"그런 말도 안 되는 요술이 가능하다는 거야?"

"지금 눈앞에 일어나고 있지 않습니까."

나래가 때린 곳이 아직도 아프다.

"아픈데?"

"그것이 어떻단 말입니까?"

관계가 없는 것 같다.

"그러면 나는 어떻게 해야 하는데?"

"아시지 않습니까?"

세희는 말했다.

"처음부터 천천히, 진실을 찾기 위한 여정을 떠나시면 됩니다."

지금은 세희의 말을 따르기로 했다. 나는 저 녀석의 꼭두각시가 아니니까. 나는 랑이와 같은 범이니까.

"이제 막 자궁에서 수정이 된 수준입니다만."

무시하자.

일단, 내가 뭔가 이상하다는 것을 느끼게 된 것은 세희의 독설 때문이었다. 세희가 내게 심한 말을 하는 것은 그리 신기한 일은 아니지만 어디까지나 내 인내심이 참을 수 있을 정도로만 하는 것이 평범한 경우였다. 하지만 오늘은 달랐다. 마치 랑이가 나를 놔두고 지리산으로 떠났을 때와 마찬가지로 강도 높은 독설을 내뱉은 것이다.

생각해 보니 이상했다. 냥이는 나와 랑이의 관계를 틀어지게 하기 위해서 내 인생이 조작되었다고 알려 주었다. 그리고 그 일의 주범은 세희다. 이 모든 걸 내가 알게 된 지금 나와 세희의 관계는 그리 좋은 상황이 아니게 되었다. 이유야 어찌 되었건 이 녀석은 내 일생을 지금까지 마음대로 조정해 왔고 지금 그 상황을 들켰으니까. 그렇다면 냥이의 계획을 수포로 돌리기 위해서라면 일단은 내 비위를 맞춰 주는 것이 맞는 일이다. 이 속이 시꺼먼 귀신이라면 그 정도의 일은 아무것도 아닐 것이다. 실제로 몇 번이고 그렇게 해 왔으니까.

"제 진심을 그렇게 매도하시다니, 슬픕니다."

"시끄러."

남의 마음이나 읽지 마라.

다시 돌아와서, 그런 사정을 알고 있는 상황에서 세희는 나를 화나게 만들었다. 내가 그때 화가 난 것은 세희의 말이 심했던 것도 있지만 그 상황에서 오히려 나를 도발하듯 말한 것이 어이없는 것도 있었다. 나는 당연히 세희가 내 말을 따르고 용서를 구할 줄 알았다는 거다. 하지만 세희는 그러지 않았다. 오히려 나를 매도했다.

왜 그랬을까.

답은 세희의 말 속에 있었다.

일단 첫 번째로 나는 나의 일 때문에 냥이가 어떤 요괴인지 신경 쓰지 못했다.

냥이는 치이와 페이의 일을 뒤에서 조종할 때 이중 삼중으로 덫을 파 놓는 솜씨 좋은 사냥꾼이었다.

비록 외관에 가려서 잊어버리게 될 때가 많지만 요괴들의 세계를 열 수 있는 랑이의 언니로 세희가 스스로 말했듯이 자신도 제대로 대처하지 못할 요술을 쓸 수 있는 무시무시한 요괴라 한다.

그런데 나는 처음을 제외하고는 냥이에 대한 의심을 거의 하지 않았다. 처음에 내게 한 말. 랑이가 자신을 알게 되었으니 내게 해를 끼칠 수 없다는 말과 함께 내게 알려 준 인생의 비밀 때문에 이 녀석이 내게 거짓말을 할 수 있다는 걸 생각 못 한 것이다. 심리적인 트릭이었다. 커다란 진실 속에 거짓말을 숨긴다. 겉으로 보기에는 아주 작은 거짓말을 말이야.

그 녀석은 당당하게는 내게 해를 입힐 수 없다. 랑이가 알면 화를 내는 것으로 모자라 세상이라는 판을 엎어 버릴 테니까. 하지만 말이야. 만약에 그 판 자체가 아무도 모르게 뒤바뀐 상황에서라면 어떨까. 예를 들어……

이 모든 것이 현실이 아니라면?

말이 안 된다는 것은 알고 있다. 나도 어이가 없기 때문에 세희에게 확인을 받고 싶었던 것이다. 그런 황당한 수준의 요술이 가능한지 말이야.

그리고 세희는 가능하다고 대답했다. 그러자 내가 이미 그 요술에 말려들었다는 생각에 확신이 들었다.

이유는 간단하다.

먼저 바둑이. 세희의 말에 따르면 바둑이는 꿈을 꾸는 것으로 힘을 회복한다.

서울에 올라온 날. 바둑이는 랑이의 결계를 깨느라 힘을 모두 소진해서 강아지 모습으로 변했지만 내가 기절한 사이에 다시 인간의 모습으로 돌아올 정도로 힘을 되찾을 수 있었다. 하지만 다음 날 아침에는 꿈을 꾸지 못했다며 다시 강아지 모습으로 변해 있었다. 이런 말을 하면 바둑이에게 미안하지만, 마치 절전 모드처럼. 그리고 오늘 랑이와 놀기 위해 잠깐 인간의 모습으로 변한 것으로 지쳐서 밥도 못 먹고 곯아떨어져 버렸다. 그 바둑이가 말이다. 이건 뭔가 확실하게 이상한 일이다.

　두 번째로 세희. 치이와 페이가 다퉜던 날, 세희는 내게 말했다. 냥이가 태운 연기에 대해서는 다음 날 아침이 될 때까지 묻지 말아 달라고 했고, 심지어는 다음 날이 되면 내가 자연스럽게 알게 될 거라고까지 말했다. 그날 아침에 나는 세희에게 물어보려고 했지만 식구들이 갑자기 늘어 소란스러운 생활에 정신이 없어서 지금까지 쭈욱 잊고 있었다. 중요한 것은 며칠이나 지난 지금도 나는 냥이가 부적을 태워 내게 한 짓을 지금도 모르고 있으며, 조금 전에 물어봤을 때도 세희가 대답을 하지 않았다는 것이다. 다른 애들이라면 사소한 일이라고 넘어갈 수 있을지 몰라도 세희는 아니다. 세희는 진담으로 한 말은 반드시 지키는 귀신이다. 그렇다는 건, 세희가 거짓말을 하고 있거나 아직 아침이 오지 않았다는 말이 된다.

　그렇다면 난 아침이 오지 않았다는 것에 걸겠다. 웃기지도 않지만, 난 세희를 믿으니까.

　세 번째로 냥이. 조금 전에 말했듯이 냥이는 솜씨 좋은 사냥꾼이다. 내가 그 녀석을 그리 알고 지낸 건 아니지만 그 행동이 영악하고 철두철미하다는 것을 익히 알 만한 경험을 이미했다. 그런데 이번에만 한 가지 계획을 세웠을 거라는 생각은 하기 힘들다. 내가 너무 잘나서 다른 계획을 나도 모르는 사이에 무마시켰다! 라고 생각할 수도 없고. ……사실 처음에는 이게 끝인 줄 알았다. 하지만 세희의 갑작스러운 강도 높은 독설에 나는 정신을 차렸다. 그 녀석이 내게 그렇게 화를 낸 걸 본 건 지금까지 두 번. 한 번은 랑이의 목숨이 위험했을 때. 또 한 번은 바로 어젯밤. 그 말은 지금 역시 그때와 같이 랑이의 목숨이 위험하거나, 내 목숨이 위험하다는 말이겠지. 즉, 무엇인가가 벌어지고 있다는 것은 확실하다.

그리고 가장 중요한 것은 냥이의 말이었다. 기억하지? 냥이 가 자신도 위험을 감수하고 나를 찾아왔다고 말한 것.

냥이는 랑이와 같은 대요괴다. 그런 대요괴가 한낱 인간인 나를 만나는 데 위험을 감수해야 한다? 이해가 되는 이야기가 아니다. 하지만 나는 이미 알고 있다.

그런 대요괴가 나 같은 인간에게 위협을 느낄 수 있을 때가 언제인지.

그렇다. 그건 랑이와 같이 혼령으로 이루어져 있을 때다.

하지만 이건 모순되는 이야기다. 왜냐하면 냥이는 랑이와 다르게 봉인을 당하지 않았거든. 그렇다면 이 두 가지가 맞아 떨어지게 되려면 어떻게 해야 할까? 답은 간단하다.

냥이가 육신이 아닌 혼령으로 나를 만나러 오면 된다. 위험 부담을 감수하고 말이야. 다른 말로 하면 냥이는 혼령으로밖에 나를 만나러 올 수 없었다는 말이다.

자, 그렇다면 긴 이야기의 결론을 짓자. 나도 이제 머리가 아프다. 잠도 안 자고 잘 돌아가지도 않는 머리를 계속해서 썼단 말이야. 내일 아침에는 새치가 늘어나 있을 정도다.

냥이는 내게 말했다. 그 놀이터는 나와 냥이의 혼령과 요술

로 이어진 장소라고. 그 규모는 작을지 모르지만 이미 전례가
있다.

그렇다면.

이 세계 자체가 나와 냥이의 혼령을 요술로 이어 만든 장소
가 아니라는 법도 없을 것이다.

세희의 미소를 본 순간, 나는 어느새 놀이터에 있는 반쪽 난
타이어 위에 앉아 있었고 냥이는 철봉 위에 한쪽 다리를 걸고
앉아 있었다.

할 이야기는 산더미 같았지만 나는 일단 물어보았다.

"뭐하냐."

"아랫것들이 즐기는 놀이를 한 번 해 보는 것이니라."

냥이는 말이 끝나기 무섭게 몸을 앞으로 숙여 반 바퀴를 돈
뒤 두 발을 땅에 디뎠다.

"하지만 재미없구나."

"……재미있겠냐."

애초에 그거 그렇게 하는 거 맞아?

"하긴, 재미있는 것은 네놈이니라."

냥이는 재미있다는 듯 미소를 지었지만 **꼬리는 털이 곤두선
채 삐쭉 솟아올라 있었다.**

"잘도 여기까지 따라왔구나. 공책에 필기할 때 닿는 스프
링 같은 것의 도움이 있다 해도 사실을 깨달을 줄은 몰랐느

니라."

"아, 필기할 때는 손에 걸려서 짜증나긴 하지."

꼭 필요하긴 하지만. 나와 냥이 사이에 미묘하게 일그러진 공감대가 잠깐 형성되었지만 나는 이야기를 제자리로 되돌렸다.

"날 여기에 부른 건 내 생각이 맞았다는 걸 인정한 거라고 봐도 되냐?"

"넌 라면을 끓일 때 건더기 스프를 넣을지 분말 스프를 넣을지 물어볼 것이냐?"

맞는 것 같군. 그렇게 생각하자 나도 모르게 긴장이 되었다. 이렇게 깨끗하게 인정하는 것을 보아 이미 그에 대한 방비를 해 놓았다는 이야기가 되니까.

"네 말대로 이 세계는 나와 네놈의 혼령으로 만들어진 곳이니라."

"랑이하고 애들은?"

"잠시 들른 손님이라 하면 되겠구나. 모두 네게 마음을 열고 있어 쉬운 일이었느니라. 평범한 인간들이야 말할 것도 없고."

이곳에서 벗어나야 할 이유가 또 하나 생겼다.

"포기하거라. 네놈들은 결국 이곳에서 죽게 될 것이니라."

"그게 무슨 소용이 있는데?"

혼령으로 이루어진 곳이라면 여기서 죽는다고 해도…….

"아니지. 죽는 건 죽는 거니까."

냥이는 꼬리에서 담뱃대를 꺼내 입에 물었다.

"네놈은 지혜로운 것인지 멍청한 것인지 종잡을 수가 없구나."

잔머리가 잘 돌아간다는 이야기는 많이 들었다.

"그러면 왜 이런 귀찮은 짓을 하는 건데? 그런 짓에 의미가 있냐?"

"의미가 없다고 생각하느냐? 이곳은 너와 나의 혼령으로 이루어진 곳. 현실에서는 단 하루도 지나지 않느니라. 이곳의 영겁은 현실의 찰나보다 못한 것. 단 하룻밤. 그 짧은 시간에 너를 죽일 수 있다는 말이니라. **그것으로 충분하지 않느냐?**"

그 말을 하는 냥이의 표정은 뭔가 아련해 보였지만 그것도 한순간이었다. 담배 연기를 내뱉은 순간 평소와 같이 짓궂으며 날카로운 인상으로 변해 있었다.

"뭐, 하긴. 상관없는 이야기지. 나는 여기서 나갈 생각이니까."

만약 이곳에서 벗어나지 못한 채 평생을 산다고 생각해 봐라. 그건 정말 끔찍한 일이다. 현실이나 이곳이나 나는 어차피 아이들보다 빨리 죽게 될 거다. 인간이니까. 문제는 그 이후의 일이다. 이곳은 나와 냥이의 혼령으로 만들어진 곳. 내가 죽게 되면 자연스럽게 사라지고 아이들은 바로 하루 지난 현실로 돌아가게 될 것이다. 이곳에서 이룬 모든 것을 잃어버린 채. 그리고 나는 싸늘한 시체가 되어 있을 거다. 그 이후의 일은 생각도 하기 싫다.

물론 그건 어디까지나 최악의 상황이다. 반드시 내가 노력하지 않아도 이곳을 벗어날 수 있을 무슨 방법이 있을 수도 있다. 하지만 나는 내가 할 수 있는 일을 시도도 하지 않을 멍청이가 아니다.

이 세상이 혼령으로 이루어진 곳이라는 것을 깨달았을 때, 나는 이곳을 벗어나는 방법을 떠올릴 수 있었다. 이미 예전에 비슷한 짓을 한 적이 있어서 그 방법을 떠올리는 건 간단했다. 뭐냐고? 이곳이 **나와 냥이의 혼령**을 요술로 이어 만든 곳이라면 그것을 깨뜨리면 되는 것이다. 그 이음새를. 요술을 말이다.

"헛소리는 작작 하거라. 네가 무엇을 할 수 있다고 허세를 떠느냐?"

내가 말하는 게 단순한 허세가 아니라는 걸 모르냐? 나는 이미 알고 있다.

인간의 강함은 마음의 강함.

자신이 못 하는 것이 없다고 믿는 인간이 가장 무서운 법.

대요괴라 할지라도 실체가 없다면 어떻게 하지 못한다.

내가 이곳에서 나갈 수 있는 이유는 충분하잖아?

"이곳에 있는 넌 실체가 없지. 여기는 네 말대로 혼령을 요술로 이어 만든 곳이니까 말이야. 그러면 나한테는 충분해."

내가 무슨 말을 하는지 깨달은 냥이가 나를 비웃었다.

"호오. 그런 방법이 있었구나. 하지만 인간 따위가 의지 하나만으로 내 요술을 깨뜨리겠다니 우습구나! 나는 이 땅 위에 있는 그 어떤 요괴들보다 요술을 쓰는 것에 자신이 있도다. 네까짓 것이 무슨 자신감으로 그런 말을 하는지 모르겠구나."

"미안한데."

나는 일부러 보란 듯이 머리를 긁적이며 말했다.

"내가 호랑이 펀치를 맨몸으로 맞고도 살아남았고, 두 번째에는 손도 안 들고 막은 놈이거든요? 그런데 못 할 거라고 생각하는 네가 더 신기하다."

기대하라고. 그 얼굴 망가뜨려 줄 거니까. 이 짧은 꿈에서 깨어나면 엉덩이 맞을 준비도 하고 있어라.

나는 외쳤다.

"요술아, 깨져라!"

그리고 나는 격렬한 쪽팔림에 그 자리에 주저앉아 두 손으로 얼굴을 가렸다.

"……네놈은 참으로 재미있는 인간이로다."

……미안하다.

"그 정도로 깨질 요술이라면 내가 몇 번에 걸쳐 힘을 쓰지도 않았을 것이니라. 포기하거라. 꿈이라고는 하나 내가 마련한 행복을 느끼다 죽어라. 이것이 흰둥이가 마음에 들어 한 네게 줄 수 있는 최소한의 친절이니라."

"……그런 거 필요 없는데."

퉁명스럽게 말을 내뱉으면서도 머릿속에서는 이 요술을 깨뜨리기 위해서는 어떻게 해야 할지 가닥이 잡히고 말았다.

이미 한 번 했던 일이니까 생각해 내는 것은 쉬웠다. 하지만 그건 정말 그, 어, 좀, 아니, 엄청나게 많이 부끄러운 일이다. 이 말을 들은 냥이가 주위에 퍼트리게 되면 나는 평생 하늘을 보지 못하고 살 정도로. 그럼에도 나는 말해야 한다. 전에 말했지?

아이들을 위해서라면 나는 알몸으로 뛰어다니며 나는 로리콘이다! 라고 외칠 각오가 되어 있다고.

"좋아. 그러면 나도 어쩔 수 없지. 이것이 내 진짜 힘이다!"

"……사춘기가 이제야 온 것이냐."

시끄러.

나는 마음을 굳게 다지고 솔직하게 말하기로 했다. 그래. 이제 와서 알 것 같다. 세희가 내게 요술을 걸 때, 경우에 따라 솔직하게 된다는 건 지금 이때를 위한다는 걸. 그렇기에 난 정말로 솔직하게 내 마음을 다해 외쳤다.

"나는 나래가 좋다! 그 큰 가슴이 흔들리는 것이 정말 좋다! 그 잘록한 허리가 좋다! 알맞은 크기의 엉덩이가 좋다! 무엇보다 탱크톱에 핫팬츠라는 시선을 둘 수 없는 복장이 너무너무 좋다! 부끄러워서 옆구리를 찔러 주는 것도 좋다!"

냥이의 시선이 아프다.

"나는 치이가 좋다! 날 좋아하면서 까칠하게 대하는 모습이 좋다! 껴안아 주면 좋으면서도 싫어하는 척하며 내 눈치를 살피며 머리카락을 파닥이는 모습이 좋다! 조금 괘씸하지만 나한테 장난치는 그 모습이 좋다! 가끔씩 살짝 보이는 줄무늬

팬티도 좋다고!"

그 시선은 점점 더 아파 온다.

"나는 페이가 좋다! 퉁명스러운 표정을 짓는 것이 좋아! 어른이 되면 뭔가가 흔들리는 것 같은 기분까지 느낀다! 은근히 나한테 직설적으로 호감을 보이는 것도 좋아! 속이 비치는 잠옷이라거나 치마가 없으면 허둥대는 모습은 진짜 귀여워!"

나는 계속해서 진심을 말했다.

"바둑이도 좋다! 순진하게 날 따라와 주는 모습이 좋아! 만지면 부드러워서 세상만사 아무래도 좋다는 생각이 드는 털이 너무 좋아! 아무것도 모르고 세희에게 속아서 위험한 말을 하는 것도 좋아! 아, 그런데 세희는 별로 안 좋아한다. 그 녀석은 좀 짜증난다고."

"……이런 결말도 나쁘지는 않구나."

안 미쳤다.

"그 대신 나는 랑이를 더 좋아한다! 머리 위에 있는 귀를 만지는 것이 좋다! 그 절벽 가슴을 슬쩍 만지는 게 좋다! 뽈록 튀어나온 배가 좋다! 그 새하얀 허벅지를 핥고 싶다! 아무렇지 않게 날 핥아 주는 까칠한 혀가 좋다!"

그리고 이게 마지막이다. 나는 정말로 죽을힘을 다해 내 부끄러운 진심을 외쳤다.

"그러니까 나는 현실로 돌아갈 거다! 요술 따위는 엿이나 먹으라고 해! 난 이런 가상 현실 같은 곳이 아닌 진짜 현실에서 꼭 해야 할 일이 있단 말이야!! 그게 뭔지 알아?"

죽자. 말하고 죽자. 나는 죽기를 각오하고 외쳤다.

"나래하고 랑이하고 야한 일 잔뜩 하는 거란 말이다! 이런 꿈같은 곳에서 하는 거로는 만족 못 해! 이건 몽정 같은 거잖아! 나는 현실에서 실제로 하고 싶다고! 그 둘에게 내 흔적을 남기고 싶다고오오오오!!"

내 마음속. 수치심이라는 단어가 산산조각 나는 것과 동시에 세계가 무너져 내렸다. 어두운 곳 일색이었던 이곳에 금이 간다. 마치 유리가 깨어지듯이, 그 균열은 확실하게 선으로 이어져, 선이 만나 조각이 되어 떨어져 내린다.

"마, 말도 안 되느니라!"

떨어진 조각을 통해 흘러들어 온 빛이 눈부시다.

"내, 내 요술이 한낱 로리콘의 성욕에 지다니 이게 무슨 말도 안 되는 일이느냐?!"

야, 야! 누가 로리콘이야?! 내 영혼의 외침을 못 들었냐?! 난 어디까지나 나래가 먼저고 랑이는 어른이 된 다음이란 말이야! 그렇게 말하고 싶었지만 입을 다물었다. 부서진 조각 너머로 보인 것이 나래와 어린 랑이의 모습이었으니까. 그 모습이 어떤 것인지에 대해서는 내 인간성과 이미지를 위해서 말하지 않겠다. 이, 이건 그거다! 내가 지금까지 봐 온 랑이의 모습이 어릴 때가 많아서 그런 거야! 나는 그 부끄러운 것에서 시선을 돌리기 위해 당황하고 있는 냥이에게 말했다.

"어, 어쨌든 그런 건 상관없고."

몸이 일렁이기 시작한다. 나는 흐릿하게 변하는 냥이에게 마지막으로 내 각오를 전했다.

"이젠 나도 당하고만 있지는 않을 테니까 각오하고 있어라. 먼저 널 찾아서 볼기짝을 때려 주마. 아, 너는 팬티도 벗길 거니까 기대하고 있어."

나는 냥이의 얼굴이 새빨개지는 것을 마지막으로 정신을 잃었다.

다음 날 아침. 정신이 들었지만 몸을 움직일 수가 없었다. 고개를 내려다보니 랑이와 바둑이가 내 양팔을 끌어안고 곤히 잠들어 있다. 조금 전까지, 아니, 그곳에서 지쳐 곯아떨어졌다는 게 거짓말인 것처럼 바둑이의 혈색은 좋아져 있었고 나는 안도의 한숨을 쉬었다.

"그것은 일어나 보니 주인님과 바둑이가 알몸이 아니라는 것에 대한 깊은 아쉬움을 표현한 한숨입니까."

고개를 들어 보니 세희가 눈앞에 떡하니 있었다. 날 심장 마비로 죽일 생각인가.

"내가 무슨 변태냐."

"변태 맞습니다."

……확실히 변태 같았지. 나는 생각을 다른 곳으로 돌렸다.

"그건 그렇고 그곳에서 일어난 일을 애들한테는 뭐라고 설명해야 하나?"

"무슨 말씀이십니까? 그곳이라니, 무슨 말씀이신지 모르겠습니다."

세희가 어울리지 않게 고개를 갸우뚱거리며 되물었다. 나는 당황해서 말했다.

"잠깐. 뭐야, 이거. 설마 너 기억 못 하냐?!"

"순진하시군요, 도련님."

"……야."

제대로 놀리는 것에 성공한 세희를 노려보고 있자니 음흉한 창귀는 미소를 지었다. 넌 그런 게 즐겁지?

"즐겁지는 않고 재미있을 뿐입니다."

뭐가 다른 건지 모르겠다.

"그런 농담은 그만두고. 애들한테 뭐라고 설명할지는 생각해 놨냐?"

내가 초등학생일 때 가장 힘들어했던 숙제가 감상문이었다. 언제나 줄거리 4줄에 느낀 점 2줄 쓰고 내곤 했지. 그런 나와는 달리 세희는 그런 쪽에 자신이 있는 것 같다.

"그것에 대해서는 걱정하실 것 없습니다. 제가 제대로 설명을 할 테니까 말이죠."

세희가 한 말이니까 걱정이 되지는 않지만 문득 궁금해졌다.

"어떻게?"

그 질문에 대한 대답을 세희는 직접 보여 주었다.

"이런 일이 있었습니다."

소매 안에서 나왔을 화이트보드에 바둑이도 알 수 있을 정도로 쉽게 요점만 정리해서 설명하는 모습은 마치 유명 학원의 인기 강사와 같았다. 정작 그 당사자는 랑이에게 몸을 맡기고 나래의 손길을 받으며 달콤한 아침잠에 빠져 있지만.

"모두 이해하셨습니까?"

"궁금한 게 있는데."

역시나 우등생인 나래. 바둑이의 꼬리를 만지작거리면서도 생각을 할 수 있구나.

"그걸 지금 믿으라고 하는 소리야?"

나래의 반응이 이해 안 되는 건 아니다. 아무리 요술이라고 해도 우리에게 일어났던 일은 말도 안 되는 일이었으니까.

"믿는 자에게 구원이 있습니다."

"사이비 교주 같은 말은 하지 말고."

소꿉친구는 닮습니다.

"무엇보다 그런 요술을 성훈이가 깨뜨렸다는 게 말이 안 되잖아."

"그쪽이었냐?!"

나래의 시선이 내게 향한다. 무섭다.

"저도 이해가 안 되는 거예요. 오라버니는 그냥 인간이라서 저도 마음만 먹으면 나쁜 짓도 마음껏 할 수 있는걸요."

못 믿겠다는 듯 반달같이 눈을 뜨고는 나를 보는 치이를 도와주겠다는 듯, 폐이는 유명한 만화에서 나오는 전투력 측정 기계를 연기로 만들더니 눈에 댔다.

[전투력 0.5]

아마 그 만화에서는 민간인의 기본 전투력이 1이었지? 아이들의 불신의 시선이 나를 콕콕 찌른다. 이래서 사람은 평소 행실이 중요한 거다. 워낙 이리저리 당한 게 많은 나는 이런 취급이 이상하지는 않지만 우리 랑이는 다른 것 같았다.

"아니니라! 성훈이는 사실 무지무지 강하느니라!!"

랑이의 도움에 아이들이 나를 보는 시선이 변했다. 한층 더 불신의 빛이 강해졌거든.

"우……."

랑이는 그 반응이 마음에 안 들었는지 평소에도 나를 깔보는 자신의 창귀에게 도움을 요청했다.

"세희야! 성훈이 얼마나 센지 네가 한 마디 해 보거라!"

"주인님. 이럴 때는 말보다 행동으로 보여 주는 것이 좋습니다."

"행동?"

고개를 갸우뚱거리는 랑이에게 세희가 말했다.

"잠시 손을 변화시켜 보시겠습니까?"

"이렇게 말이느냐?"

말을 하는 새 랑이의 손은 호랑이의 그것으로 변해 있었다. 언제 봐도 폭신폭신할 것 같은 털이다. 나중에 날이 추워지면 호랑이로 변한 랑이에게 푹 안겨서 잠을 한 번 자 보고 싶을 정도로.

"실례하겠습니다."

세희는 랑이에게 다가가 호랑이 발을 잡고는 뒤에 있는 소파에 내리 긁었다. 그러자 거짓말같이 소파에 발톱 자국이 선명하게 그어지며 안에 있는 솜 같은 무언가가 삐쭉 튀어나왔다. 소파 안에는 저런 게 있구나.

……잠깐?

"아악?!"

우리 집 소파가!! 저거 비싸게 주고 산 건데! 내가 용돈까지 아끼면서 겨우겨우 마련한 거라고!

"주인님의 발톱은 보시다시피 이토록 날카롭습니다. 아주 약한 힘으로도 거북이의 등껍질을 갈라 버릴 정도죠."

세희는 남의 집 살림을 엉망으로 만들었으면서도 반성의 기색 없이 이야기하고 있었다. 약장사가 따로 없었지만 랑이는 세희의 말이 마음에 들었는지 가슴을 쭉 폈다.

"그래서? 그게 무슨 상관인데?"

나래의 질문에 이번에도 세희는 행동으로 대답했다. 랑이의 손을 높이 들어 아래로 확 긁어내린 것이다. 내 얼굴에.

"성훈아?!"

"오라버니!!"

[!!!!!]

비명 소리가 울려 퍼졌다. 하지만 그 비명 소리는 곧 의아함으로 바뀌었다.

[어……?]

"어떻게 된 거야?"

"말짱한 거예요!"

당연한 일이지만 내 얼굴에는 상처 하나 나지 않았다. 랑이의 발톱은 나와 있는 상태였고 정확히 내 얼굴을 긁어내렸지만, 그게 무슨 상관이야? 랑이가 나를 해칠 리도, 정말 만약하늘이 반쪽이 난다 해도 그런 일은 없지만 그것이 만약 실제로 일어난다 해도 내가 랑이에게 다칠 일도 없다. 그건 기본상식이다.

그걸 서로 알고 있는 나와 랑이는 서로를 보고 미소 지었다. 다만 이건 우리 둘만 알고 있는 사실이기에 세희는 어리둥절해 있는 아이들에게 설명했다.

"도련님이 세계 최강의 로리콘이기 때문입니다."

야. 뭐라 할 말은 많았지만 할 수는 없는 게 그 말이 완전히틀린 건 아니기 때문이다. 세희가 말을 저렇게 해서 그렇지 속뜻은 내가 랑이를 그만큼 믿고 사랑하며, 랑이도 나를 사랑하기 때문에 그렇다는 거니까.

다만 나래의 표정이 험악해지는 게 신경 쓰이는 것은 어쩔 수 없었다. 세희는 오히려 그것을 즐기는 것 같지만.

"그런 도련님께 요술 따위는 아무것도 아니죠."

그 말에 폐이가 글을 썼다.

[나는? 왜 내 건 맞아?]

"애정이 부족하기 때문입니다."

세희의 말에 페이가 깜짝 놀라 하는 모습을 보였다. 꽤나 충격이 컸는지 그 뒤에 검은색 연기가 물씬물씬 풍겨 나온다.

[애정 부족. 삐뚤어질 거야.]

"아우우우, 그러면 안 되는 거예요. 페이는 이미 많이 삐뚤어져 있는걸요."

[콰광!!]

잘 놀고 있다, 이 녀석들.

"그보다 너희들은 내가 그런 요술에서 벗어났다는 건 이상하지 않은 거냐?"

내 질문에 치이와 페이는 각자 머리카락을 움직이며 말을 하고 글을 썼다.

"오라버니는 원래 이상한 사람이니까 어떻게든 했을 거예요."

[이상한 나라의 왕자님.]

"……그러냐."

낮은 한숨을 쉬며 이 녀석들에게서 내 이미지가 어디서부터 잘못됐는지 생각하고 있자니 세희가 휴대폰을 꺼내 슬쩍 훔쳐보더니 입을 열었다.

"그보다 슬슬 학교 가실 시간입니다."

우리들은 학교에 갈 준비를 하러 각자의 방으로 들어갔다. 나야 비교적 시간이 덜 걸리는 남자 놈이기 때문에 잠시 TV로 뉴스나 보려고 뜯어진 소파에 앉았는데 그런 내 옆에 랑이

가 다가왔다. 내 눈치를 살짝살짝 살피는 꼴을 보아 할 말이
있나 보다.

"왜 그래?"

랑이는 말없이 손가락을 입에 물었다. 이 녀석이, 너답지 않
게 왜 그래? 나는 내 허벅지 위를 두드렸고 랑이는 그 위에 앉
았다.

"할 말 있어?"

"그……."

랑이는 힘들게 입을 열었다.

"검둥이를 너무 미워하지 말아 주거라."

검둥이는 냥이의 별명 같은 거였지. 나는 랑이의 머리를 쓰
다듬으며 말을 재촉했다.

"검둥이는 누구보다 나와 오래 알고 지낸 사이이니라."

언니니까. 나는 고개를 끄덕였다.

"어렸을 때부터 같이 자라 와서 나는 잘 아느니라. 검둥이
는 나를 위해서 나쁜 일을 할 때도 가끔, 아주 가~끔 있지만
사실은 무지무지 착한 아해이니라. 나쁜 아해가 아니니라. 그
러니까, 그러니까 성훈이도 이번 일로 검둥이를 너무 미워하
지 말았으면 하느니라."

누가 뭐래도 냥이는 랑이의 언니. 내가 상상할 수 없는 오랜
시간을 같이 지낸 가족이었을 것이다. 자신의 가족이 미래의
남편에게 미움받는 것이 달가운 사람은 없겠지.

그렇다고는 하나, 그 녀석이 한 행동들은 나 혼자서 용서할

수 있는 일이 아니다.

죄를 지으면 벌을 받아야 한다. 냥이는 치이를 죽이려 했고 페이를 이용했다. 이번 일은 말할 것도 없고. 하지만 나는 랑이에게 내 마음을 말할 수 없었다. 지금은 그저 알겠다고 말하자. 그렇게 마음을 정하고 입을 열려다가 나를 똑바로 바라보고 있는 랑이와 시선이 맞았다. 내가 어떤 말을 해도 받아들이겠다는 그 마음이 전해지는 그 시선에 나는 생각을 바꿨다.

"나는 아직 냥이에 대해서 잘 몰라. 그래서 너한테는 미안하지만 나한테 냥이는 나쁜 아이일 뿐이야."

랑이의 표정이 안 좋아지고 꼬리가 추욱 내려갔지만 시선을 돌리지 않는다. 이 녀석도 알고 있는 거다. 내가 아직 할 말이 남아 있다는 걸.

"하지만 난 네 말도 믿어. 냥이가 나쁜 아이가 아니라는 말도."

누구나 어릴 때 어른이 돼서도 후회하는 잘못 하나둘 정도는 하잖아?

"그러니까 냥이가 직접 찾아와서 사과를 하면 그 때는 용서하고 착한 아이라고 생각해 줄게. 알겠지?"

"응!"

랑이는 내 대답이 마음에 들었는지 두 팔을 활짝 벌려 나를 끌어안으며 외치듯 말했다.

"역시 너는 내 지아비이니라! 사랑한다, 성훈아!!"

나도 랑이의 등에 팔을 둘러 주며 말했다.

"나도 사랑한다, 랑이야."

랑이는 따듯했다.

……등 뒤에서 나를 내려다보는 서늘한 시선을 신경 쓰면
안 됩니다.

〈5권 마침〉

글쓴이의 끼적끼적

내가 랑이와 만나게 된 것도 이제 한 달이 다 되어 간다. 그동안 겪었던 소란스러운 일에 내 평정심도 이제는 수준급이 되어서 집에서 화재가 일어난다 해도 그 원인을 파악하고 그에 맞는 진화 방법을 찾아 불을 끌 수 있을 정도라 생각하고 있었다. 하지만 지금 내 눈앞에서 일어난 일은 집에 불이 난 정도가 아니라 지구에 운석이 떨어지는 순간 외계인이 눈앞에 나타나 내가 세계를 구할 용사니 닥치고 이 계약서에 사인을 하라고 해도 조항을 찬찬히 읽어 보고 협상에 들어갈 정도의 평상심을 유지할 수 있을 정도의 경험이 쌓여 있어야 넘어갈 수 있는 일이었다.

"왜 그렇게 놀라느냐?"

하지만 문제의 당사자는 내가 지금 너무 놀라고 당황해서 눈만 깜빡거리고 입만 벙긋거리고 있는 것이 이상한지 자신도 같이 눈을 깜빡깜빡거리고 있다. 랑이가 갑자기 어른이 되었냐고? 그렇다면 이렇게 놀라지만은 않았겠지. 랑이는 지금도 귀엽고 사랑스러운 어린애였다. 문제는 다른 것에 있었다.

"너……. 머리카락은 어떻게 된 거야."

랑이의 은색에 가까운 긴 머리카락은 목 아래에서부터 어디론가 사라져 있었다. 없다. 분명히 어제 잠들기 전까지만 해도 길었던 머리카락이 도대체 어디로 가 버린 거냐.

"응? 머리카락?"

랑이는 고개를 뒤로 향했다. 그렇다고 보일 리가 없지. 랑이는 좌우로 번갈아 고개를 돌리다가, "아!" 하고는 손을 뒤로 해 자신의 머리카락을 만졌다.

"머리카락은 잘 있느니라."

"아니, 그게 아니라!! 머리카락은 언제 자른 거야?!"

그렇게나 길던 네 머리카락이 단발이 됐단 말이다! 물론 단발이 안 어울린다는 건 아니지만!!

"으냐앙? 난 머리카락을 자른 적 없느니라."

"그게 말이 되냐?! 분명 어제만 하더라도……."

"무슨 일이십니까."

뭔가 조금 다르게 들린, 조금 낮은 저음의 목소리였지만 난 그 주인공이 세희라는 것을 눈치챌 수 있었다. 목소리 톤이 좀 낮은 건 자다가 일어났나 보지. 그런 생각을 하며 고개를 돌리자 그곳에는 세희와 남매라고 할 수 있을 정도로 닮은, 선이 가는 무표정한 미청년이 있었다. 잘못 말한 거 아니다. **미청년**이다. 분위기에 맞는 검은색 슈트에 검은 와이셔츠, 검은 바지를 입고 있는 미청년. 나는 그 남자를 보고 혼이 사바세계를 향해 날아가기 전에 겨우 말할 수 있었다.

"저기, 누구세요?"

"제 눈으로 똑똑히 볼 테니 지금부터 벽에 똥칠하셔도 됩니다."

내게 온 건 치매가 아니라 혼란요정이다.

　지면 관계상 줄여서, 세희에게 간단한 이야기를 들은 나는 사태의 심각성을 깨달았다. 어째서인지 하루아침에 깊은 단잠을 자고 일어나 보니 주위에 있던 애들이 **모두** 남자가 되어 있는 이 상황을 말이야. 그러니까 지금 내 옆에 앉아서 불안하게 나를 올려다보고 있는 이 귀여운 호랑이도 수컷이라는 말이고 색동옷에 한복 바지를 입고서 꽁지머리는 어디다 팔아먹고 한층 짧아진 귀 위 머리카락을 꿈틀꿈틀거리는 치이도, 두 갈래 꽁지머리에 아동용 와이셔츠, 멜빵이 달린 반바지를 입고 오버니 삭스를 신고 있는 페이도, 기생오라비같이 생겨서 검정 슈트를 멋지게 빼입은 세희도, 저 구석에 잠들어 있는 바둑이도 모두 남자란 말이다. 남자. 그 사실을 세희에게 듣고서 나는 이게 꿈이 아닌가 하고 생각이 들 정도로 당황해서 나도 모르게 랑이의 옷 아래로 손을 집어넣어 가슴을 만져 버리고 말았다. 작았지만 없지는 않던, 나름대로 자신의 존재감을 뽐내던 랑이의 앙증맞은 가슴은 없었다.
　……가장 확실한 건 밑이겠지만 그 정도의 이성은 남아 있어서 다행이었지.
　"그러니까 도련님께서는 바로 어제까지만 해도 저희들이 모두 여자였다고 말씀하시는 겁니까?"
　그렇다고 세희가 가지고 온 녹차를 마시는 정도로 마음의 안식이 찾아오지는 않았다.

"그렇다니까. 랑이도, 치이도, 페이도, 너도. 너희들은 성별이 바뀐 걸 눈치 못 챈 거야?"

"죄송하지만 제 생각으로는 도련님께서 성욕이 너무 강해지셔서 정신적인 이상이 온 것이라 생각됩니다."

그 말은 곧 원래 이 녀석들이 모두 남자애인데 내가 망상으로 모두 여자애들이었다고 착각하고 있다는 말이지.

"내가 왜."

"도련님께서는 쇼타콘이니까요."

처음 듣는 이야기다.

"그건 뭔데?"

"어린 남자아이를 이성으로 보는……."

나는 손을 들어 세희의 말을 막았다. 그 로리콘이라는 말과 비슷하지만 질이 더 나쁘다는 건 잘 알겠다.

"아우우우, 형님. 머리가 이상해진 거예요?"

치이가 나름대로 걱정이 된다는 듯이 나를 보며 말했다. 아직 변성기가 오지 않아서 그런 걸까. 조금은 남자애 같은 목소리로 변하기는 했지만 치이(女)와 별다른 차이가 없다.

[어제 뭐 본 거.]

페이는 아예 대놓고 나를 이상한 놈 취급하기 시작했다.

"그러니까 TS 성인지는 적당히 보시라고 말씀 드리지 않았습니까."

"그런 걸 보겠냐?!"

"본 적 없으십니까?"

호, 호기심에 본 적은 있지만 애들 앞에서 밝히겠냐. 특히 서로를 꽉 끌어안고 나를 성범죄자 보듯이 보는 치이와 페이 앞에서.

"응? 성훈아, 티에스가 무엇이느냐?"

랑이는 내 옷을 끌어당기며 말했다. 하지만 나는 대답하지 않았다. 이걸 미쳤다고 설명을 해 주겠냐.

"TS란 남성은 여성으로, 여성은 남성으로 변하는 것을 말합니다."

그 말에 랑이가 손을 탁 두드리고,

"오! 그런 것이었구나!"

간지러운 등을 시원하게 긁고 난 표정을 짓다가 금세 먹구름이 드리워졌다. 성별에 관계없이 참 감정 변화가 빠른 녀석이다.

"왜 그래?"

"그 말은 성훈이가 내가 남자인 게 싫다는 것 아니느냐."

"아니, 그게……."

"소, 솔직하게 말해 주거라."

랑이의 시선에 난 거짓말을 할 자신이 없었다.

"……솔직히 말해서 그렇긴 하지."

앗, 운다. 남자애가 되었어도 눈물샘이 느슨한 건 똑같은 것 같다. 커다란 호박색 눈동자에 눈물이 그렁그렁 맺히기 시작한다.

세희는 셔츠 앞주머니에서 검은색 가죽 장갑을 꺼내 손에 꼈다.

"이제야, 크흥, 이제야 나를 아끼고 사랑해 주는 형아를 찾았는데, 훌쩍, 내가 싫다는 것 아니느냐."

울기 3초 전. 죽기 4초 전. 일이 어떻게 된 것인지는 **확실하게는** 모르지만 일단 랑이를 달래자. 무슨 일이 벌어졌다 해도, 랑이가 남자애가 되었다 해도 랑이는 랑이다. 그건 변하지 않는다. 나는 랑이를 꽈악 끌어안았다.

"그럴 리가 있냐. 난 네가 남자애든 여자애든 상관없이 좋아한다. 네가 랑이니까. 네가 랑이니까 난 널 사랑한다고."

"꺄우우우우?!"

[?!?!?!?!?!]

까막까치는 비명 같은 소리와 글을 쓰고 후다닥 뒤로 물러났다. 날 협박하신 세희도 입을 떡 벌리고 굳었다.

……응? 뭔가 좀 잘못된 것 같은데? 그런 생각을 하고 있을 때 품 안에 있던 랑이가 내 가슴을 콕콕 찔렀다. 고개를 내려다보니 그 어느 때보다 얼굴이 붉어진 랑이가 나와 제대로 눈도 마주치지 못하고 아기 호랑이같이 꼼지락꼼지락거리며 말했다.

"그, 그런 말을 하면 나, 나는 부끄러워서 어찌할지 모르겠느니라. 혀, 형아가 나를 그렇게 소중히 여기는지는 잘 몰랐던 것이니라. 나도 형아를 사랑하느니라."

형아.

……그렇다. 랑이의 울 것 같은 모습에 나는 잠시 정신이 나가 있었던 것이다. 그래도 어제까지는 랑이가 **여자애**라서 이런 말을 해도 로리콘이라는 의심만 받았다. 하지만 어째서인지 지금의 랑이는 **남자애**다. 그러니까 난, 아직 어린 남자애에게 사랑 고백을 한 것이다.

음…….

나는 부끄러워서 어찌할 바를 모르는 랑이를 내려놓고 이제야 충격에서 벗어난 세희에게 손을 내밀었다.

"로션이라도 드립니까?"

"닥치고 칼이나 내놔."

난 오늘 죽으련다.

내가 부엌칼을 들고 난동을 부린 건 정확히 5초 후에 일어난 일이었다.

농담이 아니라 진지하게 내 이야기를 들은 세희는 이렇게 말했다.

"짐작 가는 것이 있습니다."

이것이야말로 삼시 세끼를 모두 굶었는데 눈앞에 나타난 죽한 그릇과 같은 이야기. 나도 짐작 가는 것이 있었지만 명확하게 하기 위해서 세희에게 물어보았다.

"뭔데?"

"말씀 드릴 것 같습니까?"

성별이 바뀌어도 랑이는 랑이였고 세희는 세희였다.

"장난치지 말고."

"괜찮습니다. 다른 분들은 이미 눈치채고 있을 테니까요."

나는 랑이를 보았다. 동그란 눈을 깜빡깜빡거리며 꼬리를 살랑살랑거리다 얼굴을 확 붉히며 고개를 돌린다. 조금 전의 여파가 아직도 남아 있구나. 그래서 난 치이를 보았다. 어째서인지 이 한여름에 코트를 입고 있었다.

"까우우우! 이상한 눈으로 보면 안 되는 거예요!"

아, 그런 이유였냐.

[경찰차. 삐용삐용.]

넌 뭘 정교하게 경찰차까지 그리고 난리냐.

"오해라니까."

"거, 거짓말이었느냐?!"

세상의 모든 것을 선물로 받았다가 빼앗겨 버린 어린아이 같은 랑이의 모습에 나는 한숨을 쉬고 허리를 껴안아 내 허벅지 위에 올린 다음 머리 위에 턱을 올렸다.

"그게 아니다, 요 녀석아."

랑이는 순식간에 진정이 된 것 같다.

"그럼 무엇이느냐?"

"그, 뭐시기, 그런 거 있잖아. 형제간의 우애 같은 거."

[잔머리 대마왕.]

시끄러.

"속이 시꺼메서 막 말을 던지는 거예요."

내가 폐냐. 말을 던지게.

"친한 형부터 시작하는 겁니까."

위험한 말 하지 마라.

이런 음흉한, 세상을 삐딱선을 타고 보는 녀석과는 다르게 랑이는 순수했다. 랑이는 몸을 틀고 고개를 돌려 나를 올려다보며 말했다.

"응! 나와 성훈은 형제이니라!"

그 모습이, 비가 내린 후 맑게 갠 하늘같이 환한 함박웃음을 짓는 모습이 너무나 사랑스럽고 귀여워서 나는 나도 모르게 랑이의 배를 확 끌어안아 주물주물거리며 머리에 볼을 비비고 말았다.

"혀, 형아?! 왜, 왜 그러느냐?"

"귀여워서 그런다, 귀여워서."

"흐에에엥~."

랑이는 이런 경험이 없는 것같이 눈을 빙글빙글 돌리더니…… 그대로 기절했다. 뭐야? 이게 기절할 만한 일이냐?! 덕분에 주위의 시선이 한층 더 심해진 건 말 안 해도 알겠지.

"꽤나 익숙한 행동인 걸 보아 도련님의 주장에 따르면 주인님께서 여자아이일 때도 그런 짓을 서슴지 않고 하셨다는 거군요."

뛰는 놈 위에 나는 놈 있다는 속담은 남자애를 껴안는 놈 위에 여자애를 껴안는 놈이 있다는 뜻은 아닌데 왜 나는 그 속담이 떠오른 걸까. 나는, 헤롱헤롱 제정신을 차리지 못하고 있는 랑이를 세희에게 맡기며 말했다.

"그건 됐으니까 어쩌다가 이 꼴이 되었는지 제대로 설명이
나 해."

"모르시겠습니까?"

세희는 한심하다는 듯이 나를 보았다. 여자일 때도 짜증났
지만 남자니까 주먹이 날아갈 것 같았다. 무슨 남자가 이렇게
예쁘게 잘생겼어?

"제가 잘생긴 것에 대해 콤플렉스라도 느끼시는 겁니까?"

속 읽는 것도 똑같군.

"계속 말 돌리는 건 말할 생각이 없다는 거지?"

"사실 도련님께서도 어느 정도 눈치채고 있지 않으십니까."

내가 확신이 드는 말을 세희가 꺼냈다.

"이건 꿈이라는 거냐."

세희는 과장스럽게 박수를 쳤다.

"맞습니다."

그 말을 하는 순간. 세희는 너무나 자연스럽게 여자로 변해
있었다. 마치 처음부터 그렇게 있었다는 듯이. 그건 그렇고
정장이 너무 잘 어울리네.

[꿈?]

"이게 꿈이라는 거예요?"

"그래."

하지만 치이와 폐이는 그런 사실보다는 지금 상황이 꿈이라
는 것에 대해 놀란 것 같다.

"그보다 너희들은 저 녀석이 갑자기 여자가 됐는데 그건 안 놀라운 거냐."

[마약했어?]

"세희 누나는 원래 여자잖아요."

나를 이상하게 쳐다보는 녀석들에게 물어봤자 제대로 된 대답이 나오지 않을 것 같아서 소매로 입가를 가리며 눈웃음을 짓고 있는 세희에게 물어보기로 했다.

"꿈이니까 그러냐?"

"꿈속에서 하늘을 날 수 있다 해서 놀라는 사람이 있습니까?"

좋은 대답이다, 이 자식아. 꿈이니까 모두 가능한 거겠지. 그렇다. 이곳은 바둑이의 꿈이다. 치이와 폐이는 모르고 있지만, 나는 세희에게 바둑이는 자신의 꿈에 다른 이들을 초대할 수 있다……고 들었다. 이것과 비슷한 일도 있었고 말이야.

그렇다고는 해도 말이야.

"그런데 너도 내가 말할 때까지 몰랐다는 게 이해가 안 되는데."

내 의문에 세희는 대답했다.

"바둑이가 그동안 모자랐던 꿈을 깊게 꾸느라 그런 것 같습니다. 이런 경우에는 저라 해도 계기가 없다면 알아채기 힘들지요."

"그럼 나는?"

"그 계기가 바로 옆에 있지 않았습니까. 세상에, 저도 깨닫기 힘든 것을 단지 주인님께서 단발이 되었다는 사실에 깨달는 도련님이라니, 장발 페티시즘이라도 있으신 겁니까?"

그런 거 없다. 하지만 세희의 시선을 받아 낼 자신이 없기에 나는 시선을 돌렸다.

[치이, 꼬집어 볼게.]

"저도 꼬집어 보는 거예요."

사실을 인정하지 못한 치이와 페이가 서로의 뺨을 꼬집고 쭈욱 늘렸다가 동시에 놓는다.

["아팟!!"]

둘 다 손에 힘 좀 줬는지 눈물이 찔끔 맺혔다. 나이만큼이나 고전적인 방법으로 확인하는구나.

[이게 어떻게 꿈?]

"진짜 아픈 거예요!"

"제 말을 믿지 않다니, 다시 한번 그 일을 겪어 보겠다는 겁니까."

세희가 싸늘한 미소를 짓는다. 그 미소 한 번에 까막까치는 각자 머리카락을 높이 들어 올리며 서로를 껴안고 벌벌 떨었다. 여자아이의 모습으로 돌아와서.

……너희들은 자세한 사정도 모르면서 세희의 말에 단 번에 꿈이라는 걸 인정해 버린 거냐. 도대체 세희한테 무슨 짓을 당한 거야.

"아, 아닌 거예요."

[이거, 꿈, 꿈 맞아, 좋은 꿈.]

꿈이나 현실이나 똑같구나. 나는 한숨을 쉬고 손가락을 튕겨 세희의 시선을 내 쪽으로 돌렸다.

"애들 괴롭히면 재밌냐."

"아차. 이건 도련님의 취미셨지요. 실례했습니다."

"그런 취미 가진 적 없다."

세희도 지금은 불쌍한 녀석들을 괴롭히고 싶은 생각이 없는 것 같다.

"그건 그렇고 재미있군요."

"뭐가?"

"제가 남자라는 것에 맞춰져 기억이 달라져 있습니다."

이해하기 힘든 말이었다.

"그러니까 처음부터 주인님의 머리카락이 짧아졌다는 사실에 깜짝 놀라 모든 것을 부정한 도련님과는 다르게 제게는 남자였을 때의 기억이 남아 있다는 것입니다."

"아, 저도 있는 거예요."

[나도.]

치이와 페이가 손을 들어 동의했다. 나만 따돌림당하는 기분이 들어서 물어보았다.

"무슨 기억인데?"

"예를 들어, 이런 것입니다."

세희는 말 대신 허공에 영상을 만들었다. 그건 마치 영화관에서 보는 화면과 같이 공중에 비쳐졌다. 나는 그것을 보았다.

세희(男)가 내 멱살을 잡고 있었다. 까딱 잘못하다가는 그 입술이 서로 맞닿을 것 같은 거리. 그 거리를 두고 세희가 입을 열었다.

"입 닥쳐, 이 새끼야."

기억이 있다. 조금 다르긴 하지만 그때의 일이다. 세희의 얼굴은 험악하게 일그러져 있었지만 어딘가 슬퍼 보였고 나는 텅 비어 버린 눈을 하고선 세희를 보고 있었다. 제3자의 입장에서 보니까 이건…….

"좋은 구도로군요."

"……어디가."

"그걸 모르시니까 남자인 겁니다."

아니, 무슨 말인지 이해가 안 된다고. 그런 잡담을 하고 있는 동안에도 영상은 계속되었고 나와 세희는 서로를 껴안고 있었다.

……이건 무슨 벌칙 게임이냐.

"제가 까탈 수인 것 같군요."

이해할 수가 없습니다.

"아우우, 이런 일이 있었던 거예요?"

"성별은 다르지만."

[이건 동인지 감.]

내가 아는 동인지와는 의미가 조금 다른 것 같은데.

어느새 영상은 내가 랑이를 설득하는 모습으로 넘어갔다. 이렇게 보니까 정말 살아남은 게 용해 보인다. 나는 피투성이가 된 상태에서 외쳤다.

"형님이 가출한 동생 찾으러 여기까지 왔다!!"

불과 얼마 전의 일을 이렇게 보고 있자니 낯부끄럽다.

"이거 꼭 봐야 하냐?"

고개를 돌렸는데 세희는 내 옆에 없었다. 언제 자리를 옮겼는지 모르겠지만 반대편에서 치이와 페이 옆에 앉아 3D안경까지 끼고 같이 팝콘을 먹으며 영상을 보고 있는 모습에 내가 무슨 짓을 해도 관둘 생각이 없다는 걸 깨달았다. 포기하자. 그러면 편하다.

"그런데 형님을 맞이하는 동생의 꼴이 그게 뭐냐? 엉덩이나 까고 있지 않고?!"

……라고 생각했던 제가 미친놈입니다.

"난 저런 말 한 적 없어!!"

영상의 앞을 가로막아 보지만 의미가 없었다. 영상이 바로 앞으로 나왔으니까.

"영화 감상에 방해됩니다, 도련님."

"흥미진진한 거예요."

[영감 떠올라. 동인지 발매 임박.]

"난 죽는다고!!"

내 필사적인 방해로 영상은 거기서 끝났다. 치이와 페이는 뭐가 그리 아쉬운지 뚱한 표정으로 나를 원망스럽게 바라보고 있었다. 특히 치이의 좋은 건수 잡았다는 표정은 내게 한 가지 생각이 들게 만들었다.

"야."

"왜 부르십니까."

"치이 때의 일도 기억에 있냐?"

"아우우?!"

"있습니다."

치이는 내가 무슨 생각을 하는지 눈치채고 뭐라고 말을 하려고 했지만 그 입에 X자 반창고가 달라붙는 게 빨랐다.

"?!"

[나, 궁금.]

페이의 눈이 저렇게 반짝이는 걸 내가 본 적이 있던가. 치이가 반창고를 떼기 전에 페이가 뒤에서 확 끌어안아 움직임을 막는다.

참 좋은 친구다.

"보시겠습니까?"

"응."

다시 영상이 떠오른다.

치이(男)가 알몸인 상태로 내게 전신 마사지를 받고 있었다. 그렇다. 나는 판단 미스를 저지른 것이다. 이것이 바로 자기 무덤을 판다는 거겠지. 남자의 모습이라 해도 치이(女)의 얼굴은 새빨개졌고 페이는 깜짝 놀랐다는 듯 입을 벙긋거리며 화면을 보았다.

[이미 그런 거?!]

페이의 그냥 읽고 넘길 수 없는 글이 있었지만 지금 문제는 영상이다. 영상 속의 나는 얼굴이 붉어져서는 조금 거센 호흡을 내뱉으며, 실제로 마사지는 힘들었다. 치이의 온몸을 주무르고 있었으니까.

"하악하악. 등짝을 보자. 하으으응."

그것도 이상한 신음 소리를 내면서.

"이게 무슨 기억대로야!!"

"제 기억이라 하지 않았습니까."

영상은 극에 달하고 있었다. 갑자기 나와 치이가 덮고 있던 이불이 투명해지더니……. 잠깐. 분명히 나는 그때 속옷을 입고 있었다고! 그리고 어, 어째서?! 자, 잠깐. 확실히 그런 상황이 한 번 있기는 했지만 금방 가라앉혔고 저렇게 무, 문지르지도 않았다고! 거기다 왜 배경에 장미가 피어오르는데?!

"까치님은 총수인 것 같습니다."

[치이, 꽃수. 천상수.]

"그에 비해 도련님은 야비 공이군요."

[능글 공.]

이해할 수 없는 단어가 날아다니는 것에 정신을 차렸다. 나, 난 지금 뭘 보고 있는 거야.

"빨리 안 그만둬?!"

"보기 좋지 않습니까."

"어디가?! 그리고 네 기억 속의 나는 이런 모습인 거냐!!"

"그럴 리가요."

그 말과 함께 영상이 바뀌었다. 아니, 이제 좀 그만 끝내라고!!

영상 속에서 나는 샤워를 하고 있었고 반바지 차림의 폐이가 화장실 문을 부수고 안으로 들어왔다.

[아, 안 돼!!]

조금 전까지 치이를 잡고 있던 페이가 얼굴이 새빨개져서 연기로 영상을 가리고 벌떡 일어나 내게 덤벼들려고 했다. 두 손에 느낌표 두 개를 들고 있는 걸 보아 나를 죽이려고 하는 게 아닐까.

하지만.

"복수인 거예요!"

친구는 잘 사귀어야 하는 법이다. 이번에는 오히려 페이가 치이에게 잡혀서 방바닥을 구르게 되었고 연기는 세희의 날 숨 한 번에 사라졌다. 그 영상 안에 가득 차 있는 건, 서서 소변을 보고 있는 페이와…….

그 뒤에 딱 달라붙어 있는 나였다.

알몸으로.

손은 페이의 앞쪽으로 해서.

뭔가를 잡고서.

난 왜 살고 있을까.

"꺄우우우?! 페이! 도대체 오라버니 앞에서 무슨 짓을 한 거예요?!"

대답이 없다. 기절한 것 같다. 부럽다. 그리고 보니 칼이 어디 있더라.

"이런. 도련님의 평가를 광 공이라고 정해야 할 것 같군요. 아니면 변태 공이 맞을까요."

"너 인마!! 애들 앞에서 왜 이런 영상만 보여 주는 거야?!"

"도련님의 평소 행실의 결과입니다."

"내가 뭐?!"

"뻔뻔하시군요. 그렇다면 에로 함으로 정평이 난 그때의 일을 보여 드리죠."

다시 한번 영상이 변했다. 거기에는 알몸의 랑이와 바둑이와 같이 목욕하고 있는 내가 있었다.

……잠깐만. 그래. 나는 지금까지 잊고 있었다. 아니, 생각 자체를 하고 싶지 않았다. 왜냐하면 **그 아이**는 내게 있어서 일종의 성역. 성스러운 땅, 홀리 랜드다. 절대로 더럽힐 수 없는, 더럽혀서도 안 되는 성역이다. 그런데 **모두** 남자애가 된 상황에서 그 아이라고 남자가 아니라는 법은 없다. 그래서 나는 생각 자체를 하지 않았다. 하지만 그곳에는 있었다. 남자아이가. 나와 비슷한 또래의 근육이 심하게 발달된 남자아이가.

그 아이는 앉아 있는 내 앞에 알몸으로 **서서** 이렇게 말했다.

"어떻게 생각해?"

"크, 크고 아름답습니다."

"나, 나도 작은 건 아니니라!"

그 순간. 꿈이 깨졌다.

요즘 들어 이런 걸 쓰고 싶어져서 써 버린 카넬입니다. 안녕

하세요.

 사실 본편에 대한 이야기에 대해 긴 후기를 적었지만, 자기 글에 대해 왈가왈부하는 것은 4권에서 했기 때문에 다 지워 버리고 이번에는 조금 다른 후기를 적어 보았습니다. 다음 후기는 무엇으로 채울지 벌써부터 걱정이 되는군요.
 일러를 넣고 싶은 장면이 가득한 후기지만 본편 일러를 빼기 싫어서 포기했습니다.

 이번에도 빠지지 않는 감사타임.
 5권이 나올 수 있도록 같이 고민해 주신 신광철 편집자님과 저의 처우를 고민하기 시작하신 부모님과 형님, 저에게 여러 가지의 것들을 가르쳐 주시는 선배 작가님들, 이번에도 마음에 쏙 드는, 거기다 수영복 컨셉까지 잡아 주셔서 글을 쓰기 편하게 해 주신 영인 님, 잊지 않고 연락 계속해 주는 친구들(은 떨이요, 떨이). 모두 감사드립니다.

 그럼 이만.

◆ 본 작품의 의견, 감상을 기다리고 있습니다 ◆

보내실 곳 _

서울시 마포구 망원로 96 (망원동 연세빌딩) 6층
우편번호 121-900 디앤씨미디어 시드노벨 편집부

카넬 작가님 앞
영인 작가님 앞

카넬 시드노벨 저작 리스트

『나와 호랑이님』 5
『나와 호랑이님』 4
『나와 호랑이님』 3.5
『나와 호랑이님』3
『나와 호랑이님』 2
『나와 호랑이님』

나와 호랑이님 5

1판 1쇄 발행 2012년 2월 1일
1판 12쇄 발행 2017년 3월 31일

지은이_ 카넬
발행인_ 신현호
편집장_ 이석원
책임편집_ 문승민
편집_ 이호준 · 고동남 · 유석희 · 문승민 · 신은경 · 송영규 · 이혜영 · 최종건 · 김지인
편집디자인_ 한방울
국제업무_ 정아라
영업 · 관리_ 김민원 · 이주형 · 조인희

펴낸곳_ ㈜ 디앤씨미디어
등록_ 2002년 4월 25일 제20-260호
주소_ 서울시 구로구 디지털로 26길 111 JnK디지털타워 503호
전화_ 02-333-2513(대표)
팩시밀리_ 02-333-2514
E-mail_ seed_dnc@hanmail.net
홈페이지_ www.seednovel.com

값 6,500원

©카넬, 2012

ISBN 978-89-267-8118-0 04810
ISBN 978-89-267-8052-7 (세트)

오트슨 지음
INO 일러스트

허공 말뚝이 상 · 하

기억을 잃은 소녀, 미얄의 일상을 지키는 말뚝이 이야기가 시작된다!

미얄은 언니 소무와 함께 섬에서 살아가고 있었다. 언니의 말에 따르면 자신이 아버지를 잃은 충격으로 말미암아 기억을 잃었다고 하는데, 미얄은 묘하게 그 말에 실감을 하지 못한다. 온라인 게임중독에 빠진 뭔가 미덥지 않은 언니와 함께 살아가고 있지만, 가끔 찾아오는 아버지의 옛 조수라는 민오라는 사람에게 줄 초콜릿 선물은 이상하게 신경 쓰였다.

미얄은 아직 알지 못했다. 세 사람이 누리는 이 평온한 일상이 누가 어떻게 지키고 있는지. '민오' 의 바람은 오직 기억을 잃은 소녀의 일상을 지키는 것일 뿐이지만, 세계는 저주받은 아망파츠의 힘을 원하고 있었는데…….

미얄 시리즈 1부 '추천' 과 2부 '정장' 사이의 사건을 다룬
새로운 스핀오프 전격 출간!

강명운 지음
Cherrypin 일러스트

꼬리를 찾아줘! **1~8**

꼬리의 주인으로 밝혀진 이는 바로 동해용왕님. 그런데 이 용왕님 범상치 않아?

"뭘 망설이는 거야? 그냥 해치워버려!" 주위의 부추김에도 불구하고 묘하게 연인으로서 진전이 없는 영민과 월화. 그런 그들에게 나타난 새로운 꼬리를 소유자는, 바로 동해용왕이자 아리따운 공주님이었지만! "어허, 그것은 본좌의 컬렉션이니라." ……그 정체는 속세의 게임에 푹 빠진 진성 폐인?! 과연 월화와 영민은 괴짜 용왕님에게서 꼬리를 되찾을 수 있을까?"

웃음과 감동이 어우러지는, 한국형 전기러브 코미디 그 여덟째 마당.